D1856431

SUTTON KRIMI

Veronika Aydin & Kerstin Klamroth

Bestattungs-fragen

Elfriedes zweiter Fall

Ein Taunus-Krimi

SUTTON KRIMI

Über die Autorinnen

Veronika Aydin und Kerstin Klamroth laden zu einem Wiedersehen mit ihrer Ermittlerin Elfriede Schmittke und deren ebenso chaotischer wie liebenswerter Truppe aus »Schulsachen« ein. Die beiden Crimeladys aus dem Taunus teilen mit ihrer Heldin Humor, Neugierde und ein nicht immer normgerechtes Familienleben. Nur mit dem Morden haben sie keine Erfahrung, die werden nach wie vor einfach erfunden …

Sutton Verlag GmbH
Hochheimer Straße 59
99094 Erfurt
www.suttonverlag.de
www.sutton-belletristik.de

Gestaltung und Satz: Sutton Verlag
ISBN: 978-3-95400-393-8
Druck: CPI books GmbH, Leck

1

Elfriede ließ vor Schreck die Rechnung aus der Hand fallen. Das Geräusch klang, als würde jemand durch eine rostige Gießkanne Luft einsaugen. Mühsam und um sein Leben ringend. Und ganz in ihrer Nähe. Erschrocken schaute sie unter den Schreibtisch. Hugo lag auf der Seite, seine Rippen unter dem schwarz-braunen Fell hoben und senkten sich bedrohlich.

»Du liebe Güte«, dachte Elfriede, »können sich Hunde auch erkälten? Und das mitten im Sommer?«

Das Tier keuchte zum Gotterbarmen. Sie stopfte die Rechnungen zurück in die Schublade und beugte sich zu dem Hund hinunter. Was fehlte ihm bloß? Hugo sah sie aus seinen braunen Augen leidend an. Elfriedes Herz schmolz.

Es war nicht Liebe auf den ersten Blick gewesen. Als Oliver den kurzbeinigen Sennenhund nach Hause brachte, hatte Elfriede es entschieden abgelehnt, ihm Asyl zu gewähren. Eine Detektivin war schließlich viel unterwegs und gerade erst hatte sie sich ein kleines Büro in der Hofheimer Altstadt eingerichtet, mit schicken Möbeln und einem neuen weißen Teppichboden.

»Es ist doch nur für sechs Wochen, Mama«, hatte ihr Sohn gebettelt, »nur solange Leander in den Sommerferien in Kur ist.«

»Nein! Kann der Hund nicht in eine Tierpension?«

»Er braucht Menschen um sich. Leanders Mutter muss den ganzen Tag im Supermarkt arbeiten und den Vater sieht er kaum. Das Futter hat Leander mir gleich mitgegeben«, versuchte Oliver Einwände finanzieller Art zu entkräften. »Und ich geh auch jeden Tag mit ihm spazieren.«

»Ich glaub dir kein Wort!«

Es war wieder mal Tante Ingeborg, die mit einem »Meinst du nicht, es könnte ihm guttun«-Blick der Situation eine Wende gegeben hatte. Der Junge hat es nicht leicht, schien dieser Blick zu sagen, jetzt, wo seine kleine Schwester auf der Welt ist. Gönn ihm doch das bisschen Freude!

Nun, es kam, wie Elfriede es vorausgesehen hatte. Der Nachwuchs ihres Ex-Mannes mit seiner neuen Lebensgefährtin änderte nichts daran, dass alle Hundespaziergänge an ihr hängenblieben. Wie durch ein Wunder waren sowohl Oliver als auch Tante Ingeborg stets verschwunden, wenn die Zeit zum Gassigehen gekommen war. Hugo hechelte sie morgens mit schlechtem Atem wach, begleitete sie in ihr kleines Büro und schlief nachts auf dem Teppich vor ihrem Bett. Als das Tier letzte Woche mit einer seiner Krallen an einem Maschendrahtzaun hängengeblieben war und blutete, war Elfriede mit ihm in die benachbarte Tierklinik gefahren. Für das Säubern der Wunde und den Verband hatte sie samt Wochenendzuschlag ein halbes Vermögen bezahlt, weswegen sie beschloss, um diese Einrichtung künftig einen großen Bogen zu machen. Und jetzt hatte der Hund Schnupfen – wer weiß, vielleicht kämen diese Nobel-Veterinäre auf die Idee, ihn in ein Sanatorium nach Davos zu schicken.

Erkältung hin oder her, diesmal musste das Tier ihrem Geldbeutel zuliebe auf teure ärztliche Hilfe verzichten. Vielleicht gab es ein Hausmittel? Als hätte Hugo ihre Gedanken gelesen, rappelte er sich mühsam auf. Elfriede tätschelte ihm beruhigend die Schnauze.

»Irgendwas müssen wir unternehmen«, grübelte sie. Dann griff sie entschlossen zur Leine.

Bei der Tierbestattung Freundesruh in Wallau stand die Tür offen. Elfriede erkannte an dem schwarzen Pick-up vor der Tür, dass Bodo im Büro sein musste, wahrscheinlich hatte er gerade einen Verblichenen im Kofferraum angeliefert. Sie zerrte den unwilligen

Hugo an den Urnen und Särgen im Verkaufsraum vorbei. Vom schlichten Modell in weißer Keramik bis hin zum Typ Ming-Vase war hier alles vertreten, was die Asche von Hunden, Katzen oder Meerschweinchen für die Ewigkeit aufnehmen konnte. Gedenksteine mit schnulzigen Inschriften, ein blauer Sarg mit weißen Sternchen für Hamster und Diamantanhänger, aus den Überresten der Tiere gepresst, ergänzten die Ausstellung. Darüber in Gold eingerahmt ein Spruch: *Dass der Hund mir lieber sei, sagst du, oh Mensch, sei Sünde, der Hund blieb mir im Sturme treu, der Mensch nicht mal im Winde.*

»Nichts als heiße Luft!«, spottete Elfriede und zog an der Leine. Hugo stieß gegen eine der Erdschaufeln, die Bodo für Gartenbestattungen verlieh, quietschte auf und sprang – als die Schaufel scheppernd umfiel – erschrocken zur Seite. Elfriede tätschelte ihm beruhigend den Kopf.

»Keine Sorge«, murmelte sie, »deine Stunde hat noch nicht geschlagen.«

Bodo war ihr Nachbar in Lorsbach und nicht nur Tierbestatter, sondern auch Hundebesitzer. Breschnew und Cora hießen die beiden 12 und 14 Jahre alten schwarzen Labradore, mit denen er sein Heim teilte, beide schon dement und inkontinent. Wenn einer etwas über Hundekrankheiten wusste, dann war es Bodo mit seiner jahrelangen Erfahrung. Deswegen hatte sie den Weg in seine Firma eingeschlagen, die im Gewerbegebiet am Rand der Stadt lag. Sie schob sich und Hugo an dem großen Ölgemälde im Flur hinter dem Verkaufsraum vorbei, das einen blutroten Sonnenuntergang zeigte, und klopfte an die Bürotür.

»Bodo?«

»Bin im Kühlraum«, tönte es vom anderen Ende des Flurs.

Hugo stemmte seine Pfoten in den Teppichbelag und spannte die Nackenmuskeln an. Elfriede gab auf und band den Hund an der Garderobe fest. Er keuchte und hechelte in einem.

»Ich bin's, Elfriede!«, rief sie und öffnete die Tür zum gekachelten Raum im hinteren Teil des Geschäfts. Bodo stand vor einer großen Kühltruhe und hob einen schwarzen Plastiksack hoch.

»Hi«, grüßte er. »Paar Minuten noch. Du glaubst gar nicht, was heute los ist. Erst klingelt das Telefon wochenlang nicht und dann sterben die Viecher wie die Fliegen. Die Hitze! Ich bin schon seit heute Morgen um sechs unterwegs. Der Boxer hier ist hoffentlich der Letzte für heute!«

»Soll ich dir helfen?« Elfriede sprang vor und öffnete den Deckel der Truhe. Schlangenhaut wölbte sich ihr entgegen. War Bodo jetzt auch für den Zoo tätig? Sein Geschäft schien ziemlich gut zu laufen.

Von draußen jaulte Hugo. Es klang heiser.

Bodo wuchtete den Sack hoch, lud ihn über die Schulter und beugte sich vor. »Nun komm, alter Junge!«, sagte er. »Jetzt müssen wir dich erst mal kühl lagern.«

Dann erstarrte er.

Der Plastiksack fiel mit einem lauten Knall auf den gekachelten Boden. Hugo bellte.

»Was, zum Teufel, ist das?«, fragte Bodo.

Elfriede griff mit spitzen Fingern nach der Haut und zog daran. Sie ließ sich erstaunlich leicht zur Seite ziehen.

»Das, mein Lieber, ist die unsachgemäße Entsorgung einer menschlichen Leiche.«

Perplex starrten die beiden in die Truhe. Mitten aus dem, was anscheinend ein dünnes Schlangenhaut-Ledermäntelchen war, leuchtete ihnen das bleiche Gesicht einer toten Frau entgegen. Elfriede schätzte sie auf Mitte dreißig. Rote Locken kringelten sich in die Stirn, dünn gezupfte Augenbrauen betonten auf groteske Weise leblose grüne Augen und diamantene Ohrstecker blinkten, als wollten sie ein letztes Zeichen geben.

»Was sucht die in meiner Truhe?«

Elfriede konnte nur ratlos mit den Schultern zucken. »Gar nichts mehr, würde ich sagen.«

Auf einmal kam Bewegung in Bodo. Er wandte sich um und eilte mit drei schnellen Schritten zur zweiten Kühltruhe an der Seitenwand. Dort zögerte er kurz, dann holte er tief Luft, öffnete den Deckel und blickte hinein.

»Oh nein«, stöhnte er und hob die Hand an den Mund. »Oh nein«, wiederholte er und schüttelte in offensichtlicher Verzweiflung den Kopf.

Elfriede wurde es flau im Magen. Noch eine Leiche? Widerwillig bewegte sie sich in Bodos Richtung. In Erwartung schrecklicher Bilder spähte sie in die Truhe.

Jede Menge schwarze Plastiksäcke. Sonst nichts.

»Stimmt was nicht?«

Bodo stöhnte erneut. »Das kannst du wohl sagen!« Er wandte sich ihr zu. »Wo ist der Deutsche Riese?«

Die Polizei war schnell. Schon kurz nach Elfriedes Anruf war die Tierbestattung bevölkert von Beamten in Uniform, Beamten in Zivil und schließlich von Mitarbeitern des Erkennungsdiensts, die laut fluchend sowohl die Beamten als auch Elfriede und Bodo aus dem Kühlraum vertrieben.

Zu dem Zeitpunkt war der Amtsarzt schon zu dem Schluss gekommen, dass die Frau eindeutig tot war und er angesichts der Tatsache, dass man nicht wisse, wann sie in die Truhe verfrachtet und also veränderten Temperaturbedingungen ausgesetzt worden war, vorerst keine eindeutigen Aussagen über den vermeintlichen Todeszeitpunkt machen könne.

Hinsichtlich der Todesursache wolle er sich ebenfalls nicht festlegen, das könne er erst nach einer eingehenden Obduktion, man sei hier schließlich nicht im Vorabendfernsehkrimi, aber die Stichwunde in der Herzgegend als Zeichen scharfer Gewalt ließ, so seine vorläufige Aussage, Fremdeinwirkung naheliegen. »Manchmal ist es im Leben dann doch wie im Fernsehen«, dachte Elfriede, die neben Hugo kniete und mit ihm zusammen das Treiben beobachtete. Der Hund blieb erstaunlich gelassen angesichts des Menschenauflaufs, vielleicht beruhigte ihn ja der plötzliche pralle Ausbruch von Lebendigkeit an diesem speziellen Ort.

Bodo, der die letzte halbe Stunde detailliert Auskunft gegeben hatte, schien immer noch erschüttert. Der Beamte vor ihm warf einen Blick auf seine Notizen.

»Ich fasse also zusammen: Sie kennen die Tote nicht, Sie haben keine Ahnung, wie sie in Ihre Kühltruhe gelangt sein könnte, und Sie haben sie heute Nachmittag zusammen mit Ihrer Nachbarin Frau Schmittke entdeckt. Zuvor waren Sie in Niedernhausen, um eine Hundeleiche abzuholen. Während dieser Zeit blieb die Hintertür des Gebäudes geöffnet.«

»Genau.« Bodo nickte. »Weil mir Cora und Breschnew sonst alles vollpinkeln. Aber die beiden sind gute Wachhunde, die lassen hier keinen rein, wenn ich nicht da bin.«

»Offensichtlich«, murmelte der Beamte und machte eine Notiz auf seinem Block.

»Sie können das soweit bestätigen?«, wandte er sich dann fragend an Elfriede.

Sie stand auf und nickte. »Alles«, sagte sie. »Wir haben die Leiche zusammen entdeckt, Cora und Breschnew pinkeln alles voll und es handelt sich um gute Wachhunde. Meistens jedenfalls.«

Der Beamte, dessen Gesicht mindestens so verknittert war wie Columbos Trenchcoat, reagierte eher humorlos auf ihre Aussage. »Zu Recht«, dachte Elfriede und nahm sich ihre Bemerkung selbst übel. Immerhin lag im Nebenraum eine tote Frau, deren Leben ausgelöscht worden war, weil jemand anderes das so beschlossen hatte. Sie spürte, dass die Neugier sie schon gepackt hatte. Die Polizei hatte keinerlei Ausweispapiere bei der Toten gefunden, aber

Mantel und Ohrringe ließen darauf schließen, dass sie aus guten Verhältnissen stammte.

»Keine Tierfreundin«, hatte Bodo gemeint, als er den Mantel als Pythonhaut identifiziert hatte. »Die müsste man bei Peta melden.«

Elfriede verkniff es sich, ihn darauf aufmerksam zu machen, dass das jetzt auch nicht mehr viel Sinn mache.

»Waren Sie verabredet?«, fragte sie der Beamte jetzt.

»Sie meinen, ob Bodo diese Entdeckung in meiner Anwesenheit hätte planen können?«, fragte Elfriede zurück. »Nein, er hatte keine Ahnung, dass ich heute vorbeikomme. Ich bin hier, weil ich ihn nach einem Mittel für Hundeerkältung fragen wollte.« Sie wies auf Hugo, der wie aufs Stichwort ein Extremröcheln von sich gab. »Oder sagt man *gegen* Hundeerkältung?«

Der Polizist sah sie irritiert an. Mit zusammengekniffenen Augen schienen sich die Falten und Runzeln in seinem Gesicht noch zu verdoppeln.

»Kamillentee. Inhalieren«, meinte Bodo. »Das reinste Wundermittel, wirkt garantiert.«

Elfriede nickte ihm dankbar zu.

Der Beamte schien eine weitere Frage stellen zu wollen, wurde aber von Bodo unterbrochen. »Was ist denn jetzt mit meinem Riesen? Ich meine, wer macht denn so was, stiehlt ein Kaninchen und lässt dafür eine menschliche Leiche zurück! Das ist doch pervers.«

Der Polizist schien Schlimmeres gewohnt. Aber er gab zu: »Das ist in der Tat sehr merkwürdig.« Anscheinend merkwürdig genug, um ihn zu einer weiteren Notiz auf seinem Block zu animieren.

In diesem Moment trat ein Streifenbeamter zu ihnen, um mitzuteilen, dass ein Ehepaar Langenbucher an der Tür stände und darauf bestehe, mit Herrn Bodo Müller zu sprechen.

»Oh mein Gott!« Bodo seufzte. »Und was mache ich jetzt?«, fragte er den Beamten und Elfriede. »Das sind die Eltern des Riesen. Sie wollten noch einmal in Ruhe Abschied vom lieben

Verblichenen nehmen. Wie um Himmels Willen erkläre ich ihnen, dass man ihr Kaninchen geklaut hat?«

Tante Ingeborg konnte Bodos Aufregung sehr gut verstehen. Seit einigen Monaten schon lebte sie bei ihrer Nichte und nahm lebhaft Anteil an deren Job als Detektivin.

»Meinst du, es handelt sich um eine Entführung?«, fragte sie.

»Möglich«, antwortete Elfriede. »Wir wissen mehr, wenn man die Tote identifiziert hat.«

»Ich meine das Kaninchen«, antwortete ihre Tante pikiert. »So was kommt doch vor. Denk nur an Charlie Chaplin. Dessen Leiche wurde doch auch entführt.«

Elfriede seufzte. Sie persönlich fand das Verschwinden des Karnickels weit weniger spektakulär als das Auftauchen der toten Frau in der Kühltruhe eines Tierbestatters. Aber es stimmte schon. Das Ganze war, um die Wortwahl des Beamten aufzugreifen, sehr merkwürdig.

»Übernimmst du den Fall?«, fragte Tante Ingeborg. »Immerhin bist du die weltbeste Detektivin und warst direkt vor Ort.«

»Wer sollte mich beauftragen?«, fragte Elfriede zurück.

»Na, Bodo, wer sonst?«

»Ich bitte dich, Ingeborg. Er wird schwerlich mehrere Hundert Euro dafür bezahlen, dass ich ein totes Kaninchen auftreibe.«

Es war alles andere als einfach, Hugos Schnauze unter ein Handtuch zu bekommen und dabei die Schüssel mit heißem Kamillentee zu balancieren. Oliver war bei seinem Vater und dessen neuer Frau, um auf das Baby aufzupassen. Er schien einen Narren an dem kleinen Mädchen gefressen zu haben, so oft, wie er den Weg nach Frankfurt fand. Tante Ingeborg war auch schon wieder verschwunden. Sie hatte irgendwas von einer Versammlung gemurmelt. Also konnte sich Elfriede mal wieder allein der Tierpflege widmen.

»Bleib stehen«, fluchte sie, als Hugo den Rückzug antrat. »Verdammter Köter!«

Die Schüssel schepperte auf den Fußboden und der Kamillentee ergoss sich auf den Läufer. Hugo machte einen Satz aufs Sofa. Zu allem Überfluss klingelte es.

Elfriede warf wütend das Handtuch in die Ecke und öffnete die Tür.

»Dich schickt der Himmel«, sagte sie.

Bodo peilte mit einem Blick die Lage. Er zog eine kleine Tüte aus seiner Hosentasche. Hugo hüpfte neugierig vom Sofa herunter.

»Als Mutter müsstest du das doch eigentlich wissen«, feixte ihr Nachbar. »Kinder und Hunde sind bestechlich. Für ein Leckerli tun sie alles!«

»Was du nicht sagst«, entgegnete Elfriede müde. »Dann kann ich ja den Kamillentee gleich ins Futter kippen!«

Bodo klopfte Hugo beruhigend auf den Rücken. »Das ist gar keine so schlechte Idee!«, überlegte er. »Aber mach das besser mit Hustensaft, der wirkt schneller!« Er wischte mit der Hand die Hundehaare vom Sofa und nahm Platz. »Elfriede, ich stecke mitten drin im Schlamassel!«

»Das sehe ich«, sagte Elfriede. »Heb deine Füße hoch!« Sie tupfte den Kamillentee vom Boden auf und reinigte Bodos Schuhsohlen.

»Ich meine die Tote«, sagte Bodo. »Diese Frau. Glaubst du, sie verdächtigen mich?«

»Lass mal überlegen«, grübelte Elfriede und räumte die Schüssel in die Spüle. »Du bist zwar nach außen hin glücklich verheiratet und hast eine Tochter, die Tierbestattungsfirma erlaubte dir aber, zwischen Särgen und Urnen ein Doppelleben zu führen, bis die Rothaarige dir lästig wurde und … Au!«

Bodo hatte die Tüte mit Leckerli nach ihr geworfen und Hugo machte einen Satz auf Elfriede zu.

»Und damit niemand auf mich kommt, habe ich sie dann sinnigerweise nach dem Mord in meiner Kühltruhe versteckt«, beendete Bodo den Gedankengang seiner Nachbarin. »… Moment mal!« Er sprang auf.

»Was ist?«

»Es war ja gar nicht meine Kühltruhe!«

Elfriede und Hugo drehten sich überrascht um.

»Ich komme normalerweise mit einer aus, aber seit wir diese hammermäßigen Temperaturen haben –«

»– sterben die Viecher wie die Fliegen, ich weiß!«, fiel ihm Elfriede ins Wort. »Wieso hast du das der Polizei nicht gesagt? Woher kommt die Truhe?«

Bodo schritt aufgeregt in Elfriedes kleinem Wohnzimmer auf und ab und Hugo folgte ihm mit den Augen. Seine Zunge hing ihm aus dem Maul.

»Es hat mich ja keiner gefragt«, erwiderte Bodo. »Außerdem – der ganze Trubel! Ich hatte Herrn Damaschke gefragt, ob er mir kurzfristig aushelfen kann. Der hat ja immer ein paar davon auf Lager.«

Elfriede sah ihn fragend an.

»Na, der mit dem Schickimicki-Küchenstudio nebenan im Gewerbegebiet. Alles italienischer Import. Küchenstudio Damaschke: Küchenraum – ein Wohlfühltraum!«

»Und was dichtet er über deine Kühltruhen? Kalt im Nu bei Freundesruh?«, konnte sich Elfriede den Spott nicht verkneifen und bereute es im nächsten Moment, als sie Bodos Blick sah.

»Er muss sie angeliefert haben, als ich nicht da war. Der Damaschke!«

»Und zwar mit einem ganz speziellen Inhalt«, sinnierte Elfriede.

Hugo brach in lautes Bellen aus, weil es an der Tür klingelte. Elfriede hielt ihn am Halsband zurück und öffnete. Sie blickte überrascht auf das ältere Ehepaar, das verlegen im Treppenhaus stand und von einem Bein aufs andere trat.

»Sind wir hier richtig bei Frau Detektivin Schmittke?«

»Ja«, antwortete Elfriede, »aber mein Büro –« Weiter kam sie nicht.

»Bitte helfen Sie uns«, platzte die ältere Frau heraus und tupfte sich mit einem Papiertaschentuch die Tränen aus den Augenwinkeln. »Wir haben sonst keine Ruhe. Sie müssen Oskar finden.«

Tante Ingeborg war ein paar Minuten später nach Hause gekommen und hatte dem Ehepaar Langenbucher ihren berühmten Melissentee zur Beruhigung gekocht. Jetzt saßen die vier, Hugo zu Füßen, über ein Fotoalbum gebeugt, das offensichtlich die glücklichen Momente der gemeinsamen Zeit mit Oskar beinhaltete. Bei der Kaninchenschau, im Garten der Langenbuchers, auf dem Arm der Enkel. Bodo hatte zugegeben, dem Ehepaar Elfriedes Adresse gegeben zu haben, kurz danach war er aber verschwunden – wahrscheinlich plagte ihn das schlechte Gewissen.

Elfriede lehnte sich in ihrem Sessel zurück.

»Er war so anschmiegsam«, sagte Frau Langenbucher. Ihre Dauerwelle zitterte in Anbetracht der Erinnerung. »Gar nicht typisch für Deutsche Riesen. Wir konnten ihn überallhin mitnehmen.« Sie griff wieder zum Taschentuch.

Tante Ingeborg nahm ihre Hand. »Machen Sie sich keine Sorgen. Sie werden ihn in Würde bestatten können. Meine Nichte ist eine sehr erfolgreiche Detektivin.«

Elfriede verzichtete auf den Hinweis, dass sie sich bisher nicht um Tiere gekümmert hatte. Offensichtlich war Hugo, der seine Schnauze tröstend auf Frau Langenbuchers Knie gelegt hatte, Beweis genug für ihre Kompetenz.

Herr Langenbucher zog sein Portemonnaie aus der Hosentasche und blätterte fünf Hundert-Euro-Scheine auf den Tisch. »Unser Oskar ist uns das wert. Finden Sie ihn, Frau Schmittke! Reicht das fürs Erste?«

Hugo legte seine Pfote auf Langenbuchers Bein. Elfriede nickte.

2

Fugenlose Spülbecken, senkrechte Filter mit extern verwendbaren Hochleistungsmotoren, ergonomische Arbeitsplatten mit horizontalem Maserverlauf – anscheinend war so manche Entwicklung in der modernen Küchenbaulandschaft an Elfriede vorbeigegangen. Ihre Moduleinrichtung daheim war nicht einmal von Ikea, lediglich das Ergebnis preisgünstigen Zusammenwürfelns. Das Highlight ihrer Küche war ein alter Schrank, den sie von ihrer Oma geerbt hatte, noch mit Schütten für Mehl und Zucker, emailleblau beschriftet. An diesem Stück hing ihr Herz und für keine italienische Designerküche der Welt hätte sie sich davon getrennt. Dem Reiz der Ausstellungsstücke in Damaschkes Ausstellungsraum konnte sie sich dennoch nicht entziehen. Entzückt ließ sie einen ausziehbaren Schrankwagen mehrmals auf- und zurollen, begeistert von dem sanften, leisen Schmatzen, mit dem er sich jedes Mal schloss.

»Faszinierend, nicht wahr?«

Der junge Mann stand so plötzlich neben Elfriede, dass sie erschrocken zusammenzuckte. Er strahlte sie an.

»Völlig im Zeitgeist. Weg von den Schubladen, hin zum Ausziehsystem. Funktion und Form sind perfekt, Sie bestimmen nur noch die Farbe. Die Farbe ist als Wohlfühlfaktor nicht zu unterschätzen.«

Elfriede starrte ihn amüsiert an. Sie schätzte ihn auf höchstens zwanzig, er war groß, schlank, mit einer wilden pechschwarzen Tolle über der Stirn. »Ein Vorstadt-Elvis«, dachte sie, »sogar sein Lächeln passt dazu.« Schwul, entschied sie. Er schaute sie aufmunternd an, als warte er nur darauf, dass sie ihm ihre geheimsten Küchenträume gestand.

»Sie glauben wirklich, wir leben in einer Zeit ohne Schubladen?«, fragte sie ihn.

Für einen Moment schien er irritiert. Aber er hatte seine Verkäuferausbildung wohl ernst genommen, er fing sich sofort.

»Nun ja, zumindest leben wir in einer Zeit des Ausziehens«, kicherte er.

Elfriede verdrehte die Augen. »Wo finde ich denn Herrn Damaschke?«, fragte sie.

Sein Lächeln verschwand schlagartig, als er begriff, dass sich an diese Frau anscheinend kein vertikal angedachtes Ceranfeld verkaufen ließ.

»Hinten im Büro«, schmollte er und wies in eine Ecke hinter zwei türkisfarbenen Regalen. »Aber er hat eine Besprechung.«

Sie nickte ihm dankend zu und ging in die angezeigte Richtung. Das Büro war ein glasgerahmter Kasten am Ende des Raums. Hinter dem Schreibtisch stand ein attraktiver Mann in Elfriedes Alter, lässig in Jeans und weißes Hemd gekleidet. Der Ausdruck in seinem markanten Gesicht war weniger lässig. Angespannt gestikulierte er vor seiner Besucherin, die Elfriede nur von hinten sehen konnte. Schicker grauer Hosenanzug, Burberrytasche über der Schulter, lange schwarze Locken. Elfriede erkannte sie sofort.

Schwungvoll öffnete sie die Tür zum Büro. »Guten Morgen!«

Die Frau fuhr verblüfft herum. »Was machst du denn hier?«

»Dasselbe wie du, Carmen. Ich nehme an, der Tierbestatter war bei dir, um dir von einer geborgten Kühltruhe zu erzählen?«

Jede andere Polizistin wäre in Lederjacke und Jeans zur Befragung erschienen, aber Carmen war anders. Immer schick, immer gepflegt. Elfriede kannte ihre Freundin nun schon ein paar Jahre und wunderte sich nicht mehr darüber, dass sie stets – ob im Kommissariat oder im Bauchtanzkurs – das perfekte Outfit parat hatte. Die Herren der Schöpfung schien das manchmal aus dem Konzept zu bringen, meistens unterschätzten sie Carmen. Damaschke war da sicher keine Ausnahme. Noch schien er sich aber nicht darüber im Klaren zu sein, was ihn jetzt erwartete. Trotz aller Lässigkeit war er auffallend blass und seine schmalen Augen wanderten irritiert von einer Frau zur anderen. Sekunden später hatte er sich wieder gefangen und probierte es mit einem Scherz: »Immer hereinspaziert, meine Dame. Sie ermitteln jetzt zu zweit? Wenn das mal gut geht. Wir haben da den Spruch: Zwei Köche in der Küche, kommt einer in die Brüche!«

Er ließ ein dunkles Lachen hören. Elfriede wusste, dass ihre Freundin auf dumme Sprüche recht empfindlich reagierte und erwartete eine entsprechend böse Retourkutsche. Aber Carmen schüttelte nur betont langsam ihre Locken.

»Sie spart ihr Pulver auf«, dachte Elfriede, »oder aber sie findet ihn attraktiv.«

»Kommen wir zur Sache.« Carmen drehte sich wieder zu Damaschke um. »Wann hat Herr Müller Sie angerufen?«

Elfriede setzte nach: »Und wann haben Sie die Truhe geliefert?«

Damaschke hob beschwichtigend beide Hände. »Das habe ich doch schon versucht zu erklären. Müller hat mir auf Band gesprochen. Pjotr hat das abgehört.«

»Pjotr?« Elfriede schaute ihn fragend an.

»Ja, mein Mitarbeiter. Er ist vorn im Verkaufsraum. Als der Lkw kam, um die nächste Ladung mitzunehmen, hat er veranlasst, dass die KFC19 mitkam. Wir haben ja einige davon.«

Elfriede und Carmen sahen ihn verständnislos an.

»Die Zanker«, erklärte er, »die Kühltruhe eben. Aber ich leihe nur ausrangierte Ausstellungsstücke aus. Kann ja hinterher keiner mehr Schnitzel reinpacken, bei dem Inhalt.«

»Und wo waren Sie zu dem Zeitpunkt?«, wollte Elfriede wissen.

»Beim Werbebüro Impressum um die Ecke«, antwortete Damaschke. »Herr Weber erstellt gerade unsere neue Website.«

Carmen zog ein Foto aus ihrer Tasche und Elfriede erkannte darauf die Rothaarige mit den grünen Augen, die in der Tierbestattung ihre letzte Ruhe gefunden hatte. Zum Zeitpunkt, als die Aufnahme gemacht worden war, schien sie allerdings noch quicklebendig gewesen zu sein. Die Kommissarin hielt Damaschke das Bild vors Gesicht. »Kennen Sie diese Dame?«

Wie viele Situationen dieser Art hatte Elfriede schon erlebt? Es war der Moment, in dem sie über Lüge und Wahrheit zu entscheiden hatte, der Moment, in dem sie sowohl heute als Detektivin als auch in ihrer Zeit als Polizistin den Anfang des roten Fadens in die Hände bekam.

Der entscheidende Moment.

Sie beobachtete Damaschke aufmerksam. Letztlich gab es keine Möglichkeit, einen Lügner in dieser Situation zu überführen. Der menschliche Lügendetektor war trotz aller Versuche noch nicht erfunden. Ein Psychologe hatte ihr aber bei einer Fortbildung mal erklärt, worauf sie achten müsse: die Augenbewegungen, die Gesten, wie das eine zum anderen passte – der Körper könne nicht lügen, hatte der Spezialist gesagt. Aber in der Praxis hatte sich das alles als höchst unzuverlässig erwiesen und Elfriede hatte gelernt, sich einzig und allein auf ihre Intuition zu verlassen. Eine kleine Unstimmigkeit – sie wusste, ihr Unterbewusstsein würde sie registrieren.

Damaschke nahm Carmen das Foto aus der Hand. Er warf nur einen kurzen Blick darauf und legte es dann auf den Schreibtisch. »Nein«, sagte er. »Wer ist das?« Dann wanderte sein Blick zur Tür.

Eine rundliche Frau mit ausladenden Hüften war ins Büro gekommen. Sie trug trotz der Hitze eine grüne Strickjacke, die sie falsch zugeknöpft hatte, und schleppte zwei Einkaufstaschen, deren Gewicht ihr eindeutig zu schaffen machte.

»Bruno«, keuchte sie und ließ die Tüten auf den Boden plumpsen, »ich kann nicht mehr. Wo warst du so lange?«

»Meine Frau Susanne«, erklärte Damaschke überflüssigerweise. »Ich hatte ihr versprochen, sie vom Discounter nebenan abzuholen.«

Mit heruntergezogenen Mundwinkeln musterte Frau Damaschke Elfriede und Carmen von oben bis unten. »Wenn sie ein wenig freundlicher blicken würde, wäre es ein nettes Gesicht«, dachte Elfriede.

»Die Damen sind von der Polizei, Susanne.«

Elfriede verzichtete darauf, den Fehler zu korrigieren, und trat an den Schreibtisch. Mit dem Zeigefinger schob sie das Foto in Damaschkes Richtung. »Werfen Sie doch bitte noch einmal einen Blick darauf, vielleicht kennen Sie die Frau ja doch.«

Sein Unbehagen ließ sich deutlich aus seinem Gesicht ablesen. Er kniff die Augen zusammen und schaute auf das Bild. Dann holte er tief Luft und schüttelte den Kopf. »Tut mir leid. Ich kenne sie nicht.«

»Und Sie?«, fragte Elfriede die Frau in der Strickjacke.

»Ich? Wieso ich?« Frau Damaschke schüttelte den Kopf, ihr verschwitzter Pony klebte auf der Stirn fest. »Nein, ich kenne sie auch nicht.«

»Sie waren gestern Morgen nicht zufällig hier im Laden?«

»Nein, ich bin erst seit heute zurück. Ich war drei Tage bei meinen Eltern in Taunusstein, meiner Mutter ging es nicht so gut.« Sie warf ihrem Mann einen fragenden Blick zu. »Was ist denn eigentlich los, Bruno?«

Bevor er antworten konnte, trat Carmen ebenfalls vor und stieß dabei aus Versehen mit der Fußspitze gegen Frau Damaschkes Einkäufe. Eine der Tüten knickte ein wenig zur Seite und drohte, gänzlich umzukippen. Obenauf konnte Elfriede drei 24er-Packe Jägermeister entdecken. Jemand im Hause Damaschke schien eine extrem schlechte Verdauung zu haben.

»Herr Damaschke«, sagte Carmen inzwischen und nahm das Foto wieder an sich, »ich muss Sie bitten, morgen früh gegen zehn

Uhr aufs Revier zu kommen und Ihre Aussage zu Protokoll zu geben. Da können Sie dann auch die Truhe eindeutig als die Ihre identifizieren. Unser Team hat sie zur weiteren Spurenauswertung mitgenommen.«

Damaschke nickte. »Ich will sie aber nicht zurück«, meinte er trocken.

Es bot sich an, vor dem Verlassen des Ladens noch einmal mit Elvis zu sprechen. Auf ihrem Slalom durch die ausgestellten Küchen musterte Elfriede ihre Freundin neugierig.

»Du scheinst gut gelaunt heute«, stellte sie fest.

»Wie kommst du darauf?« Carmen lachte. »Weil ich so nett bin und dich bei meinen Befragungen nicht wegschicke?«

Elfriede nickte nur. So deutlich hatte sie es nicht aussprechen wollen.

»Ingeborg hat mir erzählt, dass du den Hasen suchst. Also werden wir uns dieses Mal wohl bei den Ermittlungen nicht in die Quere kommen. Du weißt, dass ich dir immer helfe, wenn ich kann.«

»Kaninchen.«

»Was?«

»Es ist, respektive war, ein Kaninchen. Wieso hast du denn mit Ingeborg gesprochen?«

»Ach, wir hatten etwas zu klären. Das erzähl ich dir ein anderes Mal in Ruhe. Sag mir lieber, ob du schon etwas rausgefunden hast.«

Elfriede zuckte mit den Schultern. »Nur, dass Oskar das letzte Tier war, dass noch in Bodos eigene Truhe gepasst hat. Als der Anruf für den toten Boxer kam, hat er sofort bei Damaschke nachgefragt, um eine weitere Kühlmöglichkeit zu organisieren. Das war gestern Morgen gegen halb acht. Gefunden haben wir die Leiche dann gegen halb elf. Das grenzt zumindest den Diebstahl zeitlich ein.«

Carmen nickte nachdenklich. »In der Hinsicht bist du schon weiter als ich.«

»Weißt du, wer die Tote ist?«

Statt einer Antwort öffnete Carmen ihre schicke Handtasche und zog ein Exemplar der »Frankfurter Rundschau« hervor. Elfriede überflog die aufgeschlagene Seite.

»Tote Frau konnte als Natalya Kolbe identifiziert werden, verheiratet, keine Kinder, zweiunddreißig Jahre. Ihr Mann, der ehemals berühmte Sänger Kurt Kolbe, hatte sie vorgestern Nacht als vermisst gemeldet. Zuletzt gesehen hatte er sie nachmittags, abends kam sie dann nicht nach Hause«, las sie vor. »Für dich wäre es also interessant zu erfahren, ob man diese Natalya erst bei der Tierbestattung Freundesruh in die Truhe gelegt hat oder schon hier bei Damaschke.«

»Das wäre zumindest ein Anfang. Deshalb will ich noch mal mit diesem Pjotr sprechen. Und danach soll Müller mir erklären, was er eigentlich unter einem Wachhund versteht.«

Elfriede lachte. »Das kann ich auch. Das Stichwort lautet Leckerli.«

Pjotr war zwar auch ein schöner Name, aber Elfriede fand Elvis nach wie vor passender. Sie entdeckten den jungen Mann im Schaufenster, eifrig damit beschäftigt, auf einer anthrazitfarbenen Kücheninsel Limetten und Orangen zu arrangieren.

»Das lebendige Element«, erklärte er über die Schulter. »Spricht sofort die Emotionen an und erleichtert das anschließende Verkaufsgespräch ungemein.«

»Psychologie ist wohl Ihr Hobby?«, fragte Elfriede.

»Merkt man das?« Elvis strahlte übers ganze Gesicht.

Der zeitliche Ablauf war schnell geklärt. Elvis hatte den Anrufbeantworter kurz nach acht Uhr abgehört und, weil es mit dem Lkw gerade so passte, gleich zehn Minuten später die Truhe verladen lassen. Ja, er hatte höchstpersönlich das Verladen beaufsichtigt und nein, weder er noch die Männer hätten vorher in die Truhe geschaut. Dazu hätte auch keine Veranlassung bestanden, die Truhe hätte in einer der hintersten Ecken gestanden und er sei davon ausgegangen, dass sie leer sei, wie immer.

»Die war eigentlich schon für den Schrottplatz vorgesehen, weil wir Platz für die neuen Modelle aus Mailand brauchen. Aber ich dachte, für die Tierbestattung reicht sie noch mal. Der Chef war gar nicht begeistert, als er gegen halb neun Uhr kam. Hat mir eigenmächtiges Verhalten vorgeworfen. Dabei fordert er das sonst immer ein.« Elvis zuckte mit den Schultern. »Wie man es macht, ist es falsch.« Dann riss er auf einmal Augen und Mund auf, als hätte er plötzlich etwas kapiert. »Jetzt verstehe ich!« Er nickte mehrmals. »Na klar! Sie wissen gar nicht, ob die Frau nicht schon seit Tagen da drin lag. Obwohl … die Truhe war nicht angeschlossen, das hätten wir doch gerochen, oder?«

Carmen seufzte, ging aber nicht auf seine Überlegung ein. Nachdenklich nahm sie eine der Limetten und rollte sie in der Hand. Dann holte sie das Foto hervor und hielt es Pjotr unter die Nase. »Kennen Sie diese Frau?«

Im Gegensatz zu seinem Chef ließ sich Pjotr Zeit bei der Beantwortung der Frage. Er nahm das Foto und betrachtete es ausgiebig. Fasziniert beobachtete Elfriede, wie er sich grübelnd durchs Haar fuhr, ohne auch nur eine Strähne der Tolle zu verschieben. Haarspray, entschied sie. Ohne Haarspray wäre das nicht möglich.

»Irgendwie kommt sie mir bekannt vor«, murmelte Elvis jetzt, immer noch auf das Bild starrend. Im Hintergrund quietschte die Bürotür und das Ehepaar Damaschke kam in den Verkaufsraum. In der einen Hand trug Herr Damaschke die zwei Tüten, mit der anderen hatte er fest die Hand seiner Frau gepackt.

Elvis warf einen Blick über die Schulter und gab Carmen das Foto zurück. »Tut mir leid. Ich weiß beim besten Willen nicht, wo ich sie einordnen soll.«

»In Ordnung«, meinte Carmen. »Tun Sie mir den Gefallen und denken noch einmal drüber nach. Wenn es Ihnen einfällt, melden Sie sich bitte umgehend bei mir.«

»Natürlich.«

»Eine Frage noch.« Carmen schien kurz zu überlegen. »Wo kaufen Sie Ihre Limetten?«

»Die Limetten? Wieso? In Wiesbaden auf dem Wochenmarkt.«

»Hm, viel zu teuer«, murmelte Carmen.

Bevor Elfriede Zeit hatte, ihrer Freundin einen irritierten Blick zuzuwerfen, hatte diese sich umgedreht, um in Richtung Tür zu marschieren. Elfriede nutzte die Gelegenheit, dem jungen Mann ihre Visitenkarte in die Brusttasche zu stecken. Dann eilte sie ihrer Freundin nach.

»Was machst du jetzt noch Schönes?«, fragte Carmen, während sie mit ihren hohen Schuhen um die Ecke des Küchenstudios trippelte, wo sich Plastikfolien und Verpackungsmaterial auftürmten. »Mist«, sie beugte sich vor, um Klebeband von ihrem Absatz zu fummeln. In gebückter Haltung winkte sie ihrem Kollegen zu, der vor dem Tor zur Warenauslieferung stand und sich Notizen machte. Elfriede erkannte in ihm das Knautschgesicht vom Vortag wieder.

»Fahren Sie ruhig vor, ich schau mich noch in der Nachbarschaft um«, rief er ihr zu. Carmen nickte, hakte sich bei Elfriede ein und ging mit ihr Richtung Parkplatz.

»Wirst du auf Kaninchenjagd gehen?« Carmen grinste, als sie ihre Autotür aufschloss.

»Spotte ruhig. Job ist schließlich Job. Aber ehrlich gesagt, ich hab keine Ahnung, wo ich anfangen soll.«

»Hauptsache, du hältst dich aus meinem Fall raus«, antwortete Carmen, warf ihr eine Kusshand zu, stieg ein, ließ die Tür mit einem satten Geräusch ins Schloss fallen und brauste davon.

Elfriede sah ihr nach. »Ich fürchte, das klappt nicht«, murmelte sie.

Hugo hatte Elfriedes Abwesenheit augenscheinlich schlecht verkraftet. Als sie nach Hause kam, reinigte Tante Ingeborg den Teppich. Der Entlebucher Sennenhund stand daneben und zog schuldbewusst den Kopf ein. Die Fenster zur Bahnlinie standen offen.

»Was ist los?«, fragte Elfriede.

»Nur ein kleines Malheur«, sagte Tante Ingeborg. »Vermutlich hat er sich allein gefühlt, weil seine Hauptbezugsperson nicht da war. Am mangelnden Ausgang kann es nicht liegen. Ich bin vor einer Stunde mit ihm um den Block spaziert.«

»Blödhund«, schimpfte Elfriede und ließ sich auf das Sofa fallen. Hugo blieb in gebührendem Abstand stehen, noch immer den Kopf gesenkt. Elfriede ließ ihren Blick durch den Raum schweifen. Seit ihre Tante ihre Vorliebe für Trockenblumen abgelegt und dafür frische Sträuße in Vasen aufgestellt hatte, sah es hier richtig wohnlich aus.

»Es könnte auch diese Sommergrippe sein«, spekulierte Tante Ingeborg. »Aber seit du ihm den Hustensaft ins Futter gemischt hast, ist die schon viel besser geworden.« Sie stopfte die Küchentücher in den Abfalleimer. »Hast du schon etwas über Oskar rausgefunden?«

»Über wen?«, fragte Elfriede, vor deren innerem Auge immer noch das Foto einer rothaarigen Frau mit Diamant-Ohrringen stand.

»Na, das Kaninchen«, sagte Tante Ingeborg und sprühte Teppichreiniger aus der Dose auf den Fleck.

»Nichts einfacher als das«, sagte Elfriede und streckte die Beine aus. »Zunächst beginne ich mit der Befragung in Oskars beruflichem und privatem Umfeld. Dann ermittle ich, ob der Riese eventuell Feinde hatte. Außerdem könnte es nicht schaden, wenn ich mir seinen Lebenslauf mal angucke. Am Tatort war ich schon, da habe ich keine Hinweise gefunden –«

Tante Ingeborg richtete sich empört auf. »Du tust ja gerade so, als ob Oskar ermordet wurde!«

»Wer ist ermordet worden?«, fragte Oliver, der gerade zur Tür hereinkam, natürlich ohne die Sportschuhe auszuziehen. Dünn wie ein Spargel war er geworden, im letzten Jahr hatte er einen richtigen Schuss getan. Er knallte seine Lederjacke auf das Sofa. »Im Winter läuft er im T-Shirt rum, im Sommer mit der dicken Jacke«, wunderte sich Elfriede. Hauptsache cool schien die Devise.

»Reizend, dass man dich auch mal wieder sieht!«, stellte Tante Ingeborg fest und richtete drohend die Sprühdose auf ihn: »Schuhe aus!«

»Mach dich mal locker, Tantchen!«, gab Oliver zurück, nestelte aber pflichtbewusst an den Schnürsenkeln. Dann sah er seine Mutter fragend an.

Elfriede aber war mit ihren Gedanken schon weiter. Natürlich hatte Tante Ingeborg recht. Nur weil in der zweiten Kühltruhe eine Leiche lag, musste nicht auch Oskar eines gewaltsamen Todes gestorben sein. Vielmehr war es sogar wahrscheinlich, dass der Deutsche Riese friedlich das Zeitliche gesegnet hatte, bevor er dann mausetot gestohlen worden war. Was wusste sie eigentlich über Oskars Tod?

Sie nahm sich vor, das Ehepaar Langenbucher danach zu fragen. Vorher wollte sie sich allerdings sachkundig machen.

»Weißt du was über Kaninchen?«, fragte sie Oliver, der sich gerade ein Glas Rosinen aus dem Vorratsschrank geholt hatte und sie gierig in sich hineinstopfte.

»Nö«, entgegnete Oliver, »aber das haben wir gleich.« Er zog das sündhaft teure iPad zu sich heran, das ihm sein Vater kurz nach der Geburt seiner Halbschwester geschenkt hatte, aus purem schlechtem Gewissen, wie Elfriede vermutete. Fünfzehnjährige waren leicht zu bestechen. »Rasse?«

»Deutscher Riese.«

Oliver tippte mit dem Zeigefinger auf dem Bildschirm herum und nuschelte dann zwischen den Rosinen hervor: »Fressfreudig, leuchtende Augen, freundliches Wesen. Für die Zucht ist die Ohrenlänge wichtig. Reicht das?«

Tante Ingeborg nahm ihm das Glas mit den Rosinen aus der Hand. »Die sind für den Apfelkuchen.« Dann drehte sie sich zu Elfriede: »Ich hab mal einen Krimi gelesen, in dem wurde ein Kaninchen entführt, damit beim Zuchtwettbewerb ein anderes den ersten Preis bekam.«

»Hm!«, machte Elfriede. Sie konnte nicht verhindern, dass ihr Gehirn ständig eine Verbindung zwischen der toten Frau und dem toten Kaninchen herstellte. Nachdenklich zupfte sie am Sofakissen herum, das Tante Ingeborg wie immer mit einem formschönen Knick versehen hatte. Was, wenn der Mörder der Rothaarigen aus einem ganz bestimmten Grund das Kaninchen vom Tatort entfernen musste? Weil es irgendeine Bedeutung hatte? Wenn also der Mörder und der Dieb ein und dieselbe Person waren?

Hugo, der offensichtlich der Meinung war, er hätte genug Schuldbewusstsein gezeigt, stupste sie mit der Nasenspitze an.

Elfriede sprang auf. »Ich muss noch mal ins Büro, telefonieren«, erklärte sie.

»Nach Hofheim-City?«, fragte Oliver. »Dann kannst du mich gleich mitnehmen. Ich wollte noch mal in den Shisha-Laden.«

Tante Ingeborg hielt ihn an der Kapuze seines Sweatshirts fest. »Nichts da, du übernimmst jetzt erst mal einen Hundespaziergang.«

Im Büro hörte Elfriede als Erstes ihren Anrufbeantworter ab.

»Es handelt sich um eine Tatortbesichtigung«, hörte sie Carstens Stimme, »und zwar bei mir zu Hause. Die Tat selbst ist für morgen Abend geplant. Also halte dich bereit!«

Elfriede schmunzelte. Carsten war immer für eine Überraschung gut.

Nach ihrer Trennung von Klaus hatte Elfriede es nicht für möglich gehalten, sich je in ihrem Leben noch einmal zu verlieben. Aber das Schicksal hatte ihr gleich in ihrem ersten Fall Ermittlungen beschert, die sie direkt in die Arme eines charmanten Mannes mit grauen Schläfen geführt hatten. Arzt war er auch noch. »Wie im Cora-Roman«, dachte Elfriede. Dann griff sie zum Telefonhörer.

»Verehrteste, wie schön, Ihre Stimme zu hören!« Galupka war auch am Telefon der vollendete Gentleman, als den sie ihn im Archiv der »Frankfurter Rundschau« kennengelernt hatte. Elfriede stellte sich vor, wie er seine Fliege zurechtrückte, bevor er zum Hörer griff. Schade, dass diese Sorte Männer fast ausgestorben war. Hin und wieder hatte es Elfriede ganz gerne, wenn ihr jemand in den Mantel half, die Tür aufhielt oder ihr das eine oder andere Kompliment machte. Klaus, ihr Ex, war darin nie besonders gut gewesen. Und das Schlimme: Seine Unhöflichkeit hielt er auch noch für modern.

»Lieber Herr Galupka, ganz meinerseits!«, flötete Elfriede ins Telefon. Der Schweiß lief ihr den Nacken herunter. Die Hitze strömte durch die geöffneten Fenster, die auf den Hinterhof hinausgingen. Elfriede schloss sie mit einer Hand, so war es immer noch stickig im Büro, aber leiser. »Die Sache ist die, dass ich mal wieder Ihre sachkundige Hilfe benötige. Es geht um Informationen zu einer Person: Natalya Kolbe.«

»Zu Ihren Diensten, Gnädigste!«, antwortete Galupka. »Wenn ich mich nicht sehr irre, dann ist die Dame unlängst auf einer unserer Leute-Seiten gewesen.«

»Ein VIP also?«, schlussfolgerte Elfriede, die sich aus Gesellschaftsklatsch nicht allzu viel machte.

»Sie nicht, aber ihr Mann!«, erwiderte Galupka. »Großes Tier in der Charity-Szene. Moment, ich schaue mal nach. Kolbe, sagten Sie?«

Elfriede nickte, besann sich dann aber darauf, dass der Archivar sie ja gar nicht sehen konnte. In diesem Moment klingelte es Sturm an der Tür. »Ja richtig, Kolbe. Und ich rufe gleich wieder an, Herr Galupka«, sagte Elfriede. »Schauen Sie in Ruhe nach.«

Betont langsam und verstimmt wegen der Unterbrechung öffnete sie die Tür. Davor stand Bodo mit Cora im Schlepptau.

»Und?«, fragte er.

»Guten Tag auch«, sagte Elfriede und schob sich so in den Spalt, dass weder der Hund noch sein Besitzer ihr Terrain entern konnten. Bodo ignorierte das und umklammerte ihre Schultern mit beiden Händen.

»Mensch Elfriede! Mir steht das Wasser bis zum Hals. Hast du schon was rausgefunden?«

»Jede Menge«, sagte Elfriede. »Oskar ist ein Deutscher Riese, fressfreudig, mit leuchtenden Augen und gerade richtig langen Ohren. Wer ihn nach seinem Ableben allerdings geklaut hat, ist mir noch nicht klar. Und wenn, würde ich es dir nicht sagen, denn meine Auftraggeber sind schließlich Herr und Frau Langenbucher.«

Bodo trat von ihr zurück, ließ sich auf eine Stufe im Treppenhaus fallen und raufte sich die Haare. »Ja, ja, ich weiß, wer den Schaden hat, spottet jeder Beschreibung. Nur finde ich das gerade alles überhaupt nicht lustig. Ich konnte so eben noch verhindern, dass meine Tierbestattung in den Zeitungsberichten erwähnt wurde.«

Elfriede setzte sich neben ihn. »Ich bin doch dran an dem Fall«, sagte sie und legte ihm tröstend eine Hand aufs Knie. »Es kann kein Zufall sein, dass das Kaninchen am selben Tag verschwunden ist, an dem die Dame ihre letzte Ruhe in der Kühltruhe gefunden hat. Womöglich handelt es sich beim Dieb und beim Täter um ein und dieselbe Person. Deshalb werde ich als nächstes einem Herrn Kolbe einen Besuch abstatten.« Sie bat Carmen in Gedanken um Entschuldigung.

Bodo warf ihr einen dankbaren Blick zu. »Hauptsache, du machst was! Ich halte diese Ohnmacht nicht mehr aus! Und wer ist Kolbe?« Dann sprang er auf. Cora hatte es geschafft, in einem unbeobachteten Moment durch die Bürotür zu schlüpfen.

»Nein!«, schrie Bodo und noch einmal: »Nein!« Dann spurtete er seinem Hund nach und riss die Fenster auf.

Die Hitze lag über der Stadt wie das feuchte Tuch, unter dem Hugo seinen Kamillentee hätte inhalieren sollen. Jede Bewegung löste Ströme von Schweiß aus. Elfriede war aus ihrem Büro geflohen, zur Eisdiele auf dem Marktplatz geschlendert, hatte sich je eine Kugel Vanille, Schokolade und Erdbeere geholt und damit die Rangfolge der beliebtesten deutschen Eissorten bestätigt. Nun saß sie auf einer der Holzbänke am steinern eingefassten Bächlein, ließ sich das Eis auf der Zunge zergehen und dachte darüber nach, was ihr der »Rundschau«-Archivar Galupka am Telefon erzählt hatte. Eigentlich hätte sie selbst darauf kommen müssen, denn hin und wieder, und sei's nur beim Friseur, griff sie doch mal zu einer Frauenzeitschrift.

Kurt Kolbe war vor dreißig Jahren ein passabler Sänger gewesen, auf den Bühnen der Welt zu Hause, ein Heldentenor von der Sorte, die alle wichtigen Rollen gesungen hatte: Lohengrin, Tamino, Belmonte, Florestan.

Eine Zeitlang hatte er damit viel Geld verdient, sich dann aber offensichtlich übernommen. Eine Stimmbandentzündung setzte seiner Karriere ein Ende. Als sein Stern zu sinken begann, hatte er rechtzeitig seine soziale Ader entdeckt, um weiter in den Schlagzeilen zu bleiben. Geholfen hatten ihm die »Straßenkatzen«.

Elfriede sah den Spatzen zu, die auf den Tischen des benachbarten Cafés nach Krümeln pickten. »Straßenkatzen«! Wer kam nur auf so einen bescheuerten Namen für einen Chor?

»Ein Projekt, das Menschen am Rande der Gesellschaft wieder zurück in die Gemeinschaft führen soll«, hatte der Archivar Galupka gesagt.

Elfriede fing das letzte Stückchen Erdbeereis mit der Zunge auf, bevor es die Waffel herunterrutschte. Komisch, sie hatte bisher gedacht, dass es gerade unter den Obdachlosen, den Berbern, wie sie sich selbst nannten, eine eingeschworene Gemeinschaft gab.

Aber diese Art Gemeinschaft war wohl gar nicht gemeint.

Galupka hatte am Telefon aus dem Zeitungsbericht zitiert: »Obdachlose proben zwei Mal in der Woche in der Frankfurter Katharinenkirche ihr großes Halleluja.« Seine Stimme zitterte vor Empörung. »Er hat tatsächlich Halleluja geschrieben, der Burger, unser atheistischer Metaphernkönig. Die ›Rundschau‹ ist auch nicht mehr, was sie einmal war.«

Elfriede hatte lachen müssen. »Sagen Sie das bloß nicht meinem Ex-Mann, dem Blattmacher!«

»Und dann«, vor Entrüstung war dem Archivar fast die Luft weggeblieben, »folgt gleich der nächste verunglückte Satz: Dreißig Sänger, die sonst Platte machen. Sie stehen da in abgewetzten Klamotten. Die Narben auf der Seele zeichnen ihre Gesichter.« Er räusperte sich. »Da kann ich nur sagen: Das schlägt dem Fass die Krone ins Gesicht. Sprachlich, meine ich!«

Elfriede hatte ihm zugestimmt.

Über Natalya Kolbe aber hatte Galupka nicht viel zu vermelden gehabt. Seit drei Jahren war sie mit dem zwanzig Jahre älteren Sänger verheiratet. Eine junge Anlagenberaterin, die ihn angeblich anhimmelte und bei jedem Auftritt in der Öffentlichkeit an seiner

Seite war. Immer perfekt gekleidet, charmant, offenbar glücklich. Bisher keine Kinder.

»Die Kollegen sind dran«, hatte Galupka bestätigt. »Über den Tod haben sie ja schon berichtet. Ich bin sicher, die graben noch etwas aus. Sind Sie an den Ermittlungen beteiligt? Dann würde ich Sie gleich mal zur Redaktion durchstellen.«

Elfriede hatte das schnell abgewehrt und sich bei Galupka bedankt. Auf keinen Fall wollte sie mit ihrem Ex-Mann verbunden werden, der als einer der wenigen Festangestellten die Insolvenz der »Frankfurter Rundschau« überstanden hatte und aufgrund der wirtschaftlichen, aber vermutlich auch privaten Schwierigkeiten derzeit chronisch schlecht gelaunt war.

Ja, ja, so ein Baby veränderte vieles.

Sie stand auf und spazierte über den Platz, um in ihr Büro zurückzukehren.

Die Hitze hatte die Menschen langsamer werden lassen, sie suchten den Schatten unter den Bäumen oder flüchteten sich unter die Sonnendächer der Cafés. Nur eine kleine, quadratische Frau eilte zielstrebig die Fußgängerzone entlang, in der Hand eine riesige gusseiserne Gießkanne. Elfriede wunderte sich. Frische Blumen, okay, aber was wollte Tante Ingeborg mit so einer großen Gießkanne?

Sie hatten doch zu Hause in der Bornstraße gar keinen Garten.

Zurück im Büro kramte Elfriede ihre Zettel hervor. Obwohl auf dem Schreibtisch der günstig bei Ebay ersteigerte Computer stand, mochte sie sich nicht von ihren alten Methoden trennen. Mit denen kam sie bestens zurecht. In Minutenschnelle hatte sie alte Zettel aussortiert und in den Papierkorb geworfen, einen Lottoschein, der dazwischengerutscht war, in ihre Geldbörse und eine immer wieder aufs Neue verwertbare Einkaufsliste in ihre Handtasche geschoben. Dann notierte sie akribisch Stichworte zu allen ihr bekannten Fakten auf weitere kleine Zettel und legte sie neben- und untereinander auf die Schreibtischplatte, bis ein Raster entstand wie bei einem Memory-Spiel in der dritten Runde. Etwas unordentlich. Aber nicht zum ersten Mal wäre ihr durch das Austauschen des einen oder anderen Zettels, durch das Hin- und Herschieben eine Verbindung ins Auge gefallen, die sie sonst vielleicht nicht bemerkt hätte. Dieser Fall war so konfus, dass ihre Methode mindestens so viel Aussicht auf Erfolg versprach wie jede andere. Nämlich gar keine. Zumindest nicht im Moment. Ziemlich ratlos besah sich Elfriede das Ergebnis ihrer Arbeit. Wenn ihr das Raster etwas sagen wollte, dann konnte sie es zumindest jetzt nicht erkennen.

Sie schob die Zettel zur Seite und fuhr den Computer hoch. Bei Google Maps orientierte sie sich und fertigte eine Skizze an, auf der sie die Tierbestattung und das Küchenstudio eintrug. Neben dem Studio lag ein großer Parkplatz, den anscheinend auch die Kunden der angrenzenden Firmen benutzten, sofern sie nicht über einen eigenen Hof verfügten. Sie beschriftete die Straßen und einige Gebäude der Umgebung, es machte Sinn, in der Nachbarschaft mal zu fragen, ob jemand etwas Verdächtiges gesehen hatte.

In der Bornstraße roch es brenzlig. Elfriede schnappte nach Luft, als hätte sie sich bei Hugo angesteckt. Während sie mit der rechten Hand den Schlüssel ins Schloss steckte, kramte sie hektisch mit der linken in ihrer Umhängetasche nach dem Handy. Ihre Augen tränten. Um Gottes willen, was war hier los? Sie musste sofort die Feuerwehr informieren!

Endlich öffnete sich die Tür und Elfriede stürzte hustend in den rauchgefüllten Flur. An ihr vorbei schoss Hugo auf die Straße.

»Ingeborg, Oliver? Wo seid ihr?«, schrie sie. »Raus hier, es brennt!«

Tante Ingeborg erschien in der Küchentür, mit der Hand heftig den Rauch wegwedelnd. »Schon gut, Kind. Alles in Ordnung. Es ist nichts passiert.«

Oliver kam mit einem fetten Grinsen aus dem Wohnzimmer. »So, jetzt sind alle Fenster auf Durchzug«, meinte er. »Ihr könnt weitermachen.«

Elfriedes Blick schnellte von der einen zum anderen. »Aber …, was …?«

»Uns sind nur die roten Linsen angebrannt«, meinte Ingeborg. »Kein Grund für so einen dramatischen Auftritt.« Kopfschüttelnd drehte sie sich um und verschwand wieder in der Küche.

Das Allerschönste daran, dass Ingeborg sich entschlossen hatte, ganz bei ihnen einzuziehen, war die Tatsache, dass Elfriede und Oliver tagtäglich ein warmes und leckeres Mittagessen serviert bekamen. Ingeborg kochte wie einst Elfriedes Mutter und tischte ihnen die Mahlzeiten aus Elfriedes Kindheit auf. Reibekuchen, Rindsrouladen, Möhrenkartoffelstampf oder Gemüsesuppe. Es gab jeden Tag ein kleines Highlight. Aber niemals, nicht in Ingeborgs Zeit in Lorsbach und nicht in all den Jahren davor, hatte Elfriede erlebt, dass Ingeborg etwas angebrannt wäre. Niemals!

Und wieso eigentlich *uns* und *ihr*?

Neugierig trat sie ein paar Schritte vor und spähte in die Küche.

Was sie sah, schockierte sie noch mehr als die Nachricht über das Angebrannte.

Das gab es doch nicht. Das konnte doch nicht wahr sein?

»Was zum Teufel …?«

Mit offenem Mund starrte sie ihre Freundin Carmen an, die mitten in der Küche stand und eine von Ingeborgs Kittelschürzen trug. In den in Kochhandschuhe gehüllten Händen hielt sie einen schwarz angelaufenen Topf mit verkohltem Inhalt und auf der Wange ließen sich eindeutig Mehlspuren ausmachen.

Elfriedes Verblüffung schlug in Erheiterung um.

Carmens dunkle Augen blitzten. »Wehe«, sagte sie nur. »Wehe, du lachst!«

Elfriede zog fragend die Augenbrauen hoch. »Du kochst?«, fragte sie und bemühte sich, einen zuckersüßen Unterton in ihre Stimme zu legen.

»Ich muss«, brummte Carmen, trat mit dem Fuß auf das Pedal des Mülleimers und warf den Topf samt Inhalt wütend hinein. Tante Ingeborg runzelte die Stirn.

»Ich glaube, das mit der Linsensuppe lassen wir lieber, Carmen«, meinte sie. »Du willst doch auf Nummer sicher gehen. Wir brauchen etwas, das noch einfacher ist.«

Kopfschüttelnd stellte sich Elfriede vor die beiden Frauen. »Was ist hier eigentlich los? Wieso musst du kochen?«

»Weil ich bescheuerte Kollegen habe«, schimpfte Carmen. »Weil die sich drücken und sich ins Fäustchen lachen, dass es mich getroffen hat.«

»Hä?« Elfriede verstand nur Bahnhof.

Carmen ließ sich erschöpft auf einen Küchenstuhl fallen. »Pass auf, ich erklär es dir. Es gibt da diese neue Kochshow im Fernsehen. Im Regionalprogramm. Nennt sich Cop-Pot. Mit dem bescheuerten Untertitel: Wie Hessens Polizisten weichkochen. Jede Woche einmal treten Polizeibeamte aus verschiedenen Abteilungen zu einem Kochduell an.« Sie fuhr sich mit der Hand durch die Haare und verwüstete ihre sonst so tadellos sitzende Frisur. Eindeutiges Anzeichen für Elfriede, dass sich ihre Freundin in einem Ausnahmezustand befand.

»Und da machst du mit?«

»Ja, leider. Sogar schon übernächste Woche. Anweisung von oben. Einer von uns sollte mitmachen. Imagepflege und so. Bürgernah, all diese Schlagworte. Tja, wir haben gelost. Ich hab denen gleich gesagt, dass ich gar nicht kochen kann. Aber weißt du was? Meine ach so lieben Kollegen sind in Wirklichkeit böse.

Abgrundtief böse. Keiner will tauschen. Sie meinten, wenn schon nicht beim Kochen würde ich doch zumindest durch meine Erscheinung punkten.« Carmen schnaufte empört. »Das ist doch sexistisch, oder? Ich sollte sie anzeigen!«

Wie zur Bekräftigung winselte Hugo, der sich wieder in die Wohnung gewagt hatte.

Tante Ingeborg klopfte Carmen beruhigend auf die Schulter und reichte Hugo ein Leckerli. »Das bekommen wir schon hin, Kind. Keine Sorge. Also, lass mich mal überlegen. Das mit den Eierkuchen war auch keine gute Idee. Wie wäre es mit einer kalten Vorspeise?«

Elfriede setzte sich jetzt auch. Sie versuchte, sich in die Verzweiflung ihrer Freundin einzufühlen. Aber es ging einfach nicht länger. »Cop-Pot?«, schnaufte sie. Dann prustete sie los. Eingedenk der Schwäche ihrer Freundin für Esoterik konnte sie es sich nicht verkneifen, eine Bemerkung hinterherzuschießen. »Warum bestellst du nicht ein wenig Kochtalent beim Universum?«

Tante Ingeborg seufzte und holte den Topf aus dem Mülleimer. »Den bekomm ich wieder hin«, murmelte sie.

Carmen fing an zu weinen.

Um Tränen zu trocknen, hatte Tante Ingeborg ein Allheilmittel parat: Melissentee. Sie stellte die dampfende Kanne auf den Tisch, schob ein paar selbstgebackene Schokoplätzchen in Carmens Richtung und schlüpfte dann aus ihrer Schürze. »Ihr entschuldigt mich, Kinder, ich habe noch einen Termin.«

Elfriede sah sie über den Rand ihrer Tasse misstrauisch an. »Jetzt noch?«

Seit dem Fall mit Alexander Köster wurde sie immer ein wenig nervös, wenn Ingeborg an ungewöhnlichen Orten oder, wie jetzt, zu ungewöhnlichen Zeiten unterwegs war.

Tante Ingeborg zog trotz der Hitze ihre graue Strickjacke über und griff nach ihrer Handtasche: »Warte nicht auf mich, es kann später werden!«

Bevor Elfriede weiter in sie dringen konnte, war ihre Tante aus der Wohnungstür, gefolgt von Oliver, der sich als Babysitter bei seinem Vater verdingt hatte und die S-Bahn nach Frankfurt erreichen wollte.

Hugo sah beiden mit großen Augen nach.

Elfriede strich ihm über das Fell. »Dann machen wir es uns eben hier gemütlich«, sagte sie und drehte sich zu Carmen um, die gerade die Reste ihres Augen-Makeups mit einem Papiertaschentuch abtupfte. »Möchtest du noch eine Tasse?«

»Ich könnte etwas Kräftigeres gebrauchen«, antwortete Carmen, deren Stimme sich etwas gefestigt hatte. »Und ob du's glaubst oder nicht – jetzt habe ich richtig Hunger.«

»Hier wird heute Abend nicht mehr gekocht«, entschied Elfriede. »Wir gehen in die Linde.«

Das Dorfgasthaus zur Linde verdankte seinen Namen einem Baum, den der Heimatverein 1905 zum 100. Geburtstag Schillers auf dem Lorsbacher Zimmerplatz gepflanzt hatte. Jahrelang hatte sein Laub dort Schatten gespendet, aber die dichte Asphaltdecke über seinen Wurzeln und der Wulstige Lackpartling, ein Pilz, dessen Name Elfriede außerordentlich interessant fand, hatten der Linde so zugesetzt, dass sie gefällt und durch eine neue ersetzt werden musste. Die junge Linde, kaum drei Meter hoch, musste sich die Aufmerksamkeit der Dorfbewohner erst noch verdienen, was man vom Gasthaus, das in einem der ältesten Fachwerkhäuser Lorsbachs untergebracht war, nicht behaupten konnte. Wie jeden Abend waren auch heute die Stühle am Tresen von Stammgästen belegt und vor der Kneipe saßen Dorfbewohner beim Bier, um ihren Feierabend zu genießen. Elfriede drängte sich zur Wirtin vor, um zu bestellen.

»Hi, Dani!«, sagte sie. »Wir brauchen mal die Karte.«

»Ei Gude!«, schrie ihr ein Mittvierziger ins Ohr, den sie schon öfter hier hatte zechen sehen. »Spiellsde mid?« Um seine Aufforderung zu bekräftigen, ließ er genau neben ihrem Ohr einen Luftballon rotieren, in den ein Würfel eingeschlossen war. »Fünf«, quakte er zufrieden und bot Elfriede den Ballon an. Bevor die ihn ablehnen konnte, hatte Carmen hinter ihr das Ding gepackt und drehte es in ihren Händen.

»Wo hast du denn den Präser her?«, fragte sie den Spieler.

Dem Mann fielen fast die Augen aus dem Kopf, als er Carmen sah. »Verdi«, sagte er und zog ein Briefchen mit dem Werbeaufdruck der Gewerkschaft aus der Hosentasche. »Habbe se heut am Fluchhafe verteilt. Kammer alls brauche. Willsde aach oans, schee Mädsche?«

Carmen schüttelte die Locken und danach den Ballon mit dem Würfel. »Sechs«, stellte sie fest, »mit ch. Gewonnen.«

»Ei«, sagte der Mann, »beim Pariser-Roulette spille mer so lang, bis der platzt. Dann muss de Verlierer e Rund zahle.«

Carmen nahm einem Gast die Zigarette aus der Hand und hielt sie an den Ballon. Es gab einen Knall. Sie wedelte mit einem Zwanzig-Euro-Schein: »Ouzo für die Herrschaften. Und jetzt brauche ich einen griechischen Salat.«

An der Art, wie sie darin herumstocherte, erkannte Elfriede, dass Carmen im Geist die Zutaten analysierte und checkte, ob das Rezept etwas für ihren Auftritt im Fernsehen sein könnte. Elfriede hatte das Thema Kochshow nicht mehr angesprochen, um ihre Freundin nicht weiter zu verletzen. Hier war sowieso Ingeborg die richtige Ansprechpartnerin. Und über Kolbe wollte Elfriede erst recht nicht reden, sonst hätte Carmen wohlmöglich geahnt, dass ihre Freundin sich mehr um den Fall kümmerte, als es der Polizei lieb war. So tranken sie schweigend ihren Whisky und sahen der Würfelrunde zu, die inzwischen einen neuen Präser aufgeblasen hatte.

»Vielleicht hat Ingeborg ja ein Date«, meinte Carmen unvermittelt.

Elfriede reagierte verblüfft. »Glaubst du, sie hat einen Verehrer?«

»Warum denn nicht? Für Liebe gibt es schließlich kein Alter.« Carmen grinste und schien zum ersten Mal heute Abend wieder ganz die Alte. »Übrigens …«

Elfriede ahnte, was kam.

Carmen sah sie mit hochgezogenen Augenbrauen an und schob fragend den Kopf vor. »Na los, erzähl schon!«

»Es gibt nicht viel zu erzählen. Wir haben uns ein paar Mal getroffen.«

Die Rede war von Doktor Carsten Huber, dem Arzt aus Niedernhausen, den Elfriede um vieles attraktiver fand, als sie ihrer Freundin eingestehen wollte.

Carmen trommelte ungeduldig mit den Fingerspitzen auf den Tisch. Elfriede übersetzte das in: Lass dir nicht alles aus der Nase ziehen. Wie weit seid ihr?

Sie räusperte sich. »Also, ich habe noch nicht bei ihm übernachtet, wenn du das wissen willst.«

»Warum nicht?«

»Wie – warum nicht?« Kopfschüttelnd sah sie ihre Freundin an. »Hallo? Ich bin frisch geschieden, ich bin noch nicht so weit. Außerdem sind da Oliver und Ingeborg und meine Arbeit und –«

»Und jetzt auch noch ein Hund, schon klar.« Carmen verdrehte die Augen. »Pfff!«

Elfriede schob die Unterlippe vor und spielte mit ihrem Glas, das kleine Wasserkringel auf dem Holztisch hinterließ. »Ich trau mich nicht«, sagte sie dann. »Es ist so lange her und ich weiß auch gar nicht, ob das was Ernstes werden könnte. Er ist schließlich ein bisschen älter …«

Carmen setzte sich aufrecht hin, Zeichen für eine »Jetzt hör mir mal gut zu«-Freundinnenansprache. »Hör mal, du sollst ihn nicht heiraten. Du darfst einfach ein bisschen Spaß haben.« Sie streckte ihren Zeigefinger in Elfriedes Richtung. »Also, entspann dich. Zieh die Bernsteinkette an, die macht dich ein wenig sorgloser. Ich erwarte baldmöglichst Vollzugsmeldung.« Sie zog den Zeigefinger wieder ein. »So, und jetzt geh ich. Ich muss meine S-Bahn nach Hofheim bekommen. Die Drinks gehen auf dich.«

Elfriede winkte der Bedienung, um zu zahlen.

»Wollen Sie schon den Abflug machen?«

Irritiert sah Elfriede auf und blickte geradewegs auf eine wilde schwarze Tolle. »Was machen Sie denn hier?«, fragte sie den jungen Mann, der sich ungefragt zur ihr auf die Bank setzte.

»Ich habe ein bisschen recherchiert«, antwortete der Vorstadt-Elvis namens Pjotr, wie Elfriede sich zum Glück erinnerte, »nachdem Sie mir Ihre Karte gegeben hatten.« Er sah sie auffordernd an. »Ich will Ihnen ein Angebot machen, das Sie nicht ablehnen können.«

Elfriede amüsierte sich über das Zitat aus dem Film »Der Pate«. Sie schien es mit einem Cineasten zu tun zu haben. »Wenn es um eine neue Küche geht, lautet die Antwort nein!«, sagte sie bestimmt. »Da bin ich hoffnungslos altmodisch. Ich liebe mein Buffet.«

»Jeder wie er mag«, stellte Elvis versöhnlich klar. »Ich bin nicht als Verkäufer hier. Nach Feierabend gilt mein Interesse der Firma Horch und Guck.«

Elfriede sah ihn verständnislos an.

»Haben Sie nicht die neue Holmes-Serie gesehen?«, fragte Elvis zurück. »Hypertonisch, wie die BBC die Story ins einundzwanzigste Jahrhundert verlegt hat. Der Mann operiert mit GPS, iPhone und Internet, aber die Fälle löst er nur, weil er ein Genie ist und schneller als andere die richtigen Schlüsse ziehen kann. Da ist er der Polizei haushoch überlegen. Ein Nerd eben.«

Elfriede kramte in ihrem Gedächtnis. Ein markantes Gesicht mit einer wilden schwarzen Haarmähne tauchte vor ihrem inneren Auge auf. Benedict oder so ähnlich musste der Schauspieler heißen. Oliver hatte sie mal dazugeholt, als der moderne Sherlock über die Mattscheibe lief. »Ja und?« Sie stand noch immer auf der Leitung.

Die Wirtin kam, um abzukassieren.

»Nehmen Sie mich als Praktikanten«, strahlte Pjotr sie an. »Ich will das Handwerk lernen. Ich bin begabt und habe psychologischen Spürsinn. Außerdem könnte ich Ihnen bei Ihren Ermittlungen von Nutzen sein.«

Elfriede fiel vor Schreck der Fünfzig-Euro-Schein aus der Hand, mit dem sie gerade bezahlen wollte. »Kommt gar nicht in Frage«, wehrte sie ab. »Ich fürchte, Sie verwechseln hier etwas. Das Leben ist alles andere als ein Film. Ich kann keinen Assistenten gebrauchen.«

»Natürlich können Sie das.« Elvis klang bestimmt. Dann senkte er seine Stimme. »Nehmen wir mal an, ich hätte die Frau auf dem Foto schon mal im Küchenstudio Damaschke gesehen.«

Elfriede steckte den Geldschein wieder ins Portemonnaie. »Bring uns noch zwei Wodka, Dani«, bat sie die Wirtin.

3

»Nun mach schon, Hugo!«, drängte Elfriede. In der Nacht hatte es geregnet und sie registrierte dankbar, dass die Temperatur ein wenig gefallen war. Nun stand sie mit Hugo auf den dampfenden Wiesen hinterm Nahkauf und wartete darauf, dass der sein Geschäft machte. Aber der Hund stakste nur mit erhobenen Pfoten durch das nasse Gras und fand offenbar keinen geeigneten Platz, um sich hinzusetzen. Elfriede blätterte ungeduldig in den Zeitungen, die sie bei Cemal im Lorsbacher Kiosk erstanden hatte.

Das Boulevardblatt hatte mal wieder alle übertroffen. Auf Seite 1 prangte ein Foto von Kolbe mit wallendem Hinterhaar, darunter in roten Lettern: *Er war ein Engel für andere. Braucht er jetzt selbst Hilfe?*

Daneben ein kleines Foto von Natalya in einem roten Abendkleid ohne Träger.

»Valentino«, hatte Pjotr-Elvis gesagt, der sich anscheinend nicht nur mit Psychologie und Sherlock Holmes auskannte, sondern auch mit der Haute Couture. »Sie hatte Klasse und Stil.« Elfriede betrachtete das Foto ausführlich.

Sie war seine Stütze, stand als Bildunterschrift darunter. Tatsächlich? Und was hatte die Luxus liebende Natalya Kolbe bei Damaschke gesucht? Warum hatte der geleugnet, sie zu kennen?

Hugo stupste sie mit der Nase an.

»Bist du fertig?«, fragte Elfriede. »Dann können wir ja frühstücken.«

Dass Oliver in den Ferien vor ein Uhr mittags aufstand, damit rechnete sie nicht. Aber dass jetzt auch Tante Ingeborg zu den Langschläfern gehörte, kam ihr seltsam vor. Ob ihre Tante tatsächlich einen Mann kennengelernt hatte? Sie ging jetzt öfter abends aus. Zu wünschen wäre es ihr ja. Elfriede wollte nicht indiskret sein. Irgendwann würde sie es schon erfahren.

Sie ging zurück in die Bornstraße, schloss die Tür auf, stellte die Kaffeemaschine an und griff dann zum Telefon. Das Ehepaar Langenbucher würde ihr bestimmt Auskunft geben können über Oskars Todesursache.

»Ja?« Frau Langenbuchers Stimme klang noch immer matt und zittrig.

»Schmittke hier«, sagte Elfriede. »Frau Langenbucher, es tut mir leid, aber um Oskar zu finden, muss ich noch etwas in Erfahrung bringen. Wie ist er eigentlich gestorben? War er krank oder hatte er einen Unfall?«

»Wir haben es ja selbst nicht gewusst«, jammerte die alte Frau. »Mal war er apathisch, dann wieder völlig normal. An einem Tag hat er gefressen und am anderen das Futter verweigert. Manchmal hat er den Kopf so komisch schief gehalten. Der Tierarzt hat ihm eine Spritze gegeben, aber da war es wohl schon zu spät! Am nächsten Tag ist Oskar in unseren Armen gestorben.«

»Das tut mir leid«, sagte Elfriede. »Ich tue, was ich kann, um ihm eine würdige Bestattung zu ermöglichen.«

Tante Ingeborg erschien in ihrem alten Dralon-Morgenmantel in der Küche und gähnte herzhaft. Hugo schnupperte an ihr.

»Hast du ein Croissant mitgebracht?«, fragte sie und goss sich Kaffee ein. Dann schob sie die Vorhänge zurück und schaute zufrieden auf den Grünstreifen zwischen den Bahngleisen. »Es hat geregnet, das ist gut!« Sie fischte ein Brötchen aus der Tüte, gab sich anstelle des Croissants auch damit zufrieden und zog die Erdbeermarmelade zu sich heran. »Nach dem Duschen werde ich mal die Waschmaschine anwerfen«, sagte sie. »Vierzig Grad Buntwäsche. Wenn du was hast, leg es bitte auf den Wäscheberg vor der Maschine.« Dann schob sie Hugo entschieden von sich: »Am Tisch gibt es nichts!«

Im Wäschewaschen war Tante Ingeborg mindestens so gut wie einst Clementine aus der Ariel-Werbung. Nicht nur sauber, sondern rein. Während Elfriede aus lauter Angst und Bequemlichkeit alles mit 30 Grad wusch, kannte Ingeborg die Tricks und Tipps, um vergilbte Unterwäsche und rauchgeschwängerte Vorhänge wieder blütenweiß zu zaubern oder Fettflecken aus Lieblingsblusen herauszulösen. Elfriede war ihr dankbar dafür und überließ ihr das Waschen, auch wenn sie sich in letzter Zeit zuweilen fragte, ob ihrer Tante die Arbeit im Haushalt nicht zu viel wurde. Wäsche»berge« hatte es bisher nicht gegeben, dafür war Ingeborg eigentlich viel zu flott. Elfriede ging in ihr Zimmer, klaubte ein paar Teile zusammen und trug sie hinüber zur Waschmaschine. Sie stutzte.

Tante Ingeborg hatte offensichtlich auch Clementines Look übernommen. Auf dem Haufen vor der Maschine lag eine braune Latzhose. Spuren von Lehm und Grasflecken hatten das gute Stück zu einer Herausforderung für jedes Waschmittel gemacht. Hugo versenkte seine Nase darin. Wo zum Teufel war ihre Tante damit gewesen?

Elfriede überlegte nur einen Moment. Dann hob sie die Hose auf und nahm sie mit sich. Sie würde ihr gute Dienste leisten.

Die Katharinenkirche war Frankfurts größte evangelische Kirche. Der barocke Bau lag mitten im Zentrum, nur ein paar Schritte von der Hauptwache entfernt. »Haste mal 'nen Euro?«, mit diesem Spruch hatte sie dort noch vor wenigen Tagen ein Obdachloser angeschnorrt, der sich kaum auf den Beinen halten konnte. Das zumindest war heute nicht zu befürchten.

Elfriede hatte keine Ahnung, ob die Probe der »Straßenkatzen« heute wegen der besonderen Umstände ausfallen würde. Sie wusste nur, dass sie keine andere Chance hatte, an Kurt Kolbe heranzukommen. Als Journalistin wollte sie sich nicht noch einmal ausgeben, das hatte ihr Klaus, der Ex, nach dem letzten Fall verboten. Nicht, dass sich Elfriede darum geschert hätte, aber Kurt Kolbe hatte bestimmt genug Interviews zum Tod seiner Frau gegeben. Und als Detektivin hätte sie zugeben müssen, dass sie in diesem Fall ermittelte, was weder Carmen noch Kolbe besonders begeistert hätte. Blieb also nur die Rolle als Obdachlose.

Vorsichtshalber hatte Elfriede noch einmal ausgiebig mit Whisky gegurgelt, bevor sie zusammen mit Hugo das Haus verließ. Dem Hund hatte sie das Fell mit Kuhdung eingerieben, was ihr zumindest in der S-Bahn schon mehrere freie Plätze um sie herum beschert hatte. Tante Ingeborgs verdreckte Latzhose tat ein Übriges, und – um das Bild perfekt zu machen – hatte Elfriede ein paar Habseligkeiten in eine Plastiktüte gestopft. Nun öffnete sie die schwere Bronzepforte und kniff die Augen zusammen, um etwas in dem blauen Licht, das durch die Glasfenster hereinschien, sehen zu können.

Die Kirche war nicht gerade voll. Auf den Holzbänken saßen ein paar Männer und Frauen, einer hatte sich an den Rand auf eine Wolldecke gelegt und schnarchte. Niemand schien Notiz von Elfriede zu nehmen.

»Kommste zum Singen?«

Elfriede sah sich nach der krächzenden Stimme um. An der Wand neben der Tür lehnte ein hageres Männlein, offensichtlich ein Obdachloser, aber einer, der sich fein gemacht hatte. Die fettigen Haare waren nach hinten gekämmt, das fleckige Hemd war ordentlich in die Hose gestopft und der oberste Knopf war geschlossen. Mit einer Zipfelmütze hätte er ein wenig einem Gartenzwerg geähnelt.

»Oder willste beten?«

Elfriede fragte sich, ob der Mann sich wohl fürs Singen oder Beten zurechtgemacht hatte. Vielleicht ja für beides.

»Ich will zum Chor.« Sie gab Hugo ein Zeichen und er legte sich etwas abseits der Tür nieder. Augenblicklich schloss er die Augen. Elfriede lehnte sich neben dem Mann an die Wand.

»Weiß nicht, ob heute was draus wird. Eigentlich müssten die schon da sein. Aber der Schorsch sagt, es hätt was in der Zeitung gestanden. Der is deshalb gar nicht erst gekommen.«

Anscheinend waren noch mehr Leute diesem Vorbild gefolgt, denn mit den wenigen Gestalten in der Kirche konnte man sicher keinen Chor bilden.

»Wer sind denn die?«, fragte sie und bemühte sich, nicht gar zu neugierig zu klingen.

»Na, der Herr Kolbe natürlich, unser Chorleiter. Der hat echt was drauf, sag ich dir.«

Selbst in dem Halbdunkel konnte Elfriede das begeisterte Glitzern in den Augen des Mannes sehen.

»Und sein Helfer. Rechte Hand sagt er immer. Wir nennen ihn nur Bulldogge, weil er immer wie so ein Muskelpaket daherkommt und auch so ne verkniffene Fresse hat. Weiß gar nicht, wie der richtig heißt.«

Der Respekt, den das Männlein für Kolbe hegte, galt offenbar nicht für seinen Assistenten.

Die Kirchentür wurde geöffnet.

»Wenn man vom Teufel spricht«, sagte der Mann neben ihr. Im nächsten Moment warf er einen erschrockenen Blick zum Christus und hielt sich die Hand vor den Mund. »Sorry«, murmelte er. »Ist mir so rausgerutscht.«

Elfriede verkniff sich ein Grinsen und betrachtete den Mann, der gerade die Kirche betrat. Bulldogge war eine durchaus zutreffende Beschreibung, seine gedrungene Gestalt gab ihm selbst in dieser Umgebung etwas latent Aggressives.

Er stapfte ein paar Schritte in den Mittelgang, blieb dann stehen und klatschte in die Hände.

Der Mann auf der Decke schreckte aus seinem Schlaf hoch.

»Alle mal herhören, die Probe fällt heute aus.« Seine Stimme war im Vergleich zu seiner Figur überraschend hoch. »Der Chef hat einen Trauerfall in der Familie. Seine Frau ist gestorben.«

Gemurmel machte sich breit.

»Ruhe«, schnarrte der Mann und schob sich die Ärmel seines Hemdes über die Ellbogen. »Für morgen ist eine extra Probe angesetzt, gleiche Zeit. Sagt also besser mal euren Kollegen Bescheid – ihr sollt auf der Beerdigung singen.« Er schnaubte, als wolle er deutlich machen, dass er das für eine Schnapsidee hielt. »Das war's. Seid besser pünktlich morgen, wir haben jetzt schon genug am Hals.«

Die kleine Menge nickte und machte sich, mehrheitlich schlurfend, auf den Weg zum Ausgang. Elfriede trat auf den Mann zu.

»Hallo«, meinte sie und stellte sicher, dass ihr Whiskyatem in seine Richtung ging. »Ich bin neu, aber ich würd gern mitsingen.«

Der Mann betrachtete sie voller Widerwillen und machte automatisch einen Schritt rückwärts. »Das muss der Chef entscheiden«, knurrte er. »Du kannst ihn morgen fragen.«

Er warf einen Blick auf Hugo, der aufgestanden war und sich an Elfriedes Bein drängte. Sein Fell auf dem Rücken hatte sich leicht gesträubt.

»Und lass ja den Köter weg, auf so was steht der Boss gar nicht.«

Elfriede zog den Kopf ein, als hätte seine Einschüchterungsmethode Erfolg. Kolbe mochte ja durchaus ein mitmenschliches Anliegen mit diesem Chor verfolgen, seine rechte Hand hatte definitiv kein Gespür dafür.

»Ja klar, mach ich.« Sie nickte eifrig und versuchte ein Lächeln. »Ich bin übrigens die Elfie.« Sie streckte die Hand aus. »Und wer bist du?«

»Adrian. Und ich werde gesiezt, ist das klar?« Er ignorierte ihre Hand.

Wieder nickte Elfriede. Sie wollte gerade zu einer weiteren Frage ansetzen, als sie von dem kleinen Mann unterbrochen wurde.

»Gibt es dann heute keine Gutscheine?«, fragte er schüchtern.

Adrian zog die Augenbrauen in die Höhe. »Hast du heute gesungen?« Als der Mann nur den Kopf schüttelte, grinste er. »Na also!«

Ohne ein weiteres Wort drehte er sich um und verließ die Kirche.

Elfriede, Hugo und der Gartenzwerg folgten ihm langsam.

»Na, das ist ja ein Schätzchen«, meinte Elfriede zu ihrem Begleiter. »Ist der immer so drauf?«

»Ach, den darfst du nicht so ernst nehmen. Bei dem ist in der Kindheit was schief gelaufen. Zu wenig Muttermilch wahrscheinlich. Obwohl …«, der Mann kicherte. »So, wie der aussieht, wohl eher zu viel Milch.« Er schien das für einen Schenkelklopfer zu halten, so sehr musste er über seinen eigenen Witz lachen. Er knöpfte sich das Hemd auf und stellte sich vor. »Ich bin der Pauli. Hab meinen Hauptsitz gleich hier unten an der Konstabler. Und du?«

Elfriede zögerte. Mit der Frage hatte sie jetzt nicht gerechnet.

Pauli interpretierte ihr Schweigen anders. »Noch kein fester Platz, hm?« Er nickte verständnisvoll. »Das ist nicht gut. Gar nicht gut. Aber das kommt schon noch.« Tröstend klopfte er ihr auf die Schulter und schielte auf ihren Beutel. »Du hast da nicht zufällig ein wenig Medizin drin?«

Elfriede hob bedauernd die Schultern. »Was war das eben mit den Gutscheinen?«

»Die verteilt die Bulldogge meistens nach der Probe. Können wir einlösen gegen 'ne kleine Mahlzeit. Unsereins freut sich ja, wenn er mal was Warmes in den Bauch bekommt. Ganz ehrlich? Ein paar von den Kollegen kommen ja nur deshalb. Aber ich nicht. Ich hab Musik im Blut. Schon immer gehabt.« Er stimmte »O sole mio« an und hob dazu in bester Operntenormanier die Arme. Ein paar Passanten schauten zu ihnen herüber, die meisten aber ignorierten sie. »Ich hab gehört, dass der Herr Kolbe die aus eigener Tasche bezahlt. Kriegt er nicht vom Amt. Ein feiner Kerl ist das, der Herr Kolbe, ein ganz feiner.«

»Kanntest du denn auch seine Frau?«

Paulis Blick wanderte wieder zu ihrem Beutel. »Auf der Probe war die noch nie«, murmelte er.

Elfriede hatte gar nicht gewusst, dass man solche Freude an einer Dusche und ausgiebigem Zähneputzen haben konnte. Hugo teilte ihre Begeisterung für das Bad nicht, aber er wurde nicht verschont. Immer wieder seifte Elfriede ihn ein, bis er nur noch nach nassem Hund roch. Im altrosa Bademantel, ein Geschenk Ingeborgs zu Weihnachten, hockte sie sich anschließend ins Wohnzimmer, um ihre nächsten Schritte zu planen. Ganz wichtig war ein Besuch bei Damaschke, der laut Elvis die tote Frau Kolbe ziemlich oft getroffen haben sollte. Aber Elfriede hatte ihrem neuen Praktikanten versprochen, dies erst nach Feierabend zu tun. Elvis wollte nicht dabei sein, womöglich hätte sein Chef ihm sonst vom Gesicht ablesen können, dass er der Detektivin den Hinweis gegeben hatte. Und was war eigentlich mit Frau Damaschke? Könnte sie etwas dagegen gehabt haben, dass sich ihr Mann mit Frau Kolbe traf?

»Du hast einen Praktikanten?« Ingeborg hatte recht verschnupft auf diese Information reagiert. »Und wie lange soll das gehen?«, fragte sie jetzt.

»Vorübergehend. Nur abends ein paar Stunden und am Wochenende. Schließlich hat dieser Pjotr ja eine Arbeit.«

»Mich hast du nie eingestellt.«

»Ingeborg, ich habe ihn nicht eingestellt. Er bekommt kein Geld, er macht nur Erfahrungen.«

»Erfahrungen. Aha.« Ingeborg zog ihr »Ich bin beleidigt«-Gesicht. »Na, du musst ja wissen, was du tust«, meinte sie schnippisch und drehte dann den Fernseher lauter, um »Sturm der Liebe«

zu schauen. Diesmal mit dem »Das Thema ist für mich erledigt«-Gesicht.

Elfriede konnte sie im Grunde verstehen. Aber Deal war Deal. Elvis hatte ihr eine wichtige Information geliefert, dafür bekam er von ihr ein paar Lehrstunden. Er würde früh genug mitbekommen, dass der Hauptteil der detektivischen Arbeit viel langweiliger und trockener war, als er es sich wahrscheinlich erhoffte.

»Warum hast du das nicht direkt erzählt?«, hatte sie Elvis gefragt, als er ihr von Frau Kolbes Besuchen im Küchenstudio berichtet hatte.

»Na ja, der Damaschke kam doch gerade aus dem Büro, als Sie fragten. Ich wollte ihn vor seiner Frau in nichts reinreiten. Immerhin gehört ihr der ganze Laden, hat sie von ihrem Vater geerbt, Damaschke senior.« Er hatte sie angegrinst. »Das verstehen Sie doch, oder? Loyalität und so!«

Elfriede hatte darauf verzichtet, ihn nach einer genauen Definition von »und so« zu fragen. Sie nahm sich vor, ihm eine Kopie der Skizze zu geben, die sie angefertigt hatte. Er konnte die Nachbarschaft ablaufen und fragen, ob jemandem etwas aufgefallen war.

Elfriede schaute auf die Uhr. Es war noch genug Zeit, bevor sie zu Damaschke gehen konnte. In der Zwischenzeit wollte sie sein Alibi überprüfen, die Werbeagentur, in der diese wahnsinnig kreative Werbung für das Küchenstudio entwickelt wurde. Die Adresse war ebenfalls schon auf ihrer Skizze. »Schau einmal an«, hatte sie gedacht, als sie die Google-Maps-Seite vergrößerte. Die Werbeagentur lag in einer Nebenstraße, der rückwärtige Teil stieß genau an das Grundstück des Studios, genauer gesagt an den Parkplatz, und war von dort aus auch zu erreichen. Da hatte Herr Damaschke es ja nicht weit gehabt.

Mit einem Seufzer erhob sie sich. Dann mal los.

An der Tür drehte sie aber noch einmal um. »Ingeborg, du könntest mir einen Gefallen tun«, sagte sie.

Ihre Tante straffte den Rücken und streckte den Nacken ein wenig, wandte sich aber nicht um. »Wie Hugo, wenn er die Ohren spitzt«, dachte Elfriede und konnte sich ein Schmunzeln nicht verkneifen.

»Würdest du bitte für mich mit dem Ehepaar Damaschke aus Taunusstein telefonieren? Die haben anscheinend den gleichen Namen wie ihr Schwiegersohn, vielleicht kannst du herausfinden, wieso. Und ich müsste wissen, ob ihre Tochter Susanne tatsächlich die fraglichen drei Tage bei ihnen war.«

Ingeborg brummte nur, aber sie nickte dem Fernseher zu.

»Du bist ein Schatz, damit hilfst du mir wirklich sehr.«

»Perfekt«, dachte Elfriede, als die Tür hinter ihr ins Schloss fiel. »Eine Arbeit weniger und Ingeborg ist auch wieder versöhnt.«

Was Werbeagenturen und Unternehmensberater anging, hatte Elfriede eine gewisse Skepsis. Als junges Mädchen war sie mal eine Zeitlang mit einem Werber liiert. Bis sie merkte, dass er ihr nichts als hohle Sprüche servierte. Da war Schluss.

Die Werbeagentur Impressum war – wie Elfriede durch die Sprossen-Fensterwand sah – offensichtlich ein Ein-Mann-Betrieb. Nicht einmal eine Sekretärin versperrte den Weg zum Schreibtisch des Chefs. Zwei weiße Ledersessel vermittelten Seriosität, während die danebenstehenden neongelben Plastikstühle wohl für den richtigen Schuss Unkonventionalität sorgen sollten. Im Hintergrund ein großes neongrünes Schild mit der Aufschrift: *Raum für Ideen.* Elfriede seufzte. Immer noch besser als Ideen-Reich.

Der hagere Mann hob den Kopf von seinem Apple-Bildschirm, als Elfriede eintrat. Er trug die blonden Haare im Nacken länger. Ein gepflegter Dreitagebart, noch ein wenig dunkler als sein Haupthaar, zierte Kinn und Wangen. Irgendetwas an seinem Gesicht irritierte sie. Auf eine beunruhigende Weise wirkte es wie eine Maske. »Eine Mischung aus Julian Assange und Dorian Grey«, dachte Elfriede.

Der Mann stand auf und sie bemerkte, wie groß er war, bestimmt über eins neunzig. Wie alle Großen ging er ein wenig gebückt, um sich für seine Gegenüber kleiner zu machen. Er kam um den Schreibtisch herum, musterte sie von oben mit sehr blauen Augen, machte aber keine Anstalten, ihr die Hand zu reichen.

»Sie wünschen?«

»Ach«, sagte Elfriede liebenswürdig, »nur eine Kleinigkeit. Ich bin leider keine Kundin Ihrer Agentur, sondern nur Detektivin.« Sie zuckte entschuldigend mit den Schultern. »Und in diesem Beruf muss es diskret zugehen, da brauchen wir – nun ja – nicht unbedingt Werbung.«

Der Mann lächelte sie gewinnend an und entgegnete mit überraschend tiefer Stimme: »Da wäre ich mir nicht sicher. Sind sie selbstständig oder arbeiten Sie für eine Detektei? Branding, Benchmarking oder digitale Konversionsoptimierung sind immer wichtig. Wir Werber behalten den Blick für das Wesentliche, das haben wir mit Detektiven gemeinsam.« Er wies auf einen der beiden weißen Ledersessel. »Darf ich Ihnen etwas anbieten?«

»Gerne ein Wasser«, sagte Elfriede. Während er in den hinteren Raum verschwand, schob sie eine Schale mit in leuchtend türkisfarbenes Papier eingewickelten Pfefferminzpastillen zur Seite und zog die Prospekthülle, die darunter lag, auf dem Glastisch zu sich heran.

Wir verbinden Marken mit einer emotionalen Botschaft und klarer Bildsprache, las sie. In der Umschlaghülle der Mappe steckte eine Visitenkarte. Julian Weber.

»Sieh mal an«, dachte Elfriede. »Wenigstens beim Vornamen hatte ich die richtige Assoziation.«

Weber-Assange erschien mit einem gerippten Glas voll Wasser in der Hand. »Drückend heute, nicht wahr?«, smalltalkte er.

»Furchtbar«, stimmte ihm Elfriede zu. »Das muss der Klimawandel sein.« Bevor ihr Gesprächspartner das zum Anlass für eine

Diskussion über Umweltschutz nehmen konnte, kam sie zur Sache. »Kennen Sie Bodo Müller von der Tierbestattung Freundesruh?«

Der hessische Julian sah sie ausdruckslos mit seinen eisblauen Augen an.

»In seinem Geschäft wurde eine Leiche gefunden«, schob Elfriede nach. »In einer Kühltruhe von Küchen-Damaschke.«

»Ach, diese Sache«, winkte Weber ab. »Sie wollen das Alibi von Herrn Damaschke überprüfen. Das habe ich schon der Polizei gesagt. Er war morgens hier. Wir relaunchen gerade die Website des Küchenstudios. Alles unter einem Dach. Ganzheitlich, sozusagen.«

Elfriede war nicht ganz klar, wovon hier die Rede war. Aber so genau wollte sie das auch gar nicht wissen. »Können Sie genau sagen, von wann bis wann Damaschke in Ihrer Agentur war?«

»Auswendig nicht«, sagte Weber. »Aber wozu habe ich Marvin? Ich kann ja nachschauen, wann wir auf der Homepage waren.« Er stand auf, ging zu seinem Schreibtisch und wischte mit dem Zeigefinger über den Bildschirm. »Touchscreen«, erklärte er und lächelte Elfriede über den Rand seines Flachbild-Monitors an.

Es war das erste Mal, dass er eine glaubhafte Gefühlsregung zeigte.

»Ihr Computer hat einen Namen?«

»So ist es. Auch wenn ich es sonst verabscheue, wenn man Gegenständen einen Namen gibt, musste ich bei diesem Prachtstück hier eine Ausnahme machen. Marvin, nach dem legendären depressiven Roboter von Douglas Adams benannt. Haben Sie ›Per Anhalter durch die Galaxis‹ gelesen?«

Elfriede schüttelte den Kopf.

»Das sollten Sie! Eine Trilogie in fünf Bänden, absolut lehrreich!« Er beugte sich vor und tippte ein Icon an. »Hier haben wir es genau: Von acht Uhr sechs bis acht Uhr zweiunddreißig haben wir die Seiten auf meinem Bildschirm angeschaut. Rechnen Sie noch fünf Minuten vorher für die Begrüßung und fünf

Minuten nachher für die Verabschiedung hinzu, dann haben Sie den genauen Zeitraum.«

»Hm«, meinte Elfriede, »da waren Sie ja ganz schön schnell. Weniger als eine halbe Stunde.«

»Ich bin schnell«, antwortete Weber mit einer gewissen Befriedigung in der Stimme. »Schnell, akkurat und kompetent, mein Markenzeichen. Aber zugegebenermaßen lag es diesmal weniger an mir als an Herrn Damaschke. Er hatte es eilig und war nicht ganz bei der Sache, deshalb haben wir uns nur auf ein paar Hauptpunkte konzentriert.« Er umrundete seinen Schreibtisch und setzte sich wieder Elfriede gegenüber. »So, das hätten wir geklärt. Kann ich sonst noch etwas für Sie tun?« Er schlug die Beine übereinander und sah sie aufmunternd an.

Elfriede lächelte und stand auf. »Nein, vielen Dank!«

»Wenn's der Wahrheitsfindung dient!« Julian Weber nickte. »Wäre auch ein guter Spruch für eine Detektei. Aber er ist leider nicht von mir.«

»Teufel auch«, dachte Elfriede.

Sie bog um die Ecke und zündete sich eine Zigarette an. Julian Weber hatte also Damaschkes Alibi für den Morgen bestätigt. Damaschke konnte nicht in der Tierbestattung gewesen sein. Das änderte aber nichts an der Tatsache, dass er gelogen hatte. Er kannte Natalya Kolbe. Hatte er aus Angst geschwiegen?

Sie musste herausfinden, warum. Für einen kleinen Moment meldete sich das schlechte Gewissen.

»Du solltest Carmen darüber informieren«, flüsterte es, »schließlich hat sie dir auch geholfen.«

»Tu's nicht«, tönte eine andere Stimme dazwischen. »Sie wird dir verbieten, weiter in dem Fall zu ermitteln. Und außerdem hast du Bodo versprochen, seine Unschuld zu beweisen!«

Elfriede trat die Zigarette aus und machte sich auf den Weg. Sie könnte Carmen ja immer noch Bescheid sagen, wenn sie bei Damaschke gewesen war. Vielleicht hätte sie dann etwas viel Wichtigeres zu verkünden.

Vorsichtig lugte sie durch die großen Scheiben des Verkaufsraumes, um zu sehen, ob Pjotr-Elvis schon Feierabend gemacht hatte. Seine schwarze Tolle war nicht zu sehen.

Sie holte tief Luft, öffnete die Tür, hörte das Klingeln der Glöckchen, das Kundschaft signalisierte. In seinem gläsernen Büro hob Damaschke den Kopf. Er stand, über Prospekte gebeugt, an seinem Schreibtisch. Erneut registrierte Elfriede, wie männlich er wirkte. Er hatte ebenmäßige Gesichtszüge, das dunkelblonde Haar trug er ein wenig länger, aber akkurat geschnitten, die Haut hatte jenen Bronze-Ton, den man nur im Solarium erwirbt. Damaschkes ganze Erscheinung war auf Lässigkeit getrimmt, doch Elfriede war sich sicher, dass er nichts an seinem Outfit dem Zufall überließ. Er schaute sie an, machte aber keine Anstalten, auf sie zuzugehen.

»Herr Damaschke?« Elfriede hob ein wenig die Stimme, als ob sie eine Frage stellen wollte. Sie musste ja nicht sofort auf Konfrontation gehen. Aber Damaschke sollte wissen, dass sie etwas wusste. Etwas, das er abgestritten hatte.

Damaschke öffnete die Tür seines Glasbüros, blieb aber darin stehen, als wolle er verhindern, dass sie in sein Allerheiligstes eindrang.

»Ja?«, sagte er in demselben fragenden Ton, den Elfriede angestimmt hatte.

»Ich möchte noch einmal auf unser Gespräch zurückkommen«, sagte Elfriede verbindlich. »Sie erinnern sich, der Todesfall in der Tierbestattung.«

»Ja?«, wiederholte sich Damaschke. Seine Augen wanderten hin und her, als versuche er, ihrem Blick auszuweichen. Er schien zerstreut.

»Könnte es nicht doch sein«, ging Elfriede einen Schritt weiter, »dass die verstorbene Frau Kolbe in Ihrem Studio gewesen ist?« Um die Frage zu bekräftigen, nahm sie ein Zeitungsfoto der Toten aus ihrer Handtasche und hielt es ihm vor die Nase.

»Ich sagte doch schon«, begann Damaschke, »dass ich mich nicht erinnern kann. Natürlich, an manchen Tagen ist hier viel los und da verliert man schon mal den Überblick über die Kundschaft, also beschwören ...«

»Besser nicht«, entgegnete Elfriede. »Schwören Sie nicht. Es gibt nämlich Zeugen.«

Damaschke verlagerte sein Gewicht auf das Standbein. Er war noch immer um Lässigkeit bemüht, schien sich aber mehr anstrengen zu müssen, um diesen Eindruck aufrechtzuerhalten. Sein weißes Hemd bekam Schwitzflecken. »Hören Sie«, sagte er, »die Leute erzählen manchmal Unsinn. Auch hier in Wallau gibt es genügend Neider, die einem Geschäftsmann seinen Erfolg nicht gönnen. Das Fahrradgeschäft in der Hans-Otto-Straße hat letzte Woche eine Anzeige bekommen, weil sie das Lagergebäude fünf Zentimeter höher als erlaubt gebaut haben. Das ist so auf dem Dorf. Der eine gönnt dem anderen nichts. Und wir sind ein exquisiter Laden, spezialisiert auf italienische Designerstücke. Das ist den Bauern hier doch suspekt.«

»Ja, ja«, sagte Elfriede, »die Hölle sind immer die anderen. Aber es wäre gut, wenn Sie noch einmal genau nachdenken würden. Ich bin mir sicher, Sie haben etwas vergessen. Das passiert manchmal.«

»Also gut«, Damaschke stieß einen tiefen Seufzer aus. »Es kommt ja doch raus. Die Frau war Kundin bei mir.«

»Sie haben ihr eine Küche verkauft?«

»Hätte ich gern. Aber sie konnte sich nicht entscheiden. Jedes Mal, wenn wir uns geeinigt hatten und ich einen Plan erstellt habe, fiel ihr etwas Neues ein, das sie noch eingebaut haben wollte. Alle Naselang stand sie hier auf der Matte und verkündete neue Wünsche. Nervig eigentlich, aber sie trug es sehr charmant vor und vor allem bestellte sie nur vom Teuersten.«

»Warum haben Sie das nicht schon bei unserem ersten Treffen erzählt?«

»Warum wohl?« Damaschke hob resigniert die Arme. »Die Frau war meine Kundin und lag in meiner Truhe. Ich hab mich erschrocken und einfach nicht logisch reagiert. Ich wollte in nichts reingezogen werden und vor allem wollte ich meine Frau nicht aufregen. Sie müssen verstehen: Susanne ist sehr labil.«

Frau Damaschkes Gesicht mit den verkniffenen Zügen schob sich vor Elfriedes inneres Auge. »Nun gut«, meinte sie. »Ich rate Ihnen aber, mit genau dieser Aussage aufs Revier zu gehen. Das kommt auf jeden Fall besser, als wenn man es dort von mir erfährt. Also beeilen Sie sich lieber.«

Damaschke nickte.

Elfriede packte das Foto wieder ein, fingerte eine Visitenkarte für Damaschke heraus und schloss ihre Handtasche. Dann lächelte sie ihn liebenswürdig an. »Ach übrigens, eins muss ich noch klarstellen. Ich bin nicht bei der Polizei, ich arbeite als Privatermittlerin. – Einfach schöne Küchen haben Sie hier«, sagte sie und reichte ihm die Karte. »Das Auge isst bekanntlich mit, nicht wahr?«

Als sie ging, stand Damaschke in der Tür und sah ihr nach.

Oliver saß mit Hugo auf dem Sofa, löffelte etwas aus einem Kochtopf und sah sich seine Lieblingsserie im Fernsehen an. Es schien sein Frühstück zu sein, was er da am Spätnachmittag zu sich nahm. Zeit, dass die Schulferien zu Ende gingen, das Kind führte ein richtiges Lotterleben. Elfriede legte ihre Handtasche auf der Kommode ab und sparte sich die Bemerkung, warum er denn keinen Teller aus dem Küchenschrank genommen habe. Aufwands-Optimierer hatte Carmen ihren Sohn mal genannt. Es war durchaus als Kompliment gemeint. Und eigentlich konnte sie von Oliver nur lernen. War es nicht wirklich einfacher, die Riesenpackung Klopapier direkt aufs Örtchen zu stellen anstatt in den Vorratsschrank?

Aber da war immer noch Tante Ingeborg davor.

Elfriede nahm eine Flasche Wasser aus dem Kühlschrank, jagte Hugo vom Sofa und setzte sich neben ihren Sohn. »Gibt's was Neues?«, fragte sie und hoffte, etwas über Olivers Halbschwester Emilia zu erfahren, die mit ihren sechs Monaten ihren Ex auf Trab hielt.

»Nö«, mampfte Oliver. Er hatte seine gesprächigen fünf Minuten. »Ich muss auch gleich wieder los. Papa braucht mich noch mal!«

»Schon wieder babysitten?«, fragte Elfriede erstaunt. »Ich denke, die haben ein Au-pair-Mädchen. Und überhaupt – können die nicht mal einen Tag zu Hause bleiben?«

»Weiß nich«, mümmelte Oliver und schob sich noch einen Löffel Essen in den Mund.

»Was weißt du nicht?«, fragte Tante Ingeborg, die gerade zur Tür reinkam und Hugo, der auf sie zuschoss, die Ohren kraulte. »Hat übrigens einer von euch meine Latzhose gesehen?«

Elfriede machte sich auf dem Sofa etwas kleiner.

»Nö!«, sagte Oliver, stand auf und stellte den Kochtopf auf den Tisch. »Superlecker, Tante Ingeborg«, sagte er. »Kannste ruhig mal wieder kochen!«

Tante Ingeborg sah auf den Topf und erstarrte. »Hast du etwa Hugos Rindereintopf gegessen?«

Carsten Huber lebte in einer umgebauten Mühle an der Wiesbadener Straße Richtung Niedernhausen. Ein abschüssiger schmaler Weg führte von der Allee hinunter auf einen von Obstbäumen gesäumten Vorhof. Zu dieser Jahreszeit war er problemlos zu passieren, aber Elfriede konnte sich noch gut erinnern, wie sie bei Regenwetter mit dem Wagen ins Schlittern geraten war.

»Alles Übungssache«, hatte Carsten gesagt und gelacht. Er lachte überhaupt viel.

»Bei schönem Wetter ist es hier eindeutig romantisch«, dachte Elfriede. »Ein bisschen ab vom Schuss vielleicht, aber romantisch.« Der Mühlbach plätscherte gemütlich am Haus vorbei und auf den verpachteten Wiesen dahinter konnte man Pferde weiden sehen. »So hätte ich wohnen müssen, als mein Sohn klein war«, dachte sie. »Was für ein herrlicher Abenteuerspielplatz das gewesen wäre.« Jetzt würde Oliver ganz schön meckern. Kein Kino in Reichweite, keine Freunde in der Nachbarschaft und zur Schule wäre es ein langer Busweg. Elfriede schüttelte den Kopf. Müßig, darüber nachzudenken.

Carsten hatte auf der Terrasse gedeckt. Er kam heraus, als er das Auto hörte. Als Elfriede ausstieg, glitt ein Lächeln auf sein Gesicht. Elfriede musste auch lächeln, als sie das sorgfältige Arrangement auf dem Tisch registrierte. Rotweißkarierte Tischsets, große bauchige Weingläser, ein Teller mit Bauernbrot, ein Salat, ein kleiner Wiesenstrauß und tatsächlich eine Kerze. Eine rote Kerze.

»Der Mann ist auch romantisch«, dachte sie. Klaus hatte Kerzen höchstens zur Adventszeit wahrgenommen und dann immer auf die vielen Hausbrände durch entzündete trockene Kränze verwiesen. Dass er Elfriede einmal mit einem liebevoll gedeckten Tisch überrascht hatte, war nie vorgekommen. Obwohl – wahrscheinlich stimmte das nicht. Sie hatten schließlich auch herrliche erste Ehejahre miteinander verbracht. Elfriede hatte es nur vergessen. Oder verdrängt, gestand sie sich ein.

Im nächsten Moment war Klaus aber wirklich vergessen, denn Carsten nahm sie in den Arm und küsste sie zärtlich.

»Schön, dass du schon da bist«, meinte er und führte sie zum Tisch. »Ich hab schon befürchtet, dein neuer Fall verhindert mal wieder unser Date.«

»Ach, das ist ein Date?« Elfriede schmunzelte.

»Na, was denn sonst?« Carsten sah sie erstaunt an und griff nach der Weinflasche, um sie zu öffnen. Ein Ribera, bemerkte Elfriede, eine ihrer Lieblingssorten. Es freute sie, dass er sich das gemerkt hatte.

»Eine Frau, ein Mann und ein Dinner bei Kerzenschein, das kann nur ein Date sein, oder?« Er reichte ihr ein Glas und stieß mit ihr an. »Ich hoffe, du hast deine Zahnbürste mitgebracht.« Ein spitzbübisches Grinsen schlich auf sein Gesicht. »Heute lasse ich dich nämlich nicht wieder gehen.«

»Carsten, ich …«

»Schon gut, mein Herz. Lass uns erst einmal essen.«

Elfriede setzte sich auf die Holzbank, während Carsten im Haus verschwand, um nach dem Essen zu sehen. In Gedanken ließ sie die letzten Monate Revue passieren. Seiner ersten Einladung zum Kaffee waren viele weitere gefolgt. Elfriede fühlte sich wohl in seiner Gesellschaft, er schaffte es, dass sie sich unbefangen und attraktiv fühlte. Als sie merkte, dass ihr der Mann zu gut gefiel, ging sie auf Abstand. Sie wusste nicht, ob sie einer neuen Liebe überhaupt gewachsen war. Die Sache mit Klaus hatte ihr zugesetzt, mehr, als sie meist zugeben wollte. So rigoros zurückgewiesen und abgelehnt zu werden, hatte wehgetan und Elfriede wollte einen solchen Schmerz nie wieder erleben.

Aber Carsten war hartnäckig geblieben, stand immer wieder vor ihrer Tür und fand viele Wege, sie zum Lachen zu bringen. Und als er nach dem ersten Kuss, zu dem er sie vor dem Wolfsgehege der Fasanerie unvermittelt und heftig in die Arme zog, anfing, sie »mein Herz« zu nennen, da fand sie das gar nicht kitschig, sondern einfach nur schön. Aber zu mehr als Küssen und Schmusen war es noch nicht gekommen und das lag an ihr.

»Es ist ja gar nicht, dass ich nicht will«, hatte sie Carmen gestanden. »Es ist nur … Es ist so lange her, ich weiß gar nicht, ob ich es noch kann.« Verzweifelt hatte sie ihre Freundin angesehen. »Und außerdem: Sieh mich doch an. Das wird auch nicht schöner, wenn es nackt ist.«

Sie hatte befürchtet, dass die Freundin sie auslachen würde, aber Carmen hatte sie nur in den Arm genommen. »Elfie, er weiß doch, wie du aussiehst. Er mag dich genau so. Er will kein Model aus der Heidi-Klum-Kollektion. Er will dich. Und was den Sex betrifft …« Jetzt lachte sie doch. »Das verlernt man nicht. Vertrau mir!«

Genau. Elfriede setzte sich aufrecht hin. Carmen hatte recht. Er wollte sie und sie wollte ihn. Wo also war das Problem?

Carsten kam mit einer Bratenplatte durch die Tür und stellte sie auf dem Tisch ab.

»Ich hoffe, du magst Roastbeef. Ich habe das Fleisch extra in der Domäne besorgt.«

»Roastbeef ist prima.« Elfriede stand auf und legte ihm die Arme um den Hals. »Das kann man nämlich auch kalt essen.«

4

Morgens um halb fünf war die Landstraße menschenleer. Summend saß Elfriede hinterm Steuer.

»Ich will nicht, dass du gehst«, hatte Carsten gemurmelt und versucht, sie wieder ins Bett zu ziehen.

»Ich muss!« Lachend hatte sie ihn in die Laken zurückgedrückt. »Ich will zeitig in Frankfurt sein.«

»Dahin kannst du auch von hier aus fahren!« Er zog sie fest in seine Arme.

»Leider nicht. Ich brauche meine Latzhose.«

Bevor er weiterfragen konnte, schmiegte sie sich an ihn und küsste ihn.

Carmen hatte absolut recht gehabt. Man vergaß es nicht. Und dennoch war es eine Sensation gewesen, nach so langer Zeit wieder nackte Haut an der eigenen zu spüren. Fest gehalten und begehrt zu werden.

Elfriedes Summen ging in ein fröhliches Pfeifen über.

Das Roastbeef hatten sie tatsächlich kalt gegessen. Nackt, im Bett hockend und mit der sündig fetten Remouladensoße bestrichen. Als Elfriede versuchte, ihr Bäuchlein mit dem Laken zu verdecken, hatte Carsten es ihr nur wortlos weggezogen, sich vorgebeugt und sie geküsst.

Eigentlich hatte sie ihm von ihrem neuen Fall erzählen wollen, aber sie verspürte keine Lust mehr dazu. In dieser Nacht hatte sie nur Lust auf ihn.

Angewidert von ihrem eigenen Alkoholgestank betrat Elfriede die Kirche. Den Hund hatte sie weisungsgemäß daheim gelassen. Diesmal lungerte eine deutlich größere Gruppe zerlumpter Gestalten im Mittelschiff herum. Pauli war nicht unter ihnen.

Ein schneller Blick in die Runde zeigte ihr, dass weder Adrian noch Kolbe anwesend waren. Sie beschloss, draußen auf die beiden zu warten.

Keine Minute zu früh. Kaum stand sie vor der Tür, sah sie die zwei Männer im Eilschritt auf die Kirche zukommen. Adrian mit weit offenem Hemd, Kolbe neben ihm noch ein ganzes Stück dicker, als Elfriede aufgrund der Fotos vermutet hatte. Schwitzend rollte er genau auf sie zu.

»Entschuldigung, Herr Kolbe!« Elfriede trat einen Schritt vor.

»Ach, das ist die Neue«, meinte Adrian sofort.

Kolbe musterte sie eher flüchtig. »Schon mal gesungen?«, fragte er mit seiner tragenden Heldentenorstimme.

»Ja, früher mal. Im Kinderchor.«

Das war nicht einmal gelogen, obwohl Elfriedes Stimme durch das Rauchen eindeutig an Kraft verloren hatte. In den hohen Tönen brachte sie eigentlich nur ein Krächzen zustande.

»Ich weiß nicht«, meinte Kolbe. »Wir proben heute für einen Auftritt. Kennst du ›Time to say goodbye‹ von Andrea Bocelli und der Brightman?«

Die Frage überraschte Elfriede nicht, hatte sie doch bei Beerdigungen.de recherchiert und sich die deutsche Top Ten der Trauerhits angesehen. Dort Whitney Houston oder Schuberts »Ave Maria« zu finden, hatte sie nicht überrascht. Unheilig – auch das konnte sie noch nachvollziehen. Aber dass sich viele Trauernde »Highway to Hell« von AC/DC wünschten, fand sie ein wenig makaber.

»Meine Frau war leider etwas mainstream in ihrem Musikgeschmack«, bemerkte Kolbe mehr zu sich selbst. »Aber nun gut … zum Abschied …« Seine Stimme brach und Elfriede entdeckte Trauer in seinen Augen.

»Also die Brightman hab ich drauf«, log sie. »Lassen Sie mich bitte mitmachen.«

Kolbe nickte nur. Er schien müde.

Gemeinsam betraten sie die Kirche.

Sofort kam Bewegung in die Menge. Mühsam rappelte sich eine Gruppe bärtiger Männer auf, die es sich auf einer Kirchenbank gemütlich gemacht hatte. Eine junge Frau drückte heimlich ihre Zigarette in der Schachtel aus und schob sie in die Tasche ihrer abgetragenen Jacke. Ihre Arme hatten blaue Flecken und rissige Stellen, dem dunklen Haar sah man an, dass es schon länger nicht gewaschen worden war, aber ihr Blick war klar und herausfordernd.

»Dann wolle mer mol«, sagte sie, erhob sich langsam und stellte sich rechts vor den Altar. Erstaunlich schnell humpelte eine grauhaarige Alte auf sie zu und schubste sie weg.

»Des is moin Platz, Nora, verpiss dich!«, zischte sie durch ihre Zahnlücke.

»Aber, aber« – Kolbe hob beschwichtigend die Hände. »Im Alt haben wir doch genug Platz.« Er sah Elfriede an und deutete mit dem Kinn auf die beiden: »Du stellst dich am besten dazwischen, damit es keine Randale gibt. Von deiner Stimmlage her gehörst du sowieso in den Alt.«

Elfriede gehorchte und wurde von beiden Seiten misstrauisch beäugt. Dann faltete Kolbe die Hände vor seinem mächtigen Bauch und schwieg. Adrian, der hinter ihm Aufstellung genommen hatte, musterte die Reihen mit feindseligem Blick. Nach und nach legte sich die Unruhe. Die Alte neben Elfriede schmatzte noch ein paar Mal, die Junge kratzte den Dreck unter ihren Fingernägeln weg. Elfriede wartete gespannt, was jetzt kommen würde.

Kolbe sah zu Boden. In Zeitlupe spreizte er die Finger und drückte die Handflächen waagerecht nach unten, als wolle er ein schweres Gewicht daran hindern, wieder hochzufedern. Er streckte den Rücken durch und schüttelte die Wangen wie ein Eichhörnchen, das seinen Wintervorrat in den Backen sortieren musste. Elfriede betrachtete fasziniert, wie der schwere Mann seine Muskeln lockerte, bis die Alte neben ihr sie unsanft in die Seite stieß: »Los. Mitmache! Glotze kannst de annerswo!«

Noch bevor Elfriede sich sammeln konnte, schwebten plötzlich die ersten Laute durch den Saal. Erstaunt registrierte sie, wie sich aus den Kehlen der zerlumpten Gestalten durchaus harmonische Töne ihren Weg bahnten: A, e, i, o, u. Jeder schien seinen eigenen Ton zu suchen und dann laut zu singen, wenn er ihn gefunden hatte. Nach und nach füllte sich die Kirche mit einem gewaltigen Klang, ohne dass eine Melodie erkennbar gewesen wäre. Kolbe hatte seinen voluminösen Brustkorb mit Luft gefüllt und erhob seine Stimme, ein strahlender Tenor, der über allem schwebte. Ohne lange nachzudenken, öffnete Elfriede ihren Mund und stimmte mit ein, verblüfft hörte sie ihre eigene Stimme, die sich von allein in die Höhe schraubte.

Die zahnlose Alte sah sie erstaunt von der Seite an.

Dann hob Kolbe die Hände und winkte ab. Umständlich wischte er sich das Gesicht mit einem großen weißen Taschentuch ab. War es der Schweiß oder waren es Tränen?

Er gab Adrian ein Zeichen. Der verschwand auf der Orgelempore und wenig später erklangen die ersten Takte von »Time to say good bye«. Er musste eine CD eingelegt haben.

»Traurig nicht?« Elfriede hatte gar nicht bemerkt, dass Pauli die Kirche betreten und sich neben sie gestellt hatte. »Ich glaub, er hat sie wirklich gern gehabt. Aber so ist das – für jeden von uns kommt mal die Zeit des Abschieds.«

»Aber nicht für jeden so früh«, erwiderte Elfriede.

Die Alte neben ihr zischte sie an: »Maul halte und singe!«

»Nicht ganz einfach«, dachte Elfriede.

Aber da erhob sich neben ihr schon Paulis nicht mehr ganz taufrische, aber schöne, tremolierende Tenorstimme. In ihrem Schutz stimmte Elfriede mit ein.

Sechsmal hintereinander hatte Kolbe das Lied durchsingen lassen, nicht vierstimmig, sondern unisono, wofür Elfriede ihm aus tiefstem Herzen dankbar war. Dann war er verschwunden und überließ der Bulldogge die Bühne. Adrian kam gleich zur Sache.

»Auftrittsklamotten wie immer«, bellte er. »Sind im Gemeindehaus. Für dich«, er wies auf Elfriede, »wird sich da wohl auch noch was finden, obwohl du erstaunlich fett bist für eine, die Platte macht. Wohl mal bessere Zeiten gehabt, was?«

Sofort johlten ein paar aus der letzten Reihe. Adrian grinste hämisch.

Elfriede schluckte ihren Zorn herunter, aber insgeheim verwünschte sie sich für diese Schnapsidee, denn das war eine, im wahrsten Sinne des Wortes. Was wollte sie hier herausfinden? Ob Kolbe etwas davon wusste, dass seine Frau regelmäßig in einem Küchenstudio im Taunus zu Besuch war? Dazu musste sie sich nicht in Ingeborg verdreckter Latzhose beim Chor einschleichen. Aber ihr Bauchgefühl sagte ihr, dass sie mit der Maskerade nicht falsch lag. Sie wollte die Stimmung auffangen, sich im nächsten Umfeld von Kolbe bewegen. Vielleicht würde ihr Unterbewusstsein etwas registrieren, was ihr Verstand noch nicht erfasst hatte. Deswegen war sie hier.

Sie schreckte auf.

Adrian fasste sie hart am Arm und führte sie aus der Kirche, als wollte er eine Schachfigur auf einem Brett verschieben.

»Kein Alkohol, du Pute!«, drohte er. »Sonst fliegst du sofort! Nach der Beerdigung könnt ihr euch dann meinetwegen volllaufen lassen. Und zieh dir einen Kamm durch die Zotteln, im Klo vor dem Spiegel liegt einer!« Er ließ sie los und stampfte davon.

Hinter seinem Rücken zeigte Elfriede ihm den Stinkefinger.

»Du kannst dich wenigstens noch aufregen, Elfie«, sagte Pauli. »Wenn du so oft übergangen wirst, hinten anstehst und am Ende doch nur wieder verlierst wie ich, dann verbraucht dich das, es macht dich klein.« Er senkte traurig den Kopf.

»Wenn du wüsstest, wie großartig du bist«, erwiderte Elfriede und drückte tröstend seinen Arm.

Am Gemeindehaus brauste ein schwarzer Maserati vorbei. Am Steuer saß Adrian, im Fond Kolbe. Kurz darauf düste ein gelb gestreiftes Motorrad an ihnen vorbei.

Sie versuchte, sein Schmatzen zu ignorieren.

Wenn sie schon einen Assistenten hatte, konnte er sich auch nützlich machen, hatte sie entschieden und Elvis losgeschickt, ein spätes Mittagessen zu besorgen. Jetzt hockte er ihr gegenüber und mampfte eine Pizza, die offensichtlich mit allem belegt war, was der Pizzaservice hergegeben hatte. Elfriede hatte sich, in Gedanken an ihr nächstes Treffen mit Carsten, für einen Salat entschieden.

Elvis' Information, dass die tote Frau Kolbe häufig zu Besuch bei Damaschke gewesen war, hatte ihn auf den Stuhl in Elfriedes Büro gebracht.

»Die kam nicht als Kundin«, kommentierte Elvis Damaschkes Aussage. »Die kam, als würde ihr der Laden inklusive Chef gehören. Immer gegen Feierabend. Und immer aufgetakelt, als wäre sie auf dem Weg ins Theater.«

»Du meinst, sie hatte eine Affäre mit deinem Chef?«

Elvis zuckte mit den Schultern und nickte. »Sah ganz danach aus.« Dann leckte er sich die Finger ab und suchte in seiner Hemdtasche nach einem Zettel. »Zur Sache. Wir hatten echt Glück, dass der nicht direkt auf die Autobahn ist«, meinte er. »Aber im Stadtverkehr konnte ich mit meiner Maschine ganz gut folgen.« Er kniff die Augen zusammen und versuchte, seine Notizen zu entziffern. »Also, den Kolbe hat er bei einem Herrenausstatter auf der Zeil abgesetzt. Vielleicht braucht er noch 'nen neuen Anzug für die Beerdigung. Obwohl – man sollte ja meinen, so ein Dirigent hat genügend dunkle Anzüge. Egal. Dieser Adrian ist dann weiter. Am

Bahnhof hätte ich ihn fast verloren, hab ihn dann aber gerade noch um eine Ecke flitzen sehen.«

Elvis hob den Kopf und sah Elfriede an, als erwarte er ein Lob für seine scharfen Augen. Sie nickte ihm nur aufmunternd zu.

»Hab den Wagen dann in einer Seitenstraße entdeckt. Er war leer, also hab ich mir eine Hofeinfahrt gesucht, mich postiert – sagt man das so als Detektiv? – und gewartet. Nach einer guten Stunde kam er aus einer Kneipe raus. ›Nobel‹ heißt die. Aber da ist der Name wirklich nicht Programm. Sieht schon mächtig nach Spelunke aus. Passt zu diesem Adrian, der ist ja wohl auch so eine Billigversion in seinem Macho-Outfit. Kaum zu glauben, dass der im Umfeld von Mrs. Broadway-Kolbe war.« Elvis schüttelte sich und machte damit seinen Ekel vor Adrians Textil-Terror deutlich. »Jedenfalls hat er danach Kolbe abgeholt und dann sind sie wirklich auf die Autobahn abgedüst. Ich wollte mir noch die Kneipe ansehen, dachte dann aber, ich frag Sie lieber erst.«

»Und man hat dich nicht gesehen?«

Elvis legte drei Finger aufs Herz. »Ich schwöre!«

Elfriede atmete erleichtert auf. Ein bisschen Sorge hatte sie doch gehabt, als sie Elvis diesen Überwachungsauftrag gegeben hatte. Und wenn sie vorher gewusst hätte, dass er sich auf einem quietschgelb gestreiften Geländemotorrad und mit weißem Helm mit aufgemalten schwarzen Blitzen an Kolbes Auto hängen würde, hätte sie sofort Abstand von der Idee genommen. Aber es war alles gut gegangen. Als Ergebnis der Verfolgung hatten sie zumindest eine Adresse, wo man Adrian eventuell finden konnte. Der Mann war ihr so unsympathisch, dass er auf Elfriedes Liste möglicher Täter gleich nach ganz oben gewandert war. Schließlich waren Mörder meist im unmittelbaren Umfeld der Opfer zu suchen.

»Ruhig, Brauner!«, ermahnte sich Elfriede selbst. Bauchgefühl hin oder her, sie brauchte mehr als reine Theorien. Fakten mussten her. Motive.

Damaschke als Täter erschien viel wahrscheinlicher als Adrian. Vielleicht war Natalya lästig geworden und er wollte sie loswerden? Was war mit Frau Damaschke? Und Kolbe? Vielleicht hatte er vom Seitensprung seiner Frau erfahren. Da käme dann wieder Adrian ins Spiel. Dass der fette Kolbe die Leiche in die Truhe hievte – schwer vorstellbar. Aber wenn es ein Auftragsmord war …

Was hatte Elvis eben gesagt?

»Wieso Mrs. Broadway-Kolbe?«, fragte sie.

Elvis verdrehte die Augen, um deutlich zu machen, dass Elfriede wirklich von nichts eine Ahnung hatte. »Schauen Sie«, sagte er und zog eins der Magazine heran, die auf Elfriedes Schreibtisch lagen. Die aufgeschlagenen Seiten beschäftigten sich alle mit der Ermordung von Frau Kolbe. Elvis deutete auf eines der Fotos, das Natalya auf einem vergleichsweise unspektakulären Nachmittagsempfang zeigte. »Das hier ist ein Cavalli-Kleid. Seide. Geschätzt mindestens sechstausend Euro. Die Schuhe? Hm, könnten von Valentino sein. Vergleichsweise günstig, knapp unter tausend Euro, vermute ich. Die Handtasche dagegen war bestimmt nicht günstig. Die ist von Hermes. Mindestens viertausend, wahrscheinlich mehr. Dafür muss man auf eine Warteliste. Jetzt rechnen Sie mal noch Schmuck, Make-up und Friseur dazu. Da kommen locker fünfzehntausend Euro zusammen. Und das ist eins ihrer billigen Outfits.«

Elfriede schnappte nach Luft. »Du meinst …«

»Ich meine, die Dame hatte einen sehr extravaganten und teuren Geschmack. Der will erst einmal finanziert sein.«

Wenn andere Leute nach Hause kommen, haben sie einen vorhersehbaren Feierabend. In ihrer Ehe mit Klaus war es jahrelang genauso gelaufen. Feierabend hieß gemeinsames Abendessen, das Kind zu Bett bringen, noch einen Tatort, eine Pilcherverfilmung oder Günther Jauch im Fernsehen und danach ins Bett gehen. Vor allem in den letzten Jahren ihrer Ehe war es Elfriede bei diesem ewig gleichen Ablauf langweilig geworden. Mittlerweile wünschte sie sich die alte Routine doch ein wenig zurück. Seit sie als Ermittlerin arbeitete, konnte sie nie sicher sein, was sie daheim erwartete. Dementsprechend skeptisch schloss sie auch heute die Tür auf. Im Flur streifte sie ihre Schuhe ab und lauschte.

Und richtig.

»Wir brauchen deine Hilfe«, hörte sie Ingeborg sagen.

Elfriede seufzte. Was war jetzt wieder los?

Doch ein wenig neugierig betrat sie das Wohnzimmer. Auf dem Sofa saßen Ingeborg und Carmen, beide mit leicht verzweifeltem Gesichtsausdruck auf den Mann vor ihnen schauend. Carsten Huber dagegen schien eher amüsiert.

»Ingeborg, ich bitte dich. Du kannst doch kochen!«

»Sicher. Aber nur altmodisch. Ich kann das, was meine Mutter schon konnte. Das ist nicht mehr zeitgemäß. Wo ich eine Soße machen würde, gibt es heute einen Spiegel. Wo es bei uns drauf ankam, dass die Suppe satt macht und ordentlich dick ist, hat man heute ein Schäumchen. Ich koche einfach nicht modern genug.«

Elfriede sah Ingeborg an, wie schwer ihr dieses Eingeständnis fiel.

Und Carmen sah sie an, dass sie mit Spiegel und Schäumchen nicht viel anfangen konnte.

»Sie könnte ein Roastbeef machen«, warf Elfriede in den Raum.

Die drei drehten sich überrascht um, Carsten mit einem breiten Grinsen im Gesicht.

»Also gut«, sagte er dann. »Gebt mir vierundzwanzig Stunden Zeit und ich überleg mir ein Menü. Aber erwartet nicht, dass ich es auch noch mit euch koche. Ich gebe euch lediglich das Rezept.«

Erleichtert strahlten ihn die beiden Frauen an.

»Komm!«, sagte Ingeborg und klopfte auf den freien Platz neben sich. »Setz dich zu uns, Elfriede.«

Sie quetschte sich zu den Frauen aufs Sofa, etwas verlegen, wie sie überrascht feststellte. Es war ihr erstes Zusammentreffen mit

Carsten nach ihrer gemeinsamen Nacht und sie forschte in seinem Gesicht. Aber alles, was sie sehen konnte, war Freude über ihr Zusammentreffen.

»Ich war gerade in der Gegend«, meinte er mit einem Schmunzeln.

»Carsten arbeitet jetzt einmal die Woche mit Doktor Heinrich zusammen. Du weißt schon, der mobile Arzt mit dem kleinen Van, der umsonst die Bedürftigen behandelt.« Ingeborg war das Wohlwollen anzuhören. »Ist das nicht großartig?«

Elfriede nickte nur. Aber sie lächelte Carsten an.

»Was machen die Ermittlungen?«, fragte Carmen und verdarb damit die Stimmung.

»Och«, murmelte Elfriede. »Es plätschert so vor sich hin.«

»Danke, dass du uns den Damaschke geschickt hast«, meinte ihre Freundin, »obwohl ich ja nicht ganz sicher bin, ob er überhaupt zu deinem Karnickelfall gehört. War aber trotzdem gut, dass du noch mal da warst, zu meinem Fall gehört er nämlich.«

»Für den Morgen hat er ein Alibi«, meinte Elfriede.

»Ja, für den Tatzeitpunkt wahrscheinlich auch. Angeblich war er in der Aukamm-Sauna, werde ich als nächstes überprüfen.«

»Ach, ihr kennt den Tatzeitpunkt?«

Carmen biss sich auf die Lippen. Es war ihr anzusehen, dass sie sich über ihr Verplappern ärgerte.

»Ach komm schon, Carmen, das kann ja nun wirklich kein großes Geheimnis sein. Ich wette, ich kann es erraten. Wenn ich recht habe, zwinkere einfach mal.«

Carmen schwieg, aber Ingeborg und Carsten beugten sich neugierig nach vorn.

»Nach Mitternacht?«, fragte Elfriede.

Carmen starrte ihr reaktionslos in die Augen.

»Vor Mitternacht? Zwischen zehn und zwölf?«

Ihre Freundin zwinkerte.

5

Auch wenn Kolbes sozialer Einsatz vornehmlich in Frankfurt stattfand, so wohnte er doch in einer Nobelgegend in Wiesbaden. Zur Trauerfeier in der dortigen Friedhofskapelle waren eine ganze Menge Leute erschienen. Adrian, der es geschafft hatte, seinen Bizeps wie eine Wurst in ein Jackett zu zwängen, hatte die Sänger des Obdachlosenchors per S-Bahn angekarrt und mit leise gebellten Kommandos durch den Seiteneingang gescheucht. Von dort waren sie in den Altarraum gekommen und hatten sich in einem Halbrund aufgestellt.

»Kleider machen Leute«, dachte Elfriede, als sie die Männer und Frauen an ihrer Seite beobachtete. Ihre Gesichter waren noch immer verhärmt, die Blicke leer, aber nun stellten sie – korrekt gekleidet in schwarzen Anzügen – etwas dar. Vor dem Altar stand ein großes Bild von Natalya Kolbe, rothaarig mit vollen Lippen, ein schwarzes Band lief diagonal über den Rahmen. Elfriede kamen unwillkürlich ein Schlangenhautmantel und ein blasses Gesicht in den Sinn, Inhalt einer Kühltruhe in Bodo Müllers Tierbestattung.

Kolbe saß in der ersten Reihe, sein Gesicht hatte sich müde in viele Falten gelegt, die Augen trugen schwer an den Lidern. Mit dem obligatorischen weißen Taschentuch wischte er sich Schweißperlen von der Stirn. Neben ihm Adrian, dessen stechender Blick den Chor in Schach hielt. Dahinter machte Elfriede eine ganze Menge Prominenz aus: die Bürgermeister von Frankfurt und Wiesbaden, ein paar Stadträte, die Kulturbeauftragte, eine bekannte Fernsehmoderatorin. Die Trauerhalle war bis auf den letzten Platz gefüllt. Es war heiß und stickig. Eine Orgel stimmte einen Bach-Choral an und Elfriedes Blick kehrte zu Kolbe zurück.

Noch immer erkannte sie in seinen Zügen echte Trauer. »Er muss seine Frau geliebt haben«, dachte sie.

Der junge Pfarrer, der die Predigt hielt, war einer von der modernen Sorte. In breitestem Hessisch würdigte er den Lebenslauf der so jung Verstorbenen – zielstrebig, ehrgeizig, anerkannt in der harten Welt der Finanzen –, wies darauf hin, wie sehr sie die Arbeit ihres Mannes unterstützt habe, der mit seinem Verein Spenden für die Obdachlosen sammele und so manchem eine Rückkehr in die Gesellschaft ermöglicht habe. Und dass er dieses Werk nun allein fortführen müsse, ja, selbst auf Hilfe angewiesen sei in dieser dunklen Stunde, dass der Herr ihm dafür Kraft senden möge und ihm beistehe.

»Na ja«, dachte Elfriede. »Unterstützt? Und dann nicht bei einer einzigen Chorprobe dabei gewesen?« Bei aller Pietät für die Verstorbene, bei allem Mitleid angesichts ihres gewaltsamen Todes, Elfriede hegte ein gewisses Maß an Skepsis, was Natalyas soziales Engagement anging.

An Adrians warnendem Blick merkte sie, dass die Predigt sich dem Ende näherte und nun bald der Chor der »Straßenkatzen« dran war. Kolbe erhob sich aus der ersten Reihe, gebrochen, warf einen langen Blick auf das Fotos seiner verstorbenen Frau, führte zwei Finger an die Lippen und berührte den papierenen Mund der Verblichenen. Dann hob er die Hände zum Auftakt und die Kraft schien in ihn zurückzukehren. Elfriede holte tief Luft. Die ersten Töne von »Time to say goodbye« erklangen, behutsam, leise, dann schwoll der Gesang zum schwülstigen Refrain an. Die schwarz gewandeten Sänger schienen die ganze Trauer ihres eigenen armseligen Lebens in den Song zu legen. Elfriede hörte Paulis tremolierenden Tenor heraus und freute sich daran.

Dann verstummten die Stimmen hinter ihr plötzlich. Getuschel. Aufregung, Durcheinander. Das Lied geriet aus dem Rhythmus. Kolbes Augen weiteten sich.

»Einen Arzt!«, schrie jemand. »Schnell!«

Elfriede drehte sich erschrocken um.

Pauli war der Länge nach auf den Boden geschlagen.

Niemals würde sie diesen Blick vergessen. Niemals.

Elfriede hockte auf dem Gang in der Notaufnahme und ließ die letzte Stunde gedanklich Revue passieren. Nach dem ersten Schock war es schnell unruhig in der Kirche geworden.

»Rufen Sie einen Notarzt!«

Elfriede erkannte die bestimmende Stimme sofort. Nur Sekunden später beugte sich Carmen über Pauli und fühlte seinen Puls. Im nächsten Moment hob sie den Kopf und blickte direkt in Elfriedes Gesicht. Elfriede hatte ihre Freundin selten sprachlos gesehen, aber dass ihr vor lauter Sprachlosigkeit der Kiefer heruntersackte, das hatte sie noch nie erlebt.

Und dann dieser Blick.

Alles war darin enthalten. Von »Das darf doch nicht wahr sein!« über »Was soll die Verkleidung?« bis zu »Du stinkst!«.

Elfriede sah der Freundin an, wie es in ihrem Gehirn ratterte. Aber im nächsten Moment schien sie all diese Gedanken zur Seite zu schieben. Professionell kümmerte sie sich um Pauli, kontrollierte seine Atmung und packte ihn in die stabile Seitenlage. Als der Arzt kam, konnte Elfriede ihn überreden, sie im Notarztwagen mitfahren zu lassen. Sie wollte einfach nur möglichst schnell aus der Kirche verschwinden.

»Ich bin seine Schwester«, flüsterte sie, als Carmen gerade nicht hinhörte.

Jetzt hockte sie hier. Ihre Lüge war längst aufgeflogen, als sie der Krankenschwester in der Aufnahme keine Angaben zu Paulis Person machen konnte. Sie wartete trotzdem, in der Hoffnung, dem behandelnden Arzt noch eine Information entlocken zu können. Bisher aber hatte sich niemand blicken lassen.

Das Klackern von Absätzen auf dem Linoleumboden ließ sie aufblicken.

Nein, ihn hätte sie jetzt nicht erwartet. Jeden, aber nicht ihn.

Kolbe stand vor ihr und schaute sie müde an.

Wortlos rutsche Elfriede auf der Bank im Wartezimmer ein wenig zur Seite. Kolbe setzte sich, fuhr sich mit beiden Händen durch die Haare und stöhnte.

»Und?«, fragte er mit müder Stimme.

»Keine Ahnung«, murmelte Elfriede, die sich plötzlich wieder bewusst wurde, dass sie in einem schwarzen Anzug steckte, der eigentlich ein wenig zu groß war, und darin eine bestimmte Rolle spielte.

»Er war immer eine unserer Stützen«, sagte Kolbe und sah aus dem Fenster in den Krankenhausgarten, als wäre dort eine Antwort auf Paulis Zusammenbruch zu finden. »Ein großes Talent. Er hatte mal einen guten Job bei einer Versicherung. Dann hat ihn seine Frau verlassen. Angeblich, weil er für einen Freund gebürgt hat, dessen Existenzgründung schief gegangen war. Ein paar Jahre später ist dann der Sohn bei einem Unfall ums Leben gekommen.« Er sah Elfriede an. »Erst verlieren sie die Familie, dann den Job, dann die Wohnung und im Handumdrehen landen sie auf der Straße. Da tröstet dann nur noch der Alkohol. Eine Abwärtsspirale. So ist es doch, oder?«

Elfriede nickte betreten.

»Draußen bei Wind und Wetter«, fuhr Kolbe fort. »Kein regelmäßiges Essen. Angst, zum Arzt zu gehen, weil man keine Krankenversicherung hat. Angst, bei der Caritas zu schlafen, weil man nie wieder in ein Heim will. Von der Polizei aus der Innenstadt vertrieben und an den Stadtrand gebracht, weil man die Touristen stört.« Er schüttelte den Kopf. »Eine feine Welt ist das, in der wir leben.«

Wie auf ein Stichwort hin kam eine Schwester auf sie zu. Elfriede sah sie erwartungsvoll an.

»Wie geht es ihm?«

»Das wird der Arzt gegebenenfalls mit Ihnen besprechen«, sagte die Schwester schnippisch und ließ ihren Blick geringschätzig über Elfriedes Anzug gleiten. »Wenn er Ihnen gegenüber überhaupt Auskunft geben darf. Können Sie wenigstens Angaben zu seiner Krankenversicherung machen?«

»Er ist Selbstzahler«, mischte sich Kolbe schnell ein. »Die Rechnungen bitte alle an mich.«

Wieder spürte Elfriede ein eigenartiges Gefühl in sich hochsteigen. Nachdenklich beobachtete sie Kolbe, wie er die Formulare am Empfangstresen ausfüllte. Ein Mann, der gerade seine Frau beerdigt hatte, machte sich die Mühe, einen Obdachlosen im Krankenhaus zu besuchen. Er übernahm die Kosten für die Behandlung. Das war doch pure Nächstenliebe. Das war doch großartig. Aber wieso duldete er andererseits einen wie Adrian in seiner Nähe? Wieso das protzige Auto? Wieso die Designer-Kleider für seine verstorbene Frau? Irgendetwas passte hier ganz und gar nicht zusammen. Sie erschrak, als ein junger Arzt aus der Stationstür trat und auf sie zukam.

»Sie können jetzt zu ihm.« Er nickte Elfriede ermunternd zu. »Es geht ihm den Umständen entsprechend.«

»Gott sei Dank!« Elfriede erhob sich, wurde aber von Kolbe zurückgehalten.

»Das mache ich schon«, sagte er und drückte ihr fest die Hand.

Elfriede spürte etwas in ihre Finger gleiten. Kolbe hastete den Flur entlang. Sie öffnete die Hand und starrte verblüfft auf einen Hundert-Euro-Schein.

Erst das Klingeln ihres Handys hatte sie aus ihrer Erstarrung gelöst. Voller Sorge hatte sie geschaut, ob es Carmens Nummer war. Aber es war Tante Ingeborg.

Tante Ingeborg, die neuerdings selbst einen vollen Terminkalender hatte. Am Spätnachmittag und abends.

Die sich deswegen natürlich nicht um den Hund kümmern konnte.

»Wo bleibst du denn?« Elfriede hörte einen leicht vorwurfsvollen Ton heraus. »Oliver hat sich noch nicht blicken lassen. Ich habe keine Ahnung, wo der Junge sich rumtreibt. Du musst mal ein ernstes Wort mit ihm sprechen. Und Hugo muss unbedingt noch mal raus. Er hat Durchfall bekommen, wahrscheinlich, weil Oliver seinen Rindereintopf aufgegessen hat und ich ihm in der Eile eine Dose Nassfutter geöffnet habe. Diese Tiere vertragen ja keine Abwechslung beim Essen. Ich habe ihm Heilerde gegeben, aber –«

»Ist schon in Ordnung«, stoppte Elfriede den Redefluss ihrer Tante. »Es hat einen Zwischenfall gegeben. Aber ich bin in einer halben Stunde da.«

»Elfriede?« Tante Ingeborgs Stimme klang nun besorgt. »Bist du okay?«

»Ja«, sagte Elfriede. »Ja, ich bin okay.« Aber so ganz sicher war sie sich nicht.

Sie war nicht mehr zu Pauli ins Krankenzimmer vorgelassen worden. Das Gespräch mit Kolbe, so die Schwester, habe den Patienten sehr angestrengt, so dass er nun dringend Ruhe brauche. Kolbe war nach seinem Krankenbesuch an ihr vorbeigelaufen und hatte nur noch ein flüchtiges Kopfnicken für sie übrig gehabt.

Als Elfriede in der S-Bahn Richtung Niedernhausen saß, beruhigte sie sich. Immerhin war Pauli offensichtlich wach gewesen und in der Lage zu sprechen. Auch wenn ihr niemand die genaue Diagnose gesagt hatte, er war nicht auf der Intensivstation, also außer Lebensgefahr. Sie würde ihn später besuchen und mit ihm sprechen. Das hatte Zeit.

Das Handy klingelte wieder. Sie schaute auf die Nummer im Display und lächelte.

»Du musst mein Roastbeef ja in guter Erinnerung gehabt haben«, hörte sie Carstens leicht amüsierte Stimme.

»Nicht nur das«, sagte Elfriede sanft. Sie sah seine Augen vor sich und ein warmes Gefühl breitete sich in ihrem Bauch aus. Dann kam ihr eine Idee. »Ich brauche auch deine Hilfe. Aber nicht als Koch, sondern als Arzt.«

»Jederzeit«, antwortete Carsten munter. »Für dich organisiere ich eine Extra-Sprechstunde. Bist du krank?«

»Nein«, sagte Elfriede, »ich nicht. Aber ein Freund von mir liegt im Krankenhaus.«

Hugo sah erbarmungswürdig aus. Er legte sich nicht ab, sondern saß in einer seltsam unbequemen Stellung aufrecht, die Ohren gesenkt und die Augen trübe. Elfriede streichelte seinen Bauch, der prall wie ein Ballon war. Der Hund quiekte.

»Na, das lassen wir lieber«, sagte Elfriede, legte ihm die Leine um und machte sich auf den Weg. Hugo konnte offensichtlich nicht lange warten. Kurz vor der Schranke erleichterte er sich. Elfriede fluchte, während der Regionalzug vorbeifuhr. Die flüssige braune Masse passte in keinen Hundebeutel. Aber besser hier als in ihrer Wohnung. Verdrossen kehrte sie um, um Kleenex und eine Plastiktüte zu holen. Als sie sich umdrehte, prallte sie auf Carmen.

Ausgerechnet. An diesem Tag ging wohl alles schief.

Carmen musterte sie mit strengem Blick, aber ihre Mundwinkel zuckten. »Da bist du ja in eine schöne Scheiße geraten, Elfriede!«

Elfriede sagte vorsichtshalber erst mal gar nichts. Nur Hugo stürmte schwanzwedelnd auf Carmen zu.

»So, so, Kaninchen«, sagt Carmen. »Dass ich nicht lache. Wahrscheinlich finden sich reihenweise Kaninchen in Obdachlosenchören. Wahrscheinlich können sie auch sprechen und zur

Auflösung des Falls beitragen, den du gerade bearbeiten musst. Wie bei Alice im Wunderland.«

Elfriede sah die Lachfältchen um Carmens Augen und schöpfte Hoffnung. »Immerhin hast du behalten, dass es kein Hase ist«, wagte sie einzuwerfen.

»Ich hab noch viel mehr behalten«, sagte Carmen. »Glaub ja nicht, dass ich dir das durchgehen lasse. Wir werden jetzt eine Runde mit diesem bedauernswerten Vierbeiner laufen und du wirst mir alles erzählen, was du weißt. Alles, hörst du! Und über Carsten reden wir auch noch.«

Elfriede unternahm einen letzten Versuch, zu entkommen. »Ich muss das hier noch beseitigen«, sagte sie und wies auf die braune Flüssigkeit auf dem Fußweg.

Carmen trat einen Schritt vor, nahm eine Handvoll Kiesel vom benachbarten Schotterplatz und streute sie auf Hugos Hinterlassenschaften. »Erledigt«, sagte sie und hakte sich bei Elfriede unter.

Genauso fühlte Elfriede sich auch: erledigt.

Und es kam noch schlimmer. Als sie mit Carmen von ihrem Spaziergang rund um den Schwarzbach zurückkehrte, sah sie nicht nur Elvis' gelbgestreiftes Motorrad in der Bornstraße stehen, sondern auch das rote Cabrio von Carsten. Von beiden zum Glück keine Spur. Natürlich hatte Elfriede Carmen nicht alles erzählt, es war ja auch nicht von Belang, dass sie bei ihren Ermittlungen von einem 20-Jährigen unterstützt wurde. Was allerdings ihre Love-Story anging, nun, da konnte sie Carmen ohnehin nichts vormachen, die Freundin kannte sie zu gut.

»Klasse!«, hatte Carmen kommentiert. »Weiter so!«

»Lass uns doch noch eine Runde am Bahnhof drehen«, versuchte Elfriede ihre Freundin abzulenken, »ich glaube, Hugo muss noch mal.«

Aber es war zu spät.

»Ist das nicht Carstens Auto?«, fragte Carmen. »Hat er schon einen Schlüssel zu deiner Wohnung?«

Elfriede schüttelte den Kopf. »Komisch, wir sind gar nicht verabredet!«

»Er wird Sehnsucht nach dir haben«, frotzelte Carmen.

Aus den Augenwinkeln sah Elfriede, dass von der anderen Seite Elvis mit einer Bäckereitüte um die Ecke bog und geradewegs auf sie zusteuerte.

In diesem Moment klingelte Carmens Handy. Sie warf einen Blick aufs Display und seufzte. »Dienstlich«, meinte sie entschuldigend und trat einen Schritt zur Seite.

Elfriede machte scheuchende Handbewegungen in Elvis' Richtung. Der stutzte einen Moment, dann breitete sich ein Grinsen auf seinem Gesicht aus und heftig mit beiden Armen wedelnd winkte er zurück. Die Bäckereitüte schwang dabei auf absurde Weise hin und her. Elfriede rollte mit den Augen und formte mit den Lippen das Wort »Verschwinde!«

»Natalyas Geldbörse? Ganz sicher?«, murmelte Carmen gerade und Elfriede spitzte die Ohren. »Schicken Sie eine Streife ins Krankenhaus, sie soll am Eingang auf mich warten. Ich mache mich gleich auf den Weg.«

Elvis hatte anscheinend endlich verstanden, zumindest drehte er sich um und eilte mit großen, hüpfenden Schritten in die entgegengesetzte Richtung. »So viel zum Thema unauffälliges Auftreten«, dachte Elfriede. »Daran müssen wir eindeutig noch arbeiten.«

Carmen hatte ihr Telefonat beendet. »Tut mir leid, unser Tee muss leider ausfallen. Ich muss los!«

»Gibt es was Neues?«

Carmen legte nur den Kopf schief und sah sie schweigend an.

»Schon gut, schon gut, du darfst mir nichts sagen!«

»So ist es«, antwortete Carmen, gab ihr zwei Abschiedsküsse auf die Wangen und marschierte davon.

Im nächsten Moment schob sich erst eine Haartolle und dann Elvis' ganzer Kopf um die Ecke. Als er sah, dass die Luft rein war, kam er auf sie zugeschossen. »Wie hab ich das gemacht?«, rief er. »Ich hab sofort geschaltet, als ich die Frau erkannte. Sie soll wohl nichts von mir wissen?«

»Genau«, grinste Elfriede. »Du bist mein Ass im Ärmel. Was machst du hier?«

»Ich hab Ihren Anrufbeantworter abgehört. Im Büro. Ein Doktor Huber hat da eine Nachricht hinterlassen und ich dachte, es wäre vielleicht wichtig. Aber Sie waren ja nicht zu Hause, da hab ich mir schnell ein Brötchen geholt.«

Elfriede fragte sich, ob es eine gute Idee gewesen war, Elvis einen Schlüssel zum Büro zu geben. »Doktor Huber? Was hat er gesagt?«

»Dass Sie sich endlich angewöhnen sollen, Ihren Handy-Akku aufzuladen. Und dass er im Krankenhaus gewesen sei und mit den Ärzten gesprochen hätte.« Elvis strahlte sie an.

»Noch was?«

»Ja, warten Sie. Ich hab es mir aufgeschrieben.« Elvis zog sein Smartphone aus der Hosentasche und rief die Memo-Seite auf. »Sie vermuten, es ist … äh … intestinale Tularämie. Schwer zu diagnostizieren, aber Doktor Huber ist drauf gekommen, weil er diese Woche schon einen schweren Fall davon behandelt hat.«

Elfriede sah ihn fragend an. »Ist das was Schlimmes?«

Elvis hob nur ratlos die Schultern.

»Gut, lass mich den Hund heimbringen, danach fahren wir ins Büro«, meinte sie und zog die Leine etwas fester. Aber Elvis hielt sie am Ärmel fest.

»Doktor Huber hat noch gesagt, dass er mit Ingeborg in der Linde sitzt und auf Sie wartet.«

»Berichterstattung«, notierte Elfriede im Geiste. »An der Berichterstattung müssen wir auch noch arbeiten.«

Aber sie sagte nichts, sondern eilte mit Elvis und Hugo in die Linde. Als sie die Tür öffnete, sah sie aus den Augenwinkeln, dass Carmen ihr Auto fast erreicht hatte.

Carsten und Ingeborg hockten an einem Tisch und beugten sich mit konzentrierter Miene über verschiedene Listen. Bei einem schnellen Blick darauf konnte Elfriede das Wort »Zutaten« lesen. Anscheinend ging es um Carmens Menüplan. Aber dafür hatte sie jetzt keine Zeit.

»Was ist das für eine Krankheit?«, fragte sie sofort.

Die beiden sahen erstaunt hoch.

»Elfriede, ich hab unzählige Male versucht, dich zu erreichen. Komm, setz dich!« Carsten streckte ihr die Hand entgegen.

»Jetzt sag schon, ist es was Schlimmes?«

Carstens Gesichtsausdruck wurde ernst. »Ja, leider. Die Krankheit kann tödlich verlaufen. Bei einem meiner Patienten von dieser Woche habe ich nicht mehr viel Hoffnung. Übrigens auch ein Obdachloser. Diesen Pauli scheint es zwar nicht so schwer getroffen zu haben, aber das kann man noch nicht absehen.«

Die Nachricht bekümmerte Elfriede. Sie kannte Pauli zwar noch nicht lange, aber irgendwie hatte sie den kleinen Gartenzwerg ins Herz geschlossen.

»Um was handelt es sich genau?«, fragte Ingeborg neugierig.

Carsten drehte sich zu ihr um. »Im Volksmund sagt man auch Hasenpest.«

Elfriede riss die Augen auf. Sie hatte förmlich das Gefühl, ihr Gehirn rattern zu hören.

Für einen Moment stand sie völlig bewegungslos, dann drehte sie sich mit einem Ruck zu ihrer Tante hin. Sie drückte Ingeborg die Hundeleine in die Hand und packte sie dann fest an den

Schultern. »Hör zu, du musst verhindern, dass Carmen wegfährt. Jetzt sofort! Egal wie! Quatsch sie voll, halte sie auf, erzähl ihr von eurem Menü. Irgendwas. Mach, was du willst, aber halte sie auf. Ich brauche so viel Zeit wie möglich.«

»Aber …«

Elfriede hatte sich schon umgedreht. Sie zog Elvis am Arm und rannte mit ihm aus der Gaststube. »Hast du einen Ersatzhelm?«, fragte sie.

»In der Seitentasche.«

»Dann los!«

»Natalyas Geldbörse«, hatte Carmen gesagt. »Krankenhaus«, hatte sie gesagt.

»Hasenpest«, hatte Carsten gesagt.

Natalya, Hase, Pauli – dicker konnte ein Zaunpfahl nicht sein.

Elfriede umklammerte Elvis' Oberkörper, schloss die Augen und versuchte, keine Angst zu haben. Die Enduro schoss mit halsbrecherischer Geschwindigkeit über den Waldweg, zweimal wären sie in den Kurven schon fast ausgeschert. Bei jeder Wurzel, über die sie fuhren, hüpfte Elfriede auf dem Sitz ein Stück nach oben. »Das gibt blaue Flecken am Hintern«, dachte sie. Aber sie war selbst schuld.

»Du musst querfeldein«, hatte sie Elvis aufgefordert. »Gib alles, wir müssen vor Carmen im Krankenhaus sein.«

Und Elvis gab alles. Forstwege, Feldwege, Wanderwege – je schmaler, holpriger und kurviger, desto mehr Spaß schien ihm das Ganze zu machen.

»Yihaa«, schrie er, als die Maschine an einem kleinen Erdhügel kurz abhob, um dann federnd schwer wieder auf dem Waldboden zu landen. »Wer wird sich um Oliver kümmern, wenn ich das hier nicht überlebe?«, fragte sich Elfriede. Klaus natürlich. »Ich hab doch gleich gesagt, der Job ist zu gefährlich«, würde er sagen.

Scheiße! Sie hasste es, wenn ihr Ex-Mann recht behielt. »Bleib cool«, beruhigte sich Elfriede, »für genau solche Touren ist diese Maschine gemacht. Alles wird gut gehen.«

Sie versuchte sich abzulenken und an den Fall zu denken. Sie wusste nicht genau, was los war. Aber wenn sie richtig schlussfolgerte, dann hatte Pauli etwas mit Natalyas Geldbörse zu tun. Wenn das stimmte, dann war er für Carmen ein Verdächtiger, sie würde ihn vorläufig festnehmen und sie würde einen Polizisten vor der Tür postieren. Danach würde sie womöglich den Ermittlungsrichter ins Krankenhaus schleppen, der würde seinen schönen roten U-Haftbefehl ausstellen und ab da würde die Justiz Pauli bewachen. Oder sie verlegten ihn gleich ins Gefängniskrankenhaus nach Kassel. Egal was, es würde sehr kompliziert für Elfriede werden, Pauli zu besuchen. Sie musste jetzt mit ihm sprechen, das war ihre einzige Chance. Als die Enduro steil nach oben fuhr, wurde ihr übel, aber sie unterdrückte den Würgereiz. »Am besten halte ich einfach die Luft an«, entschied sie.

In Gedanken hakte sie jede Etappe ab: Langenhain, Breckenheim, Igstadt, Bierstadt, Wiesbaden.

Sie schaffte den Rest der Strecke nicht, ohne zu atmen. Trotzdem schnappte sie tief nach Luft, als sie vor dem St.-Josefs-Krankenhaus endlich absteigen konnte.

»Meine Kumpel nennen mich den fahrenden Organspender«, sagte Elvis trocken. Aber man konnte ihm ansehen, dass er sich trotz der flapsigen Bemerkung Sorgen um Elfriede machte.

Sie straffte sich. »Cooles Teil«, meinte sie betont locker. »Vielleicht schaff ich mir auch so eine Maschine an.«

Dann verlor sie keine Zeit mehr. Sie postierte Elvis im ersten Stock auf der Empore, wo er die Eingangshalle gut einsehen konnte, und schärfte ihm ein, unsichtbar zu bleiben. Sie zeigte ihm den Streifenwagen mit den beiden Polizisten, der gleich vor dem Eingang stand. Carmens Knitter-Kollege saß auf dem Rücksitz und telefonierte heftig gestikulierend. Anscheinend hatte sie Glück. Sie warteten noch auf Carmen.

»Die beiden sollen dich auch nicht sehen. Warn mich sofort, wenn die Kommissarin kommt!«

Dann rannte sie los, bis sie auf dem richtigen Flur war. Betont unauffällig schlenderte sie den Gang hinunter. Als eine Schwester an ihr vorbeiging, lächelte sie freundlich.

An Paulis Tür schaute sie kurz über die Schulter, dann drückte sie die Klinke.

Pauli drehte den Kopf zur Tür. In seinem runzligen Zwergengesicht schienen die dunklen Augen übergroß, er wirkte wie ein zerbrechliches, altes Kind. Die Schwester hatte das Oberteil seines Bettes ein wenig hochgestellt, wohl, damit er das Mittagessen, einen großen Teller Haferschleimsuppe, besser zu sich nehmen konnte. Aber das Essen stand unberührt auf dem Beistelltisch.

»Keinen Hunger?«, fragte Elfriede anteilnehmend.

Pauli nickte. »Mein Bauch tut weh und dann dieser Durchfall! Das wünsch ich niemandem. Fieber hatte ich auch, gestern über vierzig Grad. Heute ist die Temperatur ein bisschen runter.« Er nahm Elfriedes Hand. »Ich weiß nicht, wo die meine Sachen hin haben. Kannst du mal in Erfahrung bringen, wer mein Portemonnaie hat?«

Elfriede setzte sich auf den Rand des Bettes und schaute ihn eindringlich an. »Deswegen bin ich hier, Pauli«, sagte sie. »Du musst mir jetzt gut zuhören. Wir haben nicht viel Zeit! Die Polizei ist auf dem Weg ins Krankenhaus. Ich will dir helfen, aber das kann ich nur, wenn du mir die Wahrheit sagst!«

Pauli zog seine Hand aus Elfriedes Griff und setzte sich auf. In seinen Augen flackerte Panik. »Aber warum …«, er ließ den Satz unbeendet, als er Elfriedes entschiedenen Blick sah. Sie packte ihn mit beiden Händen an den Schultern.

»Das Portemonnaie von Frau Kolbe, Pauli. Es ist bei deinen Sachen gefunden worden, mit Frau Kolbes Ausweisen. Anscheinend hat eine Schwester die Polizei informiert, weil sie der Meinung war, so etwas Wertvolles könne einem Obdachlosen nicht gehören. Wo hast du es her?«

Draußen schepperte Geschirr und Elfriede zuckte zusammen. Die Tür öffnete sich und eine Schwester kam herein. Kopfschüttelnd sah sie auf den vollen Suppenteller.

»Ein wenig müssen Sie schon essen, Herr Würzner, sonst kommen Sie ja gar nicht mehr zu Kräften.« Sie schaute Elfriede an: »Nicht wahr?«

»Unbedingt«, sagte Elfriede. »Ich werde ihm ins Gewissen reden!«

Sie wartete, bis die Schwester die Tür wieder geschlossen hatte.

Pauli machte einen Versuch, aus dem Bett aufzustehen, aber Elfriede hielt ihn auf.

»Ich bin Detektivin, Pauli. Von mir hast du nichts zu befürchten. Ich weiß, dass du kein Mörder bist. Du hast die tote Frau Kolbe gefunden, nicht wahr? In der Tierbestattung Freundesruh.«

Pauli sackte in sich zusammen. Einen Moment lang fürchtete Elfriede, das Fieber sei wieder gestiegen, denn auf seiner Stirn sammelte sich feuchter Schweiß.

»Wir wollten nur was zu essen, ehrlich«, sagte Pauli. »Der Schorsch hat früher mal in Wallau bei der Harley-Garage gearbeitet, deswegen kannte der die Quelle. Im Sommer findet man in Tierbestattungen so einiges für den Grill. Wir nehmen ja niemandem was weg, ich meine, die Tiere sind ja schon tot. Und diese Wachhunde waren ein Witz. Der Schorsch kennt sich aus mit Kötern, ein paar Mal streicheln und schon waren wir drin.«

Elfriede legte die Stirn in Falten, um sich zu konzentrieren. Sie sah Pauli aus schmalen Augen an. »Ihr habt das tote Kaninchen geklaut?«

Pauli nickte mit gesenktem Kopf.

»Und als ich die Truhe aufgemacht habe, lag da diese tote Frau und auf ihr drauf die Handtasche. Da hab ich mir gedacht, ein paar

Moneten für was Flüssiges wären auch nicht schlecht. Ich konnte doch nicht wissen, dass es die Frau Kolbe war.« Er schüttelte sorgenvoll sein graues Haupt. »Ich hab die doch gar nicht genau gesehen!«

Plötzlich schien sich eine Taube auf den Krankenhausflur verirrt zu haben.

»Ruckedigu« machte es, und noch einmal »Ruckedigu«.

Elfriede packte Pauli am Oberarm. »Euer Grillplatz, wo war der?« Sie stand auf.

»Was, ich …«, stammelte Pauli.

»Wo habt ihr das Kaninchen gegrillt?«

»Unter der Brücke von der Kreisstraße, kurz vor dem Ort«, sagte Pauli. »Aber die Tasche hab ich schon vorher weggeworfen. Das war mir zu gefährlich. Da war nämlich noch was drin.«

Elfriede fluchte. Zum Nachfragen blieb keine Zeit. Sie war schon fast durch die Tür, als sie sich noch mal umdrehte und den Zeigefinger auf Pauli richtete: »Am besten sagst du gar nichts. Besteh auf einem Pflichtverteidiger!«

Keine Sekunde zu früh. Vom Aufzug her näherten sich Schritte. Elfriede erkannte an dem energischen Klack-Klack Carmens Luca-Valentini-High-Heels. Sie öffnete die Tür zur Toilette und verschwand.

Elvis war ein bisschen beleidigt. Zum einen, weil Elfriede sich über sein Pfadfinder-Warnsignal lustig gemacht hatte, »Ruckedigu, wem passt der Schuh, Pjotr!«, zum anderen, weil er den Rückweg über die Landstraße nehmen sollte, was ihm deutlich weniger Spaß machte als die Fahrt querfeldein. Elfriedes Magen allerdings ging es dadurch besser.

»Halt in Wallau!«, brüllte sie gegen den Fahrtwind an.

»Ay, Ay, captain!«, schrie Elvis zurück und konnte es dann doch nicht lassen, vor der Feldmark einen rasanten Stopp hinzulegen. Dann stieg er ab und reichte Elfriede galant die Hand. »Darf ich bitten?«

»Aber immer«, lachte Elfriede. »Mit dir würde ich sogar noch einen Walzer hinlegen. Und jetzt hilf mir suchen: Wir müssen einige Knochen finden.«

Ein klein wenig schadenfroh registrierte sie das Entsetzen auf Elvis' Gesicht.

Hugo war natürlich der Meinung, die Knochen seien für ihn. In Erwartung eines speziellen Leckerlis lief ihm der Geifer aus dem Maul. Elfriede hatte Oskars sterbliche Überreste in einen Plastikbeutel gepackt. Nun holte sie einen Knochen hervor, schob Hugos Nase energisch von ihrem Knie und fragte in die Runde: »Wie soll ich das dem Ehepaar Langenbucher beibringen?«

Tante Ingeborg, Carsten und Bodo drängelten sich auf ihrem kleinen Sofa, Elvis und Oliver lümmelten auf dem Boden. Hugo lief schwanzwedelnd von einem zum anderen und genoss das große Rudel, das ihn umgab.

»Am besten gar nicht!«, sagte Bodo kopfschüttelnd. »Wenn rauskommt, dass die Tierbestattung eine Fleischtheke für Obdachlose ist, bin ich geliefert. Ich hab das schon mal von Kollegen gehört, aber dass mir das passiert … Wer rechnet denn mit so was!««

»Bist du sicher, dass es alle sind?«, frotzelte Oliver. »Auf der Website des Deutschen Riesen steht, dass ein Kaninchen zweihundertzwölf Knochen hat!«

Er machte Anstalten, den Inhalt der Plastiktüte zu zählen. Tante Ingeborg nahm sie ihm energisch aus der Hand.

»Das ist alles gar nicht so schlimm«, sagte sie. »Dass Oskar nach seinem Tod noch einem guten Zweck gedient hat, kann auch das Ehepaar Langenbucher verstehen. Es ist ähnlich wie bei einer Organspende!«

»Den Empfängern hat's allerdings kein Glück gebracht«, bemerkte Carsten trocken.

Elfriede schaute ihn fragend an. »Du meinst diese Hasenpest?«

»Tularämie, ja«, sagte Carsten. »Ein Erreger, der von Tieren auf den Menschen übertragbar ist. Er wird von Zecken, Wanzen oder Läusen verbreitet. Menschen können sich anstecken, wenn sie die Tiere häuten oder ausnehmen oder unzureichend erhitztes Fleisch verzehren.«

»Und man stirbt daran?« Elvis betrachtete mit Gruseln seine Hände, denn zum Knochensammeln hatte er seine Motorradhandschuhe ausgezogen.

»Das ist möglich«, fuhr Carsten fort. »Allerdings nur, wenn die Krankheit nicht frühzeitig mit Antibiotika behandelt wird. Dann nimmt sie in dreißig Prozent der Fälle einen tödlichen Verlauf. Beim Schorsch war es beinahe zu spät!«

»Dem Freund von Pauli?«, fragte Elfriede.

Carsten nickte. »Er kam mit geschwollenen Lymphknoten und Geschwüren auf der Haut zu unserem Mobil. Es hat eine Weile gedauert, bis ich die Diagnose stellen konnte. Ein Bluttest hat mich dann darauf gebracht. Die Krankheit sieht man häufiger bei Jägern oder Tierärzten.«

»Der Schorsch«, sinnierte Elfriede. »Er war schon bei der Chorprobe nicht dabei. Wo ist er jetzt?«

»Das ist schwer zu sagen bei den Obdachlosen«, antwortete Carsten. »Mal kommen sie zur Nachuntersuchung, mal nicht. Den Schorsch habe ich jetzt schon eine Weile nicht mehr gesehen. Ich hoffe, er nimmt seine Tabletten.«

»Wenn du mir sagst, wie er aussieht, kann ich ja mal Ausschau nach ihm halten«, warf Tante Ingeborg ein. »Ich bin regelmäßig im Ort unterwegs. Und nach Frankfurt fahre ich ja auch.« Sie klopfte Elfriede zufrieden auf die Schulter. »Du hast den Fall gelöst. Ich gratuliere dir.«

»Und was wird aus mir?« Bodo sah mit großen Augen in die Runde.

»Du wirst schon keine Hasenpest bekommen«, wiegelte Tante Ingeborg ab. »Beim Transport der Tierleichen trägst du doch Handschuhe.«

»Aber des Mordes verdächtig bin ich immer noch!« Bodo sprang auf. Elvis sah ihn erstaunt an.

»Nimm dir einen guten Anwalt«, riet Tante Ingeborg. »Und ich werde auf alle Fälle mal ein gutes Wort für dich bei Carmen einlegen. Schaden kann es nicht.«

»Geil«, sagte Oliver. »Mein Nachbar, der Mörder!«

Aber Bodo fand das gar nicht lustig. Mit langen Schritten durchquerte er das kleine Wohnzimmer, stieß Hugo zur Seite, der ihm im Weg stand, und stürzte zur Tür hinaus, nicht, ohne sie heftig hinter sich zuzuknallen.

»Aua«, bemerkte Elvis. »Die ist zu!«

»Wir reden später über den Fall«, sagte Elfriede. »Jetzt will ich erst mal wissen, wie ihr es geschafft habt, Carmen aufzuhalten. Ihr seid nämlich richtig klasse!«

Die Versuchung war groß, Carsten über Nacht einzuladen. Aber das wollte sie Oliver nicht zumuten. Auch wenn er sich gut mit Carsten verstand, dafür war es einfach noch zu früh. Und für eine Fahrt nach Niedernhausen war sie einfach zu müde. Für ein gemeinsames Glas Wein war aber allemal noch Zeit. Aufs Sofa gekuschelt lauschte sie Ingeborgs Bericht. In Windeseile hatten Carsten und Ingeborg die Lindenwirtin überredet, den gerade vorfahrenden Pferdetransporter vor dem Auto der Kommissarin einzuwinken. Damit war auf der engen Straße kein Fortkommen mehr. Carmen war natürlich genervt, aber es blieb ihr gar nichts anderes übrig, als das umständliche Rangieren abzuwarten. Zeit, um über Rezepte und Kochshows zu reden. Tante Ingeborg hatte die fluchende Carmen aufgefordert, sich die Zutaten zu notieren und noch vor Geschäftsschluss zu besorgen, damit man gleich morgen die Vorspeise probieren könne.

»Und was gibt es jetzt?«, fragte Elfriede.

»Carsten ist einfach genial«, kam Ingeborg ins Schwärmen. »Als Vorspeise gibt es ein ganz altes Rezept. Das kenn ich noch von früher, das kann ich Carmen gut erklären. Einfach ist es auch.«

»Wir pimpen es ein bisschen«, fügte Carsten hinzu. »Damit es in die heutige Zeit passt.«

»Finetuning!«, warfen Elvis und Oliver gleichzeitig ein. Sie lachten und klatschten High Five.

Elfriede verdrehte die Augen.

»Was es gibt?« Elfriede betonte jedes Wort gleich stark.

»Klares Tomatensüppchen«, strahlte Ingeborg sie an.

»Hm«, brummte Elfriede ein wenig enttäuscht.

»Genau so hat Carmen auch geknöttert«, meinte ihre Tante. »Aber mittlerweile ist sie überzeugt. Wart's nur ab, du kannst morgen probieren. Übrigens – ich habe auch die Damaschkes in Taunusstein erreicht. Standen im Telefonbuch. Ihre Tochter war tatsächlich die ganze Zeit da und hat ihre Mutter gepflegt. Grippe!« Ingeborg richtete sich auf. Der Stolz über ihre Ermittlungsergebnisse war ihr deutlich anzusehen. »Ich war ganz genau. Hat Ihre Tochter das Haus denn gar nicht verlassen?, hab ich gefragt. ›Natürlich hat sie das Haus verlassen‹, hat mich der alte Damaschke angeschrien. Ich glaube, der hört schlecht. Leute, die schlecht hören, schreien immer so ins Telefon. ›Sie war einholen, im Garten, in der Apotheke …‹ ›Ich meine abends‹, hab ich gesagt. ›Abends war sie immer im Haus‹, sagte er.«

Elfriede zog die Augenbrauen hoch. »Und wieso heißen die wie ihr Schwiegersohn?«

»Umgekehrt, er heißt wie sie. Dieser Bruno hat wohl damals den Namen seiner Frau angenommen. Oder annehmen müssen, wenn ich den alten Damaschke richtig verstanden habe. Ziemlich knurriger Kerl überhaupt. Er bestand wohl drauf, dass sein Laden den Namen Damaschke behält. Hat richtig rumgemosert, dass früher alles besser gewesen sei. Bevor sein Schwiegersohn anfing, dieses neumodische Zeug zu verkaufen.«

»Neumodisches Zeug?« Elvis war die Empörung anzuhören. »Das ist das Feinste vom Feinen. Diese verstaubten Teile von früher will kein Mensch mehr haben.«

Ingeborg hüstelte.

6

Frau Langenbucher tupfte sich mit dem Taschentuch die Augen trocken. Auch ihr Mann hatte schon mehrmals schlucken müssen. Das Ehepaar hatte die Mittagstafel für Elfriede gedeckt. Statt etwas Warmem hatten sie belegte Brötchen vorbereitet.

»Sie haben hoffentlich noch nicht Mittag gegessen? Bitte, greifen Sie zu«, hatte man sie empfangen.

Jetzt stand zwischen Kaffeekanne und Brötchenteller eine kleine Urne auf einem nachtblau schimmernden Holzsockel. *Oskar,* stand darauf. *Unvergessen!*

»Schlicht«, sagte Herr Langenbucher. »Schön!«

Seine Frau nickte. »Wir sind Ihnen so dankbar, Frau Schmittke. Jetzt können wir in Frieden Abschied nehmen. Sie glauben ja gar nicht, wie schlecht wir die letzten Nächte geschlafen haben.«

Elfriede nickte verständnisvoll. Sie war froh, dass sie sich für diesen Weg entschieden hatte. Gleich morgens hatte sie die Knochen zu Bodo gebracht und ihn gebeten, Oskars Überreste vordringlich zu behandeln. In der Zwischenzeit war sie ins Büro gefahren, um einen abschließenden Bericht zu schreiben. Sie war erstaunt, als Elvis in der Tür stand.

»Hab mir Urlaub genommen«, erklärte er und warf einen dicken Ordner auf den Tisch.

»Sonst hätte ich die Nachbarschaft nicht abklappern können. Ich will die Befragung gründlich machen.«

»Tja, das hat sich eigentlich erledigt«, antwortete Elfriede. »Der Fall ist gelöst.«

»Sie meinen, das war alles umsonst?« Die Enttäuschung warf einen Schatten auf Elvis' Gesicht, als würde unvermittelt eine Regenwolke über ihn hinwegziehen. Seine Unterlippe zitterte und für einen kurzen Moment befürchtete Elfriede, er würde anfangen zu weinen.

»Nein, nein«, beschwichtigte sie ihn und griff nach dem Ordner. »Gründlichkeit kann nie schaden. Vielleicht finden wir ja noch ein paar Details für den Bericht.«

Erleichtert setzte sich Elvis auf den Stuhl ihr gegenüber. »Genau. Und wir wissen ja auch noch gar nicht, wer Frau Kolbe umgebracht hat. Oder meinen Sie, es war dieser Pauli?«

Elfriede zuckte mit den Schultern. »Möglich ist alles, immerhin haben sich die beiden auch schon nachts in der Gegend herumgetrieben«, antwortete sie. »Aber ich vermute mal, eher nicht. Seine Geschichte klingt plausibel und ein Motiv hätte er auch nicht. Außerdem – so eine brutale Tat passt irgendwie nicht zu dem kleinen Kerl.«

»Na also«, meinte Elvis. »Dann haben wir noch jede Menge zu tun.«

Elfriede schüttelte den Kopf. »Tut mir leid, Pjotr. Mein Auftrag lautete, Oskar zu finden. Anscheinend handelt es sich um zwei Täter, mit dem Mord an Frau Kolbe muss sich die Polizei beschäftigen. Das ist nicht mehr meine Aufgabe.«

»Aber –«

»Versteh doch! Ich muss meine Miete bezahlen, einen Sohn füttern und jetzt auch noch einen Hund versorgen. Ich kann es mir nicht leisten, ohne Bezahlung zu ermitteln.«

Das Gespräch ging Elfriede im Kopf herum, als sie jetzt bei den Langenbuchers auf dem Sofa saß. »Es ist richtig so«, entschied sie. »Ich muss mich um neue Aufträge bemühen, ich habe keine Zeit für Frau Kolbe.«

Sie kramte einen Ordner aus ihrer Tasche. »Der abschließende Bericht«, sagte sie und reichte Herrn Langenbucher die Mappe. »Ich habe mich auf das Wesentliche beschränkt.«

Sollte heißen, sie verschwieg dem Ehepaar, dass ihr Oskar letztendlich verspeist wurde. Lediglich von Entwendung und Auffinden sterblicher Überreste hatte sie geschrieben. Dass es sich dabei nur noch um das Gerippe handelte, musste man ja nicht explizit erwähnen. Nicht ganz rechtens, aber für das Paar sicher besser zu verkraften. Seit Elfriede auf Hugo aufpasste, fühlte sie sich Tiereltern irgendwie näher. Man konnte die Viecher tatsächlich lieb gewinnen. Egal, ob Hund oder Kaninchen. »Außer Katzen«, dachte sie. »Katzen niemals.«

Sie vertraute darauf, dass die Langenbuchers jetzt, da sie Oskar wiederhatten, weder den Bericht zu gründlich lesen, noch weiter nach einem Motiv forschen würden. Ihre Welt war wieder in Ordnung.

»Lassen Sie nur«, meinte sie, als Herr Langenbucher seine Brieftasche hervorholte. »Wir sind quitt!«

Als sie heimkam, standen Carsten und Ingeborg in der Küche.

»Hast du nicht eine Praxis, um die du dich kümmern musst?«

»Schon«, grinste Carsten. »Um drei Uhr machen wir wieder auf. Ich wollte nur nicht Carmens Versuch verpassen, eine Tomate zu schälen.«

»Sie muss jeden Moment kommen«, meinte Ingeborg. »Hast du Hunger, Elfriede? Ich kann dir schnell ein Omelette machen.«

»Nein danke, die Langenbuchers haben mich schon versorgt.«

Ingeborg warf ihr einen ernsten Blick zu. »Wie haben sie es aufgenommen?«

»Gut soweit. Sie sind einfach froh, dass sie Oskar wiederhaben und die Sache ein Ende hat. Ich, ehrlich gesagt, auch.«

»Ein Ende? Und was wird aus diesem Pauli?«

»Dem hab ich geraten, nach einem Anwalt zu fragen. Der Rest geht mich nichts mehr an.« Elfriede zog betont langsam ihr

Sommerjäckchen aus und betrachtete dabei intensiv den Küchenboden. Als ihr klar wurde, wie laut das Schweigen war, hob sie den Kopf.

Zwei Augenpaare starrten sie an.

»Was?«

»Ich dachte, du magst ihn«, stellte Ingeborg fest.

Elfriede hob verteidigend die Arme. »Ich muss mich professionell verhalten. Kein Auftrag, keine Ermittlung … wieso versteht ihr das alle nicht?« Sie merkte, dass ihre Stimme lauter wurde. Unangemessen laut.

Verärgert schnappte sie ihre Tasche und verzog sich ins Wohnzimmer. Kein Hugo. Kein Oliver. Typisch. Immer, wenn man sie mal knuddeln wollte, waren sie nicht da.

Seufzend ließ sie sich in den Sessel fallen und zog Elvis' Ordner aus der Tasche. Ansehen konnte sie sich das Material ja mal. Schon, weil er sich so viel Mühe gegeben hatte. Aber dann wäre endgültig Schluss mit dem Fall.

Was immer Elvis in der Schule gelernt hatte, er hatte wohl beschlossen, einige Regeln über Bord zu werfen. »Nebenwirkung bei einer Generation, die es gewohnt ist, sich vor allem in Chats und per SMS zu unterhalten«, dachte Elfriede, als sie die konsequente Kleinschreibung in Elvis' Aufzeichnungen registrierte. Aber sie war gerührt, dass ihr Praktikant seine Gespräche mit den Anliegern der Straße, in der die Tierbestattung lag, in die Form eines Vernehmungsprotokolls gegossen hatte. Ob er das wohl aus dem Internet heruntergeladen hatte? Fragen und Antworten waren wie in einer Tabelle hintereinander aufgelistet, Datum, Uhrzeit und Name des Befragten fein säuberlich am oberen Rand des Bogens notiert.

Sie kuschelte sich in den Sessel und las den ersten Bericht. Spedition Rademacher, Hessenstraße 5, Befragter: Herbert Müller-Westen,

Speditionskaufmann. Die Firma musste an der Kreuzung liegen, nicht weit von der Rudolf-Diesel-Straße, in der die Tierbestattung lag. Elfriede stöberte in ihrer Tasche. Da war sie, die Zeichnung, in der sie das Küchenstudio und das Werbebüro eingezeichnet hatte. Sie machte ein Kreuz ein weniger weiter rechts davon und schrieb darunter: Spedition.

frage: wie lange waren sie am 31. juli in ihrer firma?

antwort: bis 16 uhr.

frage: ist ihnen an diesem tag etwas besonderes aufgefallen?

antwort: was soll mir denn aufgefallen sein?

frage: na, etwas verdächtiges, jemand, den sie noch nie in dieser gegend gesehen haben.

antwort: es gibt immer mal wieder kunden, die ich in dieser gegend noch nicht gesehen habe.

»Süß«, dachte Elfriede. Der Junge war wirklich engagiert. Vielleicht ein bisschen umständlich, aber es war eine Frage der Zeit, bis sie ihm das abtrainiert hatte. Ungeduldig blätterte sie zum Ende. Die Spedition Rademacher pflegte Geschäftsbeziehungen zum Küchenstudio Damaschke und hatte auch die KFC19 als Beiladung zur Tierbestattung geschafft, am Morgen des 1. August. Die Truhe war nach Aussage der beiden Packer, die Elvis anschließend befragt hatte, verschlossen und habe in einer Ecke des Küchenstudios gestanden. Ja, sie seien die ganze Zeit zu zweit gewesen. Nein, sie hätten nicht hineingeschaut. Nein, die Truhe sei nicht außergewöhnlich schwer gewesen. Er selbst müsse sie ja gut kennen, er arbeite doch im Küchenstudio. Im Übrigen hätten sie das alles auch schon bei der Polizei zu Protokoll gegeben.

Carsten steckte den Kopf durch die Tür und grinste. »Carmen ist im Anmarsch. Ich dachte, ich warne dich lieber mal vor.«

Hugo nutzte die Gelegenheit, um sich durch den Türspalt ins Wohnzimmer zu zwängen. Mit hohen Quiektönen gab er seiner

Begeisterung Ausdruck, Elfriede vorzufinden. Sie tätschelte ihm zerstreut den Kopf.

»Ich komme gleich!«, nickte sie Carsten zu. Dann nahm sie sich den nächsten Bericht vor. Im Autohaus Metzger schräg gegenüber dem Küchenstudio Damaschke war der Chef bis 20 Uhr dageblieben, weil er noch ein paar Unterlagen für die anstehende Steuerprüfung sortieren wollte. Elfriede malte einen Kringel um ein Gebäude auf ihrer Karte und schrieb darunter: A. Metzger. Als der Mann gegangen sei, habe er kein Licht mehr im Küchenstudio gesehen. Nein, den Hinterhof habe er nicht einsehen können, um diese Zeit sei da aber niemand mehr unterwegs.

Es klingelte. Das musste Carmen sein. Hugo sauste zur Tür und kläffte lautstark, als wollte er einen Einbrecher stellen.

»Aus!«, rief Elfriede.

Auf den ersten Blick ergab sich aus den Berichten keine Spur, die im Mordfall Natalya Kolbe weiterführte. Aber es war ja sowieso nicht mehr ihr Fall. Damit konnte sich jetzt Carmen herumschlagen. Carmen, die auch noch ihre Kochshow bewältigen musste. Ihre Freundin war wirklich nicht zu beneiden.

Schon ein wenig lustlos nahm Elfriede sich den dritten Bericht vor. Das Autohaus Attermann lag direkt neben dem Werbebüro Impressum. Hier war bis 18 Uhr Betrieb gewesen, danach hatten alle Mitarbeiter Feierabend. Zum Autohaus gehörte auch eine Vertragswerkstatt. Auf deren Gelände standen Wagen, die zur Reparatur vorgesehen oder bereits repariert waren.

frage: ist es möglich, den wagen auch am vorabend auf ihrem gelände abzustellen?

»Gut, Elvis«, dachte Elfriede. Darauf musste man erstmal kommen.

antwort: »ja, der autobesitzer muss dann nur den schlüssel mitsamt dem kfz-schein in den dafür vorgesehenen briefkasten einwerfen.«

frage: »ist es möglich, die aufnahmen ihrer hofkamera zu sehen?«

antwort: »nein! unser schussel von lehrling (name: Benni, kumpel von mir – anmerkung des vernehmenden) hat vergessen, das ding anzustellen.«

Als Fazit hatte Elvis notiert: *der vernommene brachte in seinem auftragsbuch in erfahrung, dass am fraglichen abend ein kunde sein fahrzeug tatsächlich auf dem gelände der werkstatt parken wollte, weil er am nächsten tag schon mit der bahn in urlaub fahren wollte. aus datenschutzgründen weigerte sich der werkstattleiter allerdings, den namen des kunden herauszugeben. wie gehen wir weiter vor?,* hatte Elvis darunter geschrieben

»Das ist in der Tat die Frage«, dachte Elfriede.

Ein dumpfes Platschen, gefolgt von einem spitzen Schrei, ließ sie aus ihren Gedanken aufschrecken.

»Das könnt ihr nicht mit mir machen!«, hörte sie Carmen entrüstet sagen.

Die Szenerie in Elfriedes kleiner Küche hätte einer amerikanischen Soap zur Ehre gereicht. Tante Ingeborg hatte Carmen eine geblümte Schürze mit Rüschen verpasst, weiß der Himmel, wo sie die wieder aufgetrieben hatte. Carmens volle schwarze Haare steckten unter einer weißen Haube. Sie hatte ihren Zeigfinger in den Mund gesteckt und saugte daran.

»Verdammter Mist«, sagte sie. »Die Dinger gibt's doch in der Dose. Wieso kann ich nicht die nehmen?«

»Zeig mal her«, sagte Carsten und fasste sie am Arm. »Das kann gar nicht so schlimm sein. Halte ihn unter kaltes Wasser!«

Auf dem Boden schnupperte Hugo an einer aufgeplatzten Tomate. Er schien Gefallen daran zu finden.

»Beim Öffnen der Dose würdest du dir wahrscheinlich in den Finger schneiden. Außerdem brauchst du frische Tomaten als Einlage«, wandte Tante Ingeborg ein. »Für deine Show musst du schon etwas Besonderes bieten.«

»Unmöglich«, behauptete Carmen. »Das schaffe ich nicht!«

»Aber natürlich«, sagte Tante Ingeborg. »Du hast es ja schon richtig gemacht und vorher ein kleines Kreuz in die Schale geschnitten. Nur hättest du sie nach dem Überbrühen eben noch einmal mit kaltem Wasser abschrecken müssen.«

»Elfriede, du treulose Tomate, rette mich!«, wandte sich Carmen an ihre Freundin, die grinsend in der Tür stand.

»Klar«, sagte Elfriede. »Gib mir mal die Zwiebeln rüber, die kann ich schon mal schneiden.«

»Kommt gar nicht in Frage«, fuhr Ingeborg dazwischen. »Sie muss schließlich *alle* Arbeitsschritte üben. Zwiebeln richtig würfeln will gelernt sein.« Mit den Händen fuchtelte sie in Richtung Elfriede. »Carsten brauchen wir für das Rezept, aber du bist hier überflüssig. Für vier Leute ist die Küche eindeutig zu klein. Du hast doch bestimmt Wichtigeres zu tun.«

»Eigentlich nicht«, dachte Elfriede, die kurz überlegte, ob sie gekränkt sein sollte. Schließlich war das immer noch ihre Küche, da ließ man sich nicht so gern rauswerfen. Aber dann zuckte sie mit den Schultern. Sie gab Carsten einen Kuss, nahm ihre Tasche und verließ die Wohnung. Hugo fühlte sich offensichtlich ebenso wenig erwünscht. Mit gesenktem Kopf trottete er hinter ihr her.

»Und nun?«, fragte sie sich, als sie im Auto saß. »Ich hätte meine Badesachen mitnehmen sollen.« Bei dem Wetter wäre das Schwimmbad genau das Richtige und ihrer Fitness würde es auch nicht schaden. Aber Hugo durfte da nicht mit hinein und außerdem war sie nicht erfolgreich genug für solche Auszeiten. Sie beschloss, ins Büro zu fahren und die Post und die E-Mails zu checken. Vielleicht hatte sich ja schon ein neuer Auftraggeber gemeldet.

Erst, als sie schon unterwegs war, fiel ihr ein, dass sie Carmen nicht gefragt hatte, ob die Polizei die Handtasche gefunden hatte. Sicher hatte ihr Pauli doch davon erzählt?

Obwohl, sie selbst hatte ihm geraten, nichts zu sagen, bis er einen Anwalt hätte. Das war so schnell bestimmt noch nicht geschehen. Und selbst wenn, würde ihm der Anwalt nicht abraten, sich selbst zu belasten?

Elfriede startete den Wagen. Sie würde einen Spaziergang mit Hugo machen, keinen langen, denn bei der Hitze würde er ohnehin nur von Schattenplatz zu Schattenplatz schleichen und sie zwischendrin mit großen Augen ansehen nach dem Motto: »Ist das dein Ernst?«

Sie war schon eine Weile unterwegs, als ihr klar wurde, dass sie unbewusst den Weg zur Tierbestattung eingeschlagen hatte. Pauli hatte gesagt, dass er die Tasche woanders weggeworfen hatte. Sicher hatte er sich ihrer möglichst schnell und unauffällig entledigt, nachdem er sie auf Bargeld hin untersucht hatte. »Also gut«, seufzte Elfriede, »ich kann mich ja mal umschauen.« Außerdem wäre es eine Hilfe für Carmen, redete sie sich ein. Schließlich hatte ihr die Freundin schon oft weitergeholfen, da war es nur fair, wenn sie sich dafür einmal revanchierte.

Sie hielt vor der Tierbestattung in der Rudolf-Diesel-Straße und sah sich um. Wenn Pauli die Tasche in den Mülltonnen der ansässigen Unternehmen entsorgt hatte oder vielleicht auch bei dem Fastfood-Restaurant ein paar Häuser weiter, dann sah es schlecht aus. Die waren mit Sicherheit alle mittlerweile geleert. Aber vielleicht war ihm das zu riskant gewesen, schließlich hatten sie ja auch das tote Kaninchen dabei.

Hugo hechelte im Fond des Wagens.

Elfriede überlegte, welche Richtung Pauli und Schorsch wohl eingeschlagen hatten. Der Grillplatz lag südöstlich von hier, aber sie bezweifelte, dass die beiden den direkten Weg genommen hatten. Nein, viel wahrscheinlicher war, dass sie sich so schnell wie möglich aus dem Industriegebiet entfernt hatten. »Also östlich«, dachte Elfriede, »Richtung Autobahn und Weilbach.« Sie ließ Hugo aus dem Wagen springen und machte sich auf den Weg. Solange sie zwischen den Häusern lief, schenkte sie ihrer Umgebung nur oberflächlich Aufmerksamkeit. Das änderte sich, als sich vor ihr die Felder auftaten. Elfriede wandte sich nach rechts, Richtung Grillplatz. Sie fand einen langen Stock, mit dem sie auf beiden Seiten des Weges in den Büschen stocherte. »Nadel im Heuhaufen«, dachte sie und wischte sich den Schweiß von der Stirn. »Das wird doch nie was, die Tasche kann überall sein.« Hugo aber fand das neue Spiel lustig. Immer wieder biss er in den Stock, zerrte an ihm und knabberte, als er ihn Elfriede entrissen hatte, genüsslich die Spitze ab.

»Blödhund!«, schimpfte Elfriede.

Der Hund schien das als Kompliment zu nehmen und sah sie erwartungsvoll an.

Elfriede suchte weiter. An der Abzweigung eines Feldwegs blieb sie stehen. Geradeaus oder abbiegen? Sie versuchte, sich in die Lage der beiden Obdachlosen zu versetzen. Je einsamer, desto besser, hatten die beiden sicher gedacht. Also Feldweg. »Ich gehe noch bis zum Bach«, entschied sie, »da kann Hugo etwas trinken. Und wenn ich bis dahin nichts finde, drehe ich um. Ist doch sowieso eine Schnapsidee.«

Aber so weit musste sie gar nicht laufen. Nur ein paar Meter weiter leuchtete ihr vom Wegrand etwas Rotes entgegen, nicht einmal sonderlich versteckt, einfach achtlos an die Seite geworfen. Hugo schnupperte daran, schien dann aber das Interesse zu verlieren. »Krokoleder«, diagnostizierte Elfriede, als sie näher kam. »Wenn das nicht Frau Kolbes Tasche ist, fress' ich einen Besen.« Sie zog einen Gummihandschuh aus der Hosentasche.

Elfriede war enttäuscht. Sie hockte an ihrem Schreibtisch und Hugo hatte es sich, erschöpft von der Hitze, zu ihren Füßen gemütlich gemacht. Sie hatte keine Ahnung, was sie erwartet hatte, aber dieses Ergebnis war wirklich mehr als mager. Das Herzstück der

Handtasche, die Geldbörse, hatte Pauli entfernt. »Das wird ihm auch zum Verhängnis«, dachte Elfriede. Dumm von ihm, er hätte nur das Geld aus der Börse nehmen sollen. Aber sie konnte nachvollziehen, dass man sich wahrscheinlich in einem Schockzustand befand, wenn man gerade eine Leiche gefunden hatte, und deshalb nicht in allem logisch reagierte. Der restliche Inhalt der Handtasche bot jede Menge Aufschluss über die ehemalige Trägerin, aber keine Hinweise, die irgendein Licht auf den Mord warfen. Eine Armani-Sonnenbrille, ein Hermes-Tuch, sorglos zusammengeknuddelt, ein teurer Lippenstift. Frau Kolbe war ihrem extravaganten Geschmack bis in die kleinsten Details treu geblieben. Schlüsselanhänger, Tempotücher, ein türkisfarben verpacktes Bonbon und der Reklameflyer eines neuen Sushi-Restaurants in Frankfurt. Das war alles. Oder fast alles. Einen interessanten Gegenstand gab es zwischen all diesen typisch weiblichen Utensilien. Nachdenklich nahm sie die kleine Pistole in die Hand. Wieso hatte Natalya zu ihrer Verabredung eine Waffe mitgenommen? Und verabredet war sie höchstwahrscheinlich gewesen, denn auf gut Glück war sie sicher nicht so spät zum Küchenstudio gefahren. Hatte sie Angst vor Damaschke gehabt?

Seufzend packte sie alles wieder in die Handtasche und diese dann in eine Plastiktüte. Sie würde sie Carmen überreichen, die wusste vielleicht mehr damit anzufangen. Hoffentlich war sie ihr nicht böse, dass sie einen Blick riskiert hatte. Aber sie hatte mit dem Stock die Fundstelle markiert und sie zusätzlich im GPS ihres Handys lokalisiert. Sollte Carmen von der Tasche noch gar nichts wissen, könnte sie sich eigentlich über diese zusätzlichen Informationen freuen.

Sie zog gerade die Gummihandschuhe von den Händen, als das Telefon klingelte. Es war Oliver, der am Bahnhof stand und abgeholt werden wollte, weil er mal wieder den Regionalzug genommen hatte, der in Lorsbach nicht hielt.

»Ich komme«, meinte Elfriede und verzichtete ausnahmsweise auf die Bemerkung, dass er sich gar nicht erst an solche Serviceleistungen von Mama gewöhnen solle. »Ab und an muss man die Kinder auch verwöhnen«, dachte sie, als sie das Büro verließ. Es lief ziemlich gut in letzter Zeit mit Oliver, vergleichsweise wenig Türenknallen und wütendes Auf-den-Boden-stampfen. Ganz im Gegenteil, Elfriede hatte ihn tatsächlich hin und wieder lächeln sehen. Unglaublich. Ingeborgs warnend hochgezogene Augenbrauen erinnerten sie jedes Mal daran, ihren Sohn auf keinen Fall darauf anzusprechen.

Oliver kam, zwei Stufen auf einmal nehmend, die Treppe heruntergesprungen, als sie vor dem Hofheimer Bahnhof hielt. »Er ist ganz schön gewachsen im letzten Jahr«, dachte sie und konnte sich ein stolzes Mutterlächeln nicht verkneifen. »Und er legt eindeutig mehr Wert auf sein Äußeres.« Die T-Shirts waren karierten und gestreiften Hemden gewichen, schick an den Ärmeln aufgekrempelt, und die Hosen hatten zwar immer noch Löcher, aber diesmal wenigstens gewollte. Olivers ganzer Stolz war seine schwarze Lederjacke, auf die er auch bei diesen sommerlichen Temperaturen nicht verzichtete. Notfalls trug er sie über den Arm. »Die spinnen, die Jugendlichen«, dachte Elfriede.

Oliver ließ sich in den Sitz fallen und hielt ihr eine Tüte mit KFC-Nuggets hin. »Willste?«

Elfriede schüttelte den Kopf. »Wo warst du eigentlich?«

»Bei Papa. Babysitting. Pauline musste für ihre Deutschprüfung lernen.«

»Und da musst du natürlich einspringen!« Elfriede merkte, wie schon wieder der Ärger in ihr hochkroch. Trotz der langen Zeit, trotz Carsten, trotz allem … die Sache mit Klaus war noch nicht ganz verdaut. »Zahlt er dir wenigstens was dafür?«

Oliver warf ihr einen wütenden Blick zu. »Weißt du eigentlich, wie scheiße ich das finde, so eine materialistisch eingestellte

Mutter zu haben? Mensch, das macht mich echt traurig. Man kann doch auch mal was tun, ohne Geld dafür zu kriegen, oder? Emilia ist schließlich meine Schwester.« Auf dem Rücksitz fing Hugo an zu bellen.

Elfriede kannte diesen Ton. Am besten sagte sie jetzt gar nichts mehr, wenn sie nicht wollte, dass ihr Sohn vollends explodierte. Nach einem langen Seitenblick auf Oliver startete sie den Motor. Ab nach Hause. Trotz der Temperaturen war ihr nach einem langen, entspannenden Bad. »Ich mach das Wasser lauwarm und nehm ein Glas Prosecco mit«, plante sie schon.

Dann wurde ihr urplötzlich klar, was sie gerade gesehen hatte. Das konnte doch nicht wahr sein, sie hatte sich bestimmt verguckt. Unauffällig sah sie noch einmal zu Oliver hinüber.

Nein, kein Zweifel. Genau oberhalb des Hemdkragens, mittig unter seinem linken Ohr prangte ein großer, blauvioletter Knutschfleck.

7

Als sie aufwachte, war sie kurz irritiert. Dann wurde ihr klar, dass sie in Carstens Mühle war und nackt in seinem Bett lag. Das Bad hatte sie kurzerhand zu ihm verlegt und nicht nur ein Glas Wein, sondern auch den Herrn Doktor mit in die Wanne genommen. Seine langen Beine waren überall im Weg gewesen, der Wein war ins Wasser geschwappt und insgesamt war die ganze Aktion eher lustig als erotisch gewesen. Aber Elfriede hatte es gut getan.

Jetzt kam er mit einem Becher Kaffee ins Zimmer, wie immer lächelte er. »Wie er wohl ist, wenn er wütend ist?«, fragte sich Elfriede. »Oder sauer, oder wenn er versuchen würde, mich anzulügen. Wie sieht er wohl in drei Jahren aus, wenn ein Morgen wie dieser Alltag geworden ist? Vorausgesetzt, er hält es drei Jahre mit mir aus. Ob er dann auch noch lächeln wird?«

»Na, du Schlafmütze, ich wollte dich gerade wecken. Ich kann leider nicht mehr mit dir frühstücken, ich muss los.«

Elfriede nahm dankbar den Kaffeebecher entgegen. »Sollen wir zusammen Mittag essen?«, fragte sie.

Er schüttelte bedauernd den Kopf. »Ist eng heute bei mir. Nach der Praxis habe ich auch noch den mobilen Einsatz. Aber vielleicht heute Abend?«

»Ja, mal sehen. Übrigens, mobiler Einsatz. Ist der Schorsch aufgetaucht?«

»Bisher leider nicht.«

»Wäre gut für Pauli, wenn er sich einfindet. Er könnte seine Aussage bestätigen.«

Carsten nickte. »Ich halte die Augen nach ihm offen.« Er beugte sich über sie und küsste sie lange. Sehr lange.

Nur widerwillig ließ Elfriede ihn gehen. Er war schon fast zur Tür raus, als ihr etwas einfiel. »Carsten?«

Er drehte sich um.

»Findest du, dass ich materialistisch eingestellt bin?«

Auf dem Weg in ihr Büro beschloss Elfriede, noch kurz bei Cemals Kiosk vorbeizuschauen, um Briefmarken, Briefumschläge und vielleicht ein kleines Stück Streuselkuchen mitzunehmen, das der krönende Abschluss dieses durchaus vielversprechenden Morgens sein sollte. Vor dem Stehcafé pausierten wie immer die Handwerker, in der einen Hand einen Pott heißen Kaffee, in der anderen die obligatorische Zigarette. Sie grüßten mit einem Nicken.

Elfriede schob die Tür auf und reihte sich ein in die Schlange vor Cemals Tresen. Der Kiosk-Chef hatte schlechte Laune, das sah man an der Art, wie er unwirsch die Krümel von der Glastheke wischte. Ein junger Mann mit einer roten Clownsnase folgte mit seinem Kopf den Wischbewegungen und schnitt Grimassen, um den Kioskbesitzer aufzuheitern. Seit in die benachbarte Gaststätte »Zum Löwen« eine Clownschule eingezogen war, war das Leben in Lorsbach bunter geworden. Elfriede mochte das.

Der Clown schnappte seine Brötchentüte, zog jämmerlich die Schultern hoch und die Mundwinkel herunter. Dann winkte er Elfriede zu und verschwand.

»Schlecht geschlafen?«, fragte Elfriede, während sie die Briefumschläge über den Tresen reichte und auf das verlockende Stück Mohnstreusel deutete, das hinter dem Glas lag.

»Gar nicht«, antwortete Cemal. »Null zu drei, das macht schlechte Träume!«

Elfriede, die nicht allzu viel von Fußball verstand, wusste zumindest, dass er von Galatasaray redete. Immer wenn die Jungs aus Istanbul ein Spiel verloren, musste Cemal erst mal wieder zu einer ausgeglichenen Gemütslage zurückfinden. Cemal war Deutscher, aber seine Liebe gehörte nach wie vor dem türkischen Fußball, den er über Satellitenfernsehen akribisch verfolgte.

»Hoffentlich nicht gegen Fenerbahçe«, sagte Elfriede. Wie tröstete man einen enttäuschten Fußballfan? Das gehörte zu den größten Geheimnissen der männlichen Seele, die Elfriede noch nicht ergründet hatte.

»Nee, diesmal hat die Eintracht verloren!«, antwortete Cemal, der neben dem türkischen auch noch ein deutsches Fußballherz hatte.

Elfriede nickte ihm verständnisvoll zu und wühlte in ihrem Portemonnaie nach dem passenden Geldschein. Dabei stieß sie auf den Lottoschein, den sie erst kürzlich wiedergefunden hatte. Sie konnte sich erinnern, dass sie damals beim Kauf einen Gewinn beim Universum bestellt hatte.

»Ist der noch gültig?«, fragte sie Cemal und reichte ihm den verknautschten rosa Zettel.

»Mal sehen«, sagte Cemal, strich ihn glatt und führte ihn in die Maschine ein.

Dann schaute er Elfriede verschmitzt an.

Elfriede hatte allen, Cemal, seiner hübschen kleinen Frau, den Handwerkern, den Brötchenkäufern und auch noch Herrn Schoger von der Apotheke nebenan spontan einen Sekt ausgegeben auf ihren Lottogewinn. Tausend Euro waren schließlich ein Grund zum Feiern, auch für einen ganz und gar nicht materialistisch eingestellten Menschen wie sie.

»Du hat ein gesundes Verhältnis zum Geld«, hatte Carsten ihr auf ihre Frage geantwortet und einmal mehr bewiesen, dass er sich diplomatisch aus der Schlinge ziehen konnte. Das war das Nette an ihm, aber es machte ihn auch ein kleines Stückchen unberechenbar. Elfriede wusste nie genau, was er wirklich meinte.

»Musst du doch auch nicht!«, hatte Carsten mal im Scherz gesagt, als sie dies Problem ansprechen wollte.

Sie überlegte, was sie mit dem Geld alles anstellen würde. Endlich den Fiesta reparieren lassen. Einen neuen Teppich fürs Wohnzimmer anschaffen, denn der alte hatte unter Hugo eindeutig gelitten. Oliver die Playstation kaufen, die er sich schon so lange wünschte. Und Tante Ingeborg einen neuen Morgenmantel. Aber erst einmal musste sie nach Hause, um die frohe Botschaft zu verkünden. Mit dem Sekt im Bauch konnte sie ohnehin nicht vernünftig arbeiten.

Als sie aus dem Kiosk trat, kam ihr Bodo entgegen.

»Hallo!«, sagte sie lächelnd. »Ich muss dir was erzählen.«

Doch Bodo stürmte nur grußlos an ihr vorbei.

»Eindeutig sauer!«, diagnostizierte sie. Am besten, sie würde später noch mal mit ihm reden. Heute konnte ihr keiner die Laune verderben. Nicht mal die Schranke, die sich natürlich just in dem Moment senkte, als Elfriede die Gleise überqueren wollte. Als sie zehn Minuten später den Schlüssel im Schloss ihrer Wohnung drehte, erschnupperte sie einen fremden Geruch. Irgendetwas Erdiges. Ob Tante Ingeborg wieder mit Carmen das Kochen übte? Die gestrige Trainingsstunde schien recht erfolgreich gewesen zu sein. Das zumindest war Carstens Eindruck gewesen. Und der konnte kochen.

Aber die Person am Wohnzimmertisch war nicht Carmen. Elfriede registrierte einen grauen Haarschopf, modisch kurz geschnitten. Die Dame, die Ingeborg als Frühstücksgast eingeladen hatte, war an die siebzig, eine gepflegte Erscheinung in einem leichten braunen Baumwoll-Kostüm. Viele kleine Fältchen durchzogen ihr Gesicht. Hugo saß aufmerksam neben ihr, offensichtlich hatte er schon die eine oder andere Streicheleinheit bekommen.

»Elfriede!«, Tante Ingeborg schien überrascht, sie zu sehen. »Was machst du denn hier?«

»Wie wär's mit wohnen?«, erwiderte Elfriede. Der unverhoffte Geldsegen in ihrer Handtasche sorgte immer noch für gute Laune.

»Entschuldige«, sagte Tante Ingeborg versöhnlich. »Ich hatte nur um diese Zeit noch nicht mit dir gerechnet. Hannelore, das ist Elfriede, meine Nichte. Elfriede, das ist Hannelore, eine gute Freundin, mit der mich einiges verbindet. Möchtest du eine Tasse Melissentee?«

»Nein, danke«, sagte Elfriede und spähte neugierig in die Küche. »Was riecht denn hier so? Kreierst du ein neues Gericht?«

Tante Ingeborg stand auf und schloss die Küchentür. »Das ist nichts Besonders«, sagte sie. »Es muss noch ein wenig bei niedriger Temperatur vor sich hinschmurgeln. Hattest du einen schönen Abend?«

Elfriedes Lottogewinn wurde von Ingeborg und Hannelore mit großem Hallo aufgenommen.

»Wie schön für Sie!«, sagte Hannelore und drückte ihr die Hand. »Sie werden es sicher brauchen können! Als ich so jung war wie Sie, hatte ich auch immer Geldsorgen. Heute bedeutet mir das alles nicht mehr so viel.«

»Haben Sie geerbt?«, fragte Elfriede neugierig und nahm eins von Tante Ingeborgs selbstgebackenen Walnussbrötchen.

»Ich habe seit dem Tod meines Mannes mein Auskommen, ja«, sagte die neue Freundin ihrer Tante. »Aber wichtiger ist es mir, mich für eine gute Sache zu engagieren!«

»Das tut Elfriede auch«, schob Ingeborg ein. Sie holte die Keksdose und legte noch ein paar Plätzchen auf einen Teller. »Sie ist Detektivin und macht die Welt ein wenig gerechter!«

Elfriede wunderte sich über diese Beschreibung, freute sich aber auch an ihr. »In welchem Bereich engagieren Sie sich denn?«, fragte sie weiter und rückte ein wenig näher an Hannelore heran.

Aus den Augenwinkeln registrierte sie, dass ihre Tante leicht den Kopf schüttelte. Irgendetwas schien hier nicht zu stimmen.

»Die Natur liegt mir am Herzen«, sagte Hannelore. »Finden Sie nicht auch, dass unsere Städte immer trister werden? Es wird Zeit, dass die Natur sich den Platz zurückerobert. Das hat schon Joseph Beuys so gesehen.«

Elfriede, die mit dem Namen Beuys nur eine Badewanne voll Fett verband, wollte Näheres wissen, aber Tante Ingeborg kam ihr zuvor: »Hannelore, meine Liebe, du darfst deine S-Bahn nicht verpassen. Die nächste fährt erst wieder in einer halben Stunde. Lass uns alles Weitere heute Abend besprechen!« Sie geleitete ihren Gast zur Tür hinaus.

Elfriede nutzte den Moment, um in die Küche zu schlüpfen und durch das Backofenfenster zu schauen. Sie entdeckte eine graue Zinkwanne, in der viele tennisballgroße Kugeln lagen. Die Bällchen waren braun und sahen nicht so aus, als ob sie aus Hackfleisch gemacht wären.

Wieder zog ihr ein eigentümlicher Duft in die Nase, der irgendwie an Ton erinnerte.

»Weißt du, was das ist?«, fragte sie Hugo, der neben ihr vor dem Backofen saß. Aber der Hund kräuselte nur die Nase.

Eine Stunde später saß sie bei Bodo in Wallau in der Tierbestattung. Schon wieder hielt sie ein Glas Sekt in der Hand. Cora und Hugo hatten sich die übliche Auseinandersetzung mit dumpfem Grollen und Zähnefletschen geliefert, sich dann aber in gebührendem Abstand voneinander abgelegt.

»Das werd ich dir nie vergessen!«, sagte Bodo.

»Man muss schließlich die Welt ein wenig gerechter machen«, philosophierte Elfriede und strich Hugo über das Fell. »Und ich bin mir nicht sicher, ob die Polizei den Richtigen erwischt hat. Ich tu's ja auch für Pauli und den Schorsch! Es kann nicht sein, dass die

Obdachlosen büßen müssen, während der wahre Täter irgendwo frei herumläuft.«

»Da hast du recht«, stimmte ihr Bodo zu. »Und was hast du als Nächstes vor?«

»Jetzt werde ich mir erst mal diesen Verein vom Kolbe ansehen«, antwortete Elfriede. »Ich habe da so ein Gefühl, dass etwas nicht mit rechten Dingen zugeht.«

Es gab eigentlich keinen Grund dafür. Elfriede grübelte in ihrem Büro darüber, wieso sie ausgerechnet auf diese Idee gekommen war. Einem Impuls folgend, hatte sie ihre Recherchezettel an die Pinnwand aus Kork geheftet. Es sah fast so aus wie damals bei der Polizei, wenn das Team einen Fall präsentierte und die Ergebnisse zusammentrug. Im Mittelpunkt hing das Foto von Natalya, das Elvis aus einer der Illustrierten ausgeschnitten hatte. Es war auf einem Ball aufgenommen worden, sie schaute über die Schulter in die Kamera. Eine schöne Frau, zweifellos.

Die Namen der mit ihr verbundenen Männer umkreisten das Foto wie Satelliten: Kolbe, der Ehemann, Sänger und Dirigent der »Straßenkatzen«.

Damaschke, der Besitzer des Küchenstudios, der sie besser kannte, als er zugeben wollte.

Bodo, in dessen Tierbestattung die Leiche gelegen hatte.

Pauli, der Obdachlose, der sie gefunden hatte.

Etwas zögernd und in einiger Entfernung von Natalya befestigte sie den Zettel mit Elvis' Namen. Pjotr, der Verkäufer, der Zugang zum Küchenstudio und somit zur Kühltruhe hatte.

Sie betrachtete die Konstellation aufmerksam und schrieb auf einen weiteren Zettel den Namen Adrian. Der musste auch noch dazu. Dann rückte sie den Zettel mit Pauli ein weniger weiter weg, hinter Kolbe. Pauli passte nicht hinein in dieses Szenario, das spürte sie. In diesem System gab es andere Verstrickungen.

Es klingelte an der Tür und Elfriede strich sich in Erwartung eines Kunden übers Haar. Mittags um diese Zeit kamen zuweilen Anfragen, das Büro in der Stadt hatte sich gelohnt, zumindest, was die Akquise anging.

Es war kein Kunde.

»Ich wusste es«, jubelte Elvis und stürmte auf die Pinnwand zu. »Ich wusste, dass Sie weitermachen. Jemand wie Sie gibt nicht auf!«

»Musst du nicht arbeiten?« Elfriede war überrascht, ihren Ex-Praktikanten hier zu sehen.

»Mittagspause«, sagte Elvis und studierte aufmerksam die Konstellation.

»Wieso hänge ich auf dieser Wand?« Entsetzt starrte er sie an. »Glauben Sie etwa, ich war es?«

»Nein!« Elfriede schüttelte den Kopf. »Aber der Vollständigkeit halber muss ich dich dazuhängen. Aus Sicht der Polizei gehörst du bestimmt zum Kreis der Verdächtigen.«

Sie konnte Elvis ansehen, dass ihm dieser Gedanke zum ersten Mal kam. Dann zuckte er mit den Schultern.

»Was soll's. Wir werden den richtigen Täter sowieso bald schnappen.« Wieder betrachtete er die Wand. »Wieso haben Sie Pauli so weit weggerückt?« Ohne eine Antwort abzuwarten nahm er den Zettel mit Damaschkes Namen und rückte ihn näher an Natalya. »Ich glaube, die beiden kannten sich viiiiiel besser, als mein Chef glauben machen will.« Er blinzelte vielsagend mit den Augen.

»Davon steht nichts in deinem Bericht«, stellte Elfriede fest.

»Das war ja auch nicht mein Auftrag«, entgegnete Elvis leicht beleidigt. »Ich nehme an, ich bin wieder engagiert?«

Elfriede hatte Elvis gebeten, mehr über die Beziehung von Damaschke und Natalya Kolbe herauszufinden. Außerdem trug sie ihm auf, Damaschkes Alibi in der Sauna zu überprüfen. Hoch befriedigt über so wichtige Aufträge war er mit seinem Motorrad davongeknattert. Sie hoffte nur, dass er einigermaßen diskret vorging, aber da es sich um seinen Chef handelte und Elvis ja nun von irgendetwas leben musste, war sie recht sicher, dass er Vorsicht walten ließ. Nun saß Elfriede vor dem Computer und grübelte darüber nach, warum ihr die Idee nicht aus dem Kopf ging, mehr über Kolbes »Straßenkatzen« herauszufinden. Sie betrachtete noch einmal ihre Pinnwand und blieb an dem Namen Adrian hängen.

Adrian und der Maserati. Beides passte nicht zur Wohltätigkeit.

Elfriede fuhr ihren Computer hoch. Das Internet müsste doch einiges über die »Straßenkatzen« verraten. Der Verein präsentierte sich auf seiner Website seriös in Grau. Elfriede erfuhr, dass fast 2500 Menschen allein in Frankfurt obdachlos waren. Den Organisatoren der »Straßenkatzen« ging es – wie sie sagten – um Hilfe zum selbstbestimmten Leben – Empowerment nannte man das heute, es klang auf Englisch viel schicker als Fürsorge. Auch die Nächstenliebe brauchte ein modernes Gesicht.

Auf der folgenden Seite stieß sie auf eine interessante Passage.

Der Verein lebte ausschließlich von Spenden. Er brauche sie, um den regelmäßigen Chorbetrieb, das gemeinsame Essen und anstehende Projekte zu verwirklichen, war die Argumentation. Die daraus resultierende Unabhängigkeit von öffentlichen Zuschüssen und Zuwendungen mache es ihm möglich, so Kolbe, seinen eigenen Weg zu gehen und anders zu arbeiten als karitative Organisationen.

Anders. Elfriede dachte an die Probe, die sie miterlebt hatte. Ja, das war etwas anderes als die Suppenküchen und die Essensausgabe bei der Tafel. Es hatte etwas mit Würde zu tun, auch das hatte sie gespürt. Die Obdachlosen waren nicht Objekte der Fürsorge, sie konnten selbst etwas beitragen, um ihr Schicksal zu ändern, sie entdeckten ihre Stärken.

Allerdings – Adrian war auch anders.

Entschlossen suchte Elfriede nach Jahresberichten. Sie fand keine auf der Homepage. Stattdessen landete sie bei einem Zeitungsbericht, der ihr Aufschluss darüber gab, dass die Kontrolle der Stiftungen Ländersache sei, die meisten Bundesländer aber gar keine Kontrollen durchführten. Es war anscheinend sehr einfach, einen Wohltätigkeitsverein zu gründen. Jeder konnte das hierzulande tun.

Und trotz des Steuerprivilegs der Gemeinnützigkeit gab es nicht mal die Pflicht, Berichte und finanzielle Transaktionen zu veröffentlichen.

Elfriede zog scharf die Luft durch die Zähne ein.

Bei 4,5 Milliarden bundesweitem Spendenaufkommen im Jahr war das nicht nur karitativ, sondern möglicherweise auch ein gutes Geschäft. Sie nahm sich vor, Carmen danach zu fragen, wie hoch wohl Adrians Gehalt war. Sie schnappte sich die Tüte mit der roten Tasche und machte sich auf den Weg zur Mordkommission.

»Vergiss Adrians Gehalt«, knurrte Carmen. »Frag dich lieber, was der Kolbe bekommt. Der stellt sich als Vorstand doch bestimmt seinen eigenen Gehaltsscheck aus.«

Carmen war auf Wohltätigkeitsorganisationen nicht gut zu sprechen, das wusste Elfriede. Seit sie herausgefunden hatte, dass sie jahrelang für ein Waisenhaus in Thailand gespendet hatte, das gar nicht existierte, war das Thema ein rotes Tuch für sie. Natürlich hatte sie sofort Anzeige wegen Betrugs und Unterschlagung erstattet, aber es fuchste sie enorm, dass ausgerechnet ihr so etwas passiert war.

»Es muss ja nicht jeder ein schwarzes Schaf sein«, meinte Elfriede beschwichtigend.

Carmen brummte nur und vertiefte sich in die Unterlagen auf ihrem Schreibtisch. Elfriede sah sich in dem Raum um, den sie bisher immer als sehr kahl empfunden hatte. Da Carmen auch viele ihrer Verhöre in diesem Raum führen musste, versuchte sie, möglichst wenig private Gegenstände aufzustellen. Eine Kaffeetasse, eine fast vertrocknete Blume auf der Fensterbank, ihre Handtasche, ihre Jacke am Haken, das war sonst eigentlich immer alles gewesen.

»Ich will nicht, dass ihre Augen zu viel Ablenkung finden, wenn ich sie befrage«, hatte sie Elfriede einmal erklärt.

Jetzt aber war die Wand über dem Drucker beklebt mit bunten Rezeptseiten aus einschlägigen Zeitschriften und an dem Haken hing neben der Jacke eine lange, pinkfarbene Schürze.

»Ein Geschenk meiner Kollegen«, murrte Carmen, die Elfriedes erstaunten Blick bemerkte. »Sehr witzig, oder?«

Anscheinend war sie in einem Dauerzustand schlechter Laune. Frau Kolbes Handtasche hatte daran nichts geändert. Im Gegenteil, Elfriede hatte den entsprechenden Anpfiff schon hinter sich.

»Eine Derringer«, hatte Carmen gesagt und an der Pistole geschnuppert. »Leider ist Frau Kolbe nicht erschossen worden.« Dennoch sorgte sie dafür, dass Handtasche samt Inhalt umgehend den Kollegen im Labor überbracht wurde.

»Was haben ihre Gehälter mit dem Fall zu tun?«, fragte Carmen jetzt.

»Nichts bisher. Ich hab mich nur über das teure Auto gewundert«, antwortete Elfriede, die sofort merkte, dass sie einen Fehler gemacht hatte. Hoffentlich würde es Carmen nicht auffallen.

»Bisher?«

Zu spät, natürlich hatte sie es gemerkt.

»Ich denke, du bist raus aus der Sache? Dein Fall ist gelöst.«

»Schon.« Elfriede rutschte auf dem Sitz herum. »Aber ich wollte mit dir über Pauli sprechen. Du glaubst doch nicht ernsthaft, dass er der Täter ist.«

»Er ist hochgradig verdächtig, Elfriede. Die Tasche jetzt macht die ganze Sache auch nicht besser. Außerdem liegt das nicht mehr in meiner Hand.«

»Ich glaube, er ist unschuldig.«

»Das sei dir unbenommen.« Carmen wurde jetzt schnippisch. »Aber der Ermittlungsrichter kann ihn nicht gehen lassen, das muss dir doch klar sein. Der Mann hat ja nicht mal einen gemeldeten Wohnsitz.«

»Habt ihr wenigstens den Schorsch gefunden?«

»Nein und daran siehst du ja, wie schnell die untertauchen können.«

»Die? Was soll das heißen? Die Obdachlosen? Die Penner? Die Täter?«

Carmen warf ihr einen bösen Blick zu. »Komm mir jetzt nicht so. Du weißt ganz genau, dass du mich nicht in so eine Schublade stecken kannst. Ich untersuche meine Fälle immer sehr akribisch, da lass ich mir von dir keinen Vorwurf machen.«

»Und warum reagierst du dann so gereizt?«

»Weil ich ...« Carmen warf entnervt die Arme in die Luft. Ihr Blick blieb an den bunten Rezepten hängen. Stöhnend ließ sie die Arme wieder fallen. »Schon gut«, seufzte sie. »Du kannst jetzt nach Hause fahren, Elfie. Mach dir keine Sorgen, der Fall ist noch nicht abgeschlossen.«

Elfriede fuhr nicht nach Hause.

Es führte kein Weg dran vorbei, sie musste ein längst überfälliges Gespräch führen. Eine Dreiviertelstunde später kämpfte sich ihr Fiesta den Sonnenberg hinauf. »Wenn mir jetzt einer entgegenkommt, bin ich verloren«, dachte sie. Aber sie hatte Glück.

Sie hatte sogar doppelt Glück, denn als sie vor der großen, ockerfarbenen Villa hielt, öffnete sich das schmiedeeiserne Tor und ein Wagen fuhr heraus. Am Steuer saß Kolbe, kein Adrian in Sichtweite. »Perfekt«, dachte Elfriede. Den ganzen Weg über hatte sie schon gegrübelt, wie sie an dieser Bulldogge vorbeikommen sollte. Sie wendete in der Einfahrt und fuhr dem Wagen nach.

Die Fahrt dauerte nicht lange. Nach ein paar Abzweigungen war Elfriede klar, wohin der Weg führte. Als Kolbe vor dem Friedhof anhielt und einen riesigen Blumenstrauß aus dem Kofferraum holte, fuhr Elfriede an ihm vorbei und parkte ein paar Meter weiter. Sie stieg ebenfalls aus. »Ich geb ihm ein paar Minuten«, dachte sie und zündete sich eine Zigarette an. »So viel Zeit muss sein.« Sie inhalierte tief und sah sich um. Es war wieder so ein heißer Tag, wer konnte, blieb im Schatten. Lediglich eine einzige Passantin war zu sehen, sie verließ gerade den Friedhof und ging mit schnellen Schritten in entgegengesetzter Richtung die Straße hinunter. Elfriede kniff die Augen zusammen und sah ihr nach. Irgendwie kam ihr diese grüne Strickjacke bekannt vor.

Elfriede war zuvor noch nie auf diesem Friedhof in Wiesbaden-Sonnenberg gewesen, aber sie hatte in der Zeitung gelesen, dass man hier Patenschaften für denkmalgeschützte Gräber übernehmen konnte. »Das muss ich Carmen erzählen«, dachte sie und konnte sich ein Grinsen nicht verkneifen. Vielleicht wäre das was für sie, immerhin könnte sie hier regelmäßig überprüfen, ob die Schutzbefohlenen auch tatsächlich vor Ort waren.

Aber dann wanderten ihre Gedanken von den alten zu den neuen Gräbern. Zu der jungen, eleganten, schönen Frau Kolbe, die ermordet und einfach in eine Truhe gepackt worden war.

Elfriede trat die Zigarette aus und betrat den Friedhof.

Er stand mit gesenktem Kopf am Grab. Blumen, Kränze, Gestecke – große und kleine, in großer Anzahl und in allen Farben – hatten schon unter dem heißen Wetter gelitten, ließen die Köpfe hängen oder verfärbten sich gelb in den Blätterspitzen. Elfriede stellte sich schweigend neben Herrn Kolbe. Er sah kurz auf, nickte ihr zu und wandte seinen Blick wieder zum Grab. Erst dann dämmerte ihm, wer neben ihm stand, und er sah sie wieder an.

»Sie?«

Elfriede streckte die Hand aus. »Ich möchte mich vorstellen. Mein Name ist Elfriede Schmittke. Ich bin private Ermittlerin und ich würde gern mit Ihnen über Ihre Frau sprechen.«

Kolbe ignoriert ihre Hand. »Aber … ich verstehe nicht. Was soll denn das Schmierentheater?« Seine schmalen Augen in dem aufgedunsenen Gesicht funkelten böse. Ein leichter Alkoholgeruch stieg ihr in die Nase.

»Er hat getrunken«, stellte sie fest. Kolbe drehte sich um und stapfte Richtung Ausgang.

»Lassen Sie mich in Ruhe«, schimpfte er verärgert. »Ich habe Ihnen nichts zu sagen.«

»Bitte, Herr Kolbe«, rief Elfriede ihm nach. »Ich bin diejenige, die Ihre Frau gefunden hat.«

Er blieb stehen.

Langsam drehte er sich um. »Warum?«, fragte er. Seine Augen wurden noch schmaler.

»Es war Zufall«, plapperte Elfriede, die sich mal wieder nur auf ihre Intuition verlassen hatte und keinesfalls einem genauen Plan folgte. »Ich war in der Tierbestattung und …«

Kolbe trat einen Schritt auf sie zu und kam ihr mit seinem Körper unangenehm nahe. Sie roch seinen Atem. Cognac. Kein Zweifel.

»Warum machen Sie das?« Er packte sie bei den Schultern. »Sich einschleichen in meinen Chor, verkleidet, ausgerechnet vor der Beerdigung. Was sind Sie nur für ein Mensch? Was wollen Sie?«

Seine Stimme wurde lauter und Elfriede beschloss, sich nicht zu rechtfertigen. Das machte keinen Sinn. Sie musste den Weg nach vorne antreten.

»War Ihre Ehe glücklich?«, fragte sie.

Kolbe sah sie irritiert an, als sei er mit seinen Gedanken ganz woanders. Er löste seine Hände von ihren Oberarmen. »Was?«

»Waren Sie glücklich mit Ihrer Frau? Es gibt Hinweise, dass sie einen Liebhaber hatte.« Aufmerksam betrachtete sie sein Gesicht. Vorsichtshalber trat sie einen Schritt zurück, damit Kolbe sie nicht wieder angreifen konnte. Sie spannte ihre Muskeln an.

Aber er griff sie nicht an. Stattdessen sackte er in sich zusammen und ließ sich auf eine Bank fallen, die neben dem Gräberfeld stand. Eine alte Dame, die mit einer Gießkanne vorbeikam, sah ihn voller Mitleid an.

Kolbe vergrub sein Gesicht in den Händen. »So ein Unsinn! Die Polizei hat mir schon dieselbe Frage gestellt. Mich über diesen Damaschke ausgefragt. Dabei wollte sie doch nur unsere Küche umbauen.«

»Es gibt auch gute Küchenausstatter in Wiesbaden, warum fuhr sie bis zu Damaschke nach Wallau raus?«

»Na, weil sie sich in dieses italienische Glas verliebt hatte. Sie wollte etwas ganz Besonderes für unsere Küche. Sie hatte einen wunderbaren Geschmack.«

So, wie Elfriede Natalya einschätzte, war das tatsächlich ein Argument. Dennoch, ihr Bauch zwickte ein wenig bei dieser Erklärung.

»Glücklich«, sagte Kolbe mehr zu sich selbst als zu Elfriede, »ja, wir waren glücklich. Natalya liebte das Leben. Mit allen Sinnen.« Er lächelte versunken. »Eine solche Frau hat man niemals ganz für sich alleine.«

»Ja«, sagte Elfriede sanft, »das ist wohl so. Wo haben Sie sie eigentlich kennengelernt?«

»Bei einer Opernaufführung in Bayreuth. Ich sang damals den Siegfried und war ein gefeierter Heldentenor. Nach der Premiere gab es ein rauschendes Fest.« In Erinnerung an diese goldenen Zeiten schüttelte er leicht den Kopf. »Tempi passati. Jemand hatte Natalya an diesem Abend mitgebracht. Sie war als junges Mädchen mit ihren Eltern aus Kasachstan nach Deutschland gekommen, Spätaussiedler. Sie hat es nicht immer leicht gehabt, aber sie wusste sehr genau, was sie wollte, sie war ehrgeizig. Als ich sie kennenlernte, hatte sie schon ihre Karriere bei der Bank begonnen.«

»Sie haben sich in sie verliebt?«, soufflierte Elfriede.

Kolbe nahm einen Zweig vom Boden auf und drehte ihn in seinen Händen. Ein Lächeln umspielte seinen Mund. »Das trifft es nicht ganz. Sie hat mich überwältigt.« Er schaute Elfriede an. »Wie Brunhilde, nicht wahr? Sie war eine Walküre.«

Elfriede, die Wagner nicht mochte, tat so, als würde sie verstehen. »Sie hat Sie also auserwählt?«

Es musste der falsche Satz gewesen sein. Kolbe zerbrach den Zweig in seinen Händen. Elfriede hörte das Knacken. Er drehte sich zu ihr. Seine Stimme wurde lauter. »Was geht Sie das eigentlich alles an?«

»Herr Kolbe, ich möchte den Mörder Ihrer Frau finden«, sagte Elfriede. »Dazu muss ich mehr über sie wissen.«

»Sie wissen doch schon alles. Natalya war fantastisch. Als es damals vorbei war mit meiner Karriere, da wurde geunkt. Spekuliert. Jetzt verlässt sie ihn … darauf haben doch alle nur gewartet. Aber sie hat mir beigestanden. In guten wie in schlechten Tagen, so heißt es ja wohl.«

»Und dann hat sie Sie bei den ›Straßenkatzen‹ unterstützt.«

»Mehr noch. Es war ihre Idee und es war eine großartige Idee. Hat mir wieder Lebensmut gegeben. Natalya hat die ganze Organisation übernommen, den Papierkram und die Buchhaltung gemacht.« Kolbe biss sich auf die Lippen, als müsste er sich selbst unterbrechen, dann stand er auf.

Groß und massig baute er sich vor Elfriede auf. Während die Erinnerung sein Gesicht weich gemacht hatte, verlieh ihm die Ernüchterung wieder harte Züge. Elfriede registrierte, wie die Kraft in seinen Körper zurückkehrte, und sie wich zurück vor der

Aggression, die sie spürte. Die alte Dame war mit der Gießkanne vom Grab zurückgekehrt. Aber jetzt schaute sie nicht mehr mitleidig, sondern erschreckt.

»Den Mörder finden? Das ist Aufgabe der Polizei«, stieß Kolbe hervor. »Sie sollten Ihre Finger da rauslassen.«

Elfriede setzte alles auf eine Karte. »Die Polizei hat Pauli verhaftet«, sagte sie.

»Pauli?« Kolbe schrie den Namen fast. Erschrocken drückte die alte Dame ihre Gießkanne an sich und huschte zum Ausgang hinaus. »Unmöglich! Wie kann das sein?«

»Ich glaube auch nicht, dass er der Täter ist«, sagte Elfriede. »Der wahre Mörder läuft noch irgendwo herum. Helfen Sie mir, ihn zu finden. Erzählen Sie mir noch mehr über Natalya, über ihren Alltag.«

Kolbe rührte sich nicht. Ein paar Minuten wirkte er unschlüssig. Dann gab er sich einen Ruck. »Wenn jemand über Natalyas Tagesablauf Bescheid weiß, dann ist es Adrian.«

Elfriede sah ihn verständnislos an. »Adrian? Wieso Adrian?«

Kolbe stapfte zum Ausgang. »Natürlich Adrian, er ist ihr Bruder!«

Bei dem schönen Wetter saßen die Gäste der Linde draußen auf den Holzbänken, nur ein paar eingefleischte Raucher standen drinnen rund um die Theke, die mit einer Glasscheibe von der Gaststube abgetrennt war. Elfriede holte sich ein Päckchen Zigaretten von der Wirtin und bestellte einen Aperol Spritz, dann aber zog es sie wieder hinaus ins Sonnenlicht. Sie würde heute Abend noch genug Zeit in einer dunklen Kneipe verbringen.

»Probleme?« Daniela, die Wirtin, setzte sich auf eine Zigarette zu ihr an den Ecktisch vor der Gaststätte.

»Nein, eigentlich läuft alles gut«, sagte Elfriede. »Aber Oliver ist kaum mehr zu Hause. Ich glaube, er hat eine Freundin.«

»Kenn ich«, sagte Daniela, deren Sohn Simon Olivers bester Freund war. »Lass mich raten. Er redet nicht, ist gereizt, wenn du ihn ansprichst, hat dauernd was an seiner Mutter auszusetzen. Warte nur, das wird noch schrecklicher, wenn er Liebeskummer bekommt.«

»Wirklich?«, fragte Elfriede, die sich das Drama noch nicht so richtig vorstellen konnte. »Gestern kam er mit einem Riesenknutschfleck nach Hause.«

Daniela lachte. »Ja, ja, dein Sohn wird zum Mann. Zum Glück hast du ja noch andere Aufgaben. Zum Beispiel, dich um Tante Ingeborg zu kümmern. Sie hält konspirative Treffen bei uns in der Linde ab. Ich glaube, es ist etwas Politisches.«

Elfriede zog an ihrer Zigarette. »Woraus schließt du das?«

»Eine Wirtin ist so etwas wie ein Psychologe«, sagte Daniela. »Abends an der Theke erzählen dir die Leute ihre Sorgen. Die meisten brauchen etwas, was ihr Leben erfüllt. Sie wollen sich nützlich fühlen. Und da Oliver eigene Wege geht, hat sich deine Tante eine neue Mission gesucht.«

Elfriede sah sie ungläubig an. »Aber was?«

»Sie hängt auffällig oft mit Hannelore Anthes zusammen«, fuhr Daniela fort. »Das ist die Tochter von Heribert Anthes, der hatte hier im Ort einen großen Gärtnereibetrieb. Auch Hannelores Mann war Gärtner, er hat den Betrieb mit seinem Schwiegervater geführt, ist aber früh gestorben. Als ihr Vater ein Jahr später dann auch starb, hat Hannelore die Gärtnerei aufgegeben.«

»Deswegen Natur«, murmelte Elfriede vor sich hin.

»Man munkelt, dass sie sich irgendeiner Protestbewegung angeschlossen hat. Hannelore, meine ich«, sagte Daniela. »Vielleicht hat sie deine Tante mitgezogen.«

Elfriede drückte entschlossen die Zigarette im Aschenbecher aus. »Ist das möglich, in ihrem Alter! Das kriege ich schon noch raus. Wozu bin ich Detektivin!«

»Sei nicht so hart zu ihr«, sagte Daniela. »Sie hat ein gutes Herz!«

»Weiß ich doch«, murmelte Elfriede.

Aber Daniela hörte es schon nicht mehr. Sie war in der Linde verschwunden, um für eine Gruppe junger Männer Pils zu zapfen.

Nach einem kurzen Spaziergang mit Hugo, dem die Zunge in der Hitze bis auf den Boden hing, machte sich Elfriede auf den Weg nach Frankfurt. Carsten hatte sich bisher noch nicht gemeldet und ihre Hoffnung auf ein gemeinsames Abendessen schwand. Tante Ingeborg und Oliver, die beide mal wieder durch Abwesenheit glänzten, hatte sie einen Zettel hingehängt: *Bin in Frankfurt. Hugo hat gefressen.* Wahrscheinlich war es besser, die S-Bahn zu nehmen, rund um den Hauptbahnhof fand sie ohnehin keinen Parkplatz. Sie hatte keine Ahnung, ob sie Adrian in der Kneipe treffen würde. Aber Elvis hatte ihn dort gesehen und bisher war das ihr einziger Anhaltspunkt. Zumindest würde sie dort etwas über ihn erfahren. Dass er Natalyas Bruder war, hatte sie überrascht. Die junge, glamouröse Frau und der finstere Stiernacken wollten so gar nicht zueinander passen. Aber das Leben hatte sie gelehrt, dass manches, was auf den ersten Blick merkwürdig aussah, auf den zweiten einen plausiblen Grund offenbarte.

Hatte Natalya ihren Bruder im Umfeld von Kolbes Verein untergebracht? War sie ihm etwas schuldig? Oder hatte Kolbe genau so jemanden gesucht, einen, der nicht mit Samthandschuhen agierte? Und wenn ja, warum? Entschlossen, eine Antwort zu finden, durchquerte Elfriede den Seitenausgang des Hauptbahnhofs. Als sie sich nach der »Nobel«-Bar umsah, sprach sie jemand von der Seite an.

»Haste mal 'nen Euro?«

Auf dem Boden hockte eine schmale Gestalt, den Kopf gesenkt, die Beine angewinkelt. Automatisch griff Elfriede in ihre

Hosentasche und fingerte nach einer Münze. Vor der Bar stand ein Typ mit Baseballmütze und schwarzem T-Shirt. Gerade eben schickte er eine Gruppe angetrunkener Männer weg, die lautstark protestierten. Mist, sie hatte nicht mit Security gerechnet. Sie zog das Geldstück aus der Tasche und wandte sich zu dem Obdachlosen, als sie dessen leises Kichern hörte. Erstaunt sah sie ihn an. Dann schnappte sie nach Luft.

»Elvis? Was zum Teufel machst du hier? Und was soll die Verkleidung?«

»Ich dachte, was Sie können, kann ich auch«, antwortete er mit gedämpfter Stimme. »Sie wollen doch sicher zu diesem Adrian, oder? Da hatten wir beide dieselbe Idee. Hab ihn einfach mal ein bisschen beobachtet.«

»Du spinnst wohl. Ich verbiete dir solche Alleingänge. Mensch, das kann gefährlich werden!«

»Ach was«, beschwichtigte er sie. »Ich war vorsichtig, der hat nichts gemerkt.«

Elfriede war trotzdem sauer. »Versprich mir, dass das nie wieder vorkommt. Sonst ist unsere Zusammenarbeit sofort beendet.«

»Okay, okay, ich mach es nie wieder.«

Elvis schien zerknirscht und Elfriede beruhigte sich. Sie überlegte, wie sie an dem Türsteher vorbeikommen konnte.

»Hat es sich wenigstens gelohnt?«, fragte sie.

»Keine Ahnung«, meinte Elvis, »aber ich glaub, irgendwas ist los. Am Anfang war er der typische Kotzbrocken, also nicht auffällig. Aber dann war er auf der Bank und als er da rauskam, holte er sofort das Handy raus und hat telefoniert. Der war total aufgeregt und hat mit der freien Hand rumgewedelt wie ein aufgescheuchtes Huhn mit den Flügeln. Na ja, mit einem Flügel. Dann schrie er in den Hörer und wurde ganz rot im Gesicht. Verstehen konnte ich nichts, aber er hat mit voller Kraft gegen so einen öffentlichen Mülleimer getreten. Ich würde sagen, er ist über irgendetwas sehr, sehr verärgert. Seitdem ist er da drin.« Elvis wies mit dem Zeigefinger Richtung Bar. »Schätze mal, er besäuft sich.«

»Na, dann will ich ihn mir mal vornehmen«, meinte Elfriede. »Du bleibst hier.«

Als sie auf den Türsteher zuging, bestellte sie eine Idee beim Universum. Irgendwie musste sie da rein. Überraschenderweise ging genau in diesem Moment die Tür auf und Adrian kam heraus. »Es funktioniert«, dachte Elfriede, »ich sollte es tatsächlich öfter tun.« Adrian hatte seine bullige Gestalt in eine enge Lederjacke gequetscht, die muskulösen Arme hingen nach vorn wie bei einem Gorilla, der sich vor lauter Imponiergehabe auf die Hinterbeine gestellt hatte.

Als er außer Hörweite des Türstehers war, stellte sich Elfriede ihm in den Weg. Er stutzte und schien erst nicht einordnen zu können, woher er sie kannte. Dann fiel sein Blick auf die abgewrackte Gestalt auf dem Boden. Das half ihm auf die Sprünge.

»Was willst'n du hier?«, knurrte er.

»Ich muss mit Ihnen reden!« Elfriede straffte ihren Rücken und zog die Schultern nach hinten. So fühlte sie sich größer und, bildete sie sich ein, auch stärker. Dennoch war sie froh, dass Elvis nur einen Schritt weiter an der Wand hockte. Adrian hatte durchaus etwas Einschüchterndes an sich.

»Ihr Schwager schickt mich. Ich möchte mit Ihnen über Ihre Schwester reden.«

Erstaunen schlich sich in Adrians Ausdruck. Und etwas anderes. War es Wachsamkeit? Unruhig öffnete und schloss er seine Hände. »Da gibt es nichts zu reden. Sie ist tot.«

»Standen Sie sich nahe?«

»Was geht das dich an?«

»Hören Sie!« Elfriede wurde energisch. »Wir können dieses Pingpongspiel hier abkürzen. Ich bin Privatdetektivin und möchte herausfinden, wer Ihrer Schwester das angetan hat. Das wollen Sie doch sicher auch wissen. Ihr Schwager will es jedenfalls.« Sie trat einen Schritt vor. »Also beantworten Sie doch einfach meine Fragen und ich verschwinde.«

»Ach, eine Schnüfflerin!« Adrian gab ein abwertendes Schnauben von sich.

»Also? Standen Sie sich nahe?«

»Wir haben uns jeden Tag gesehen, das ist ja wohl ziemlich nahe.«

»Hat Sie Ihnen den Job bei der Organisation verschafft?«

Er nickte nur.

»Was qualifiziert Sie denn für den Job?«

»Hä?«

»Ich meine, was genau tun Sie?«

»Na, das weißte doch. Ich bin Chauffeur, Bodyguard, Mädchen für alles.«

»Wozu braucht Herr Kolbe einen Bodyguard? Hat er Feinde? Oder hatte Natalya welche?«

»Feinde? Nö! Meine Schwester schon mal gar nicht. Die fanden alle toll, das war schon immer so. Sie wickelte jeden um den Finger. Aber Sie wissen doch, mit wem der Kolbe sich so abgibt.« Sein Kinn zeigte in Richtung Elvis, den er immer noch für einen Obdachlosen hielt. »Da sind schließlich schräge Gestalten dabei, da ist doch alles möglich.«

Elfriede verkniff sich einen passenden Kommentar. »Und Ihr Job ist nicht ehrenamtlich, nehme ich an?«

Adrian kniff die Augen zusammen.

»Ich meine, Sie werden für Ihre Arbeit bezahlt, oder?«

»Na und? Hab ich ja wohl auch verdient, oder?« Er schob den Kopf vor. Seine Stimme klang wie das Knurren eines Löwen hinter Gittern.

»Hatte Natalya die Waffe von Ihnen?«

Adrian überlegte einen Moment. »Ich weiß nichts von einer Waffe«, sagte er dann und Elfriede wusste, dass er log. Sie schob noch einen nach.

»Hatte Ihre Schwester einen Liebhaber?«

Jetzt wurde es Adrian zu viel. Wut sprühte aus seinen Augen. »Okay, das reicht jetzt. Was bildest du dir eigentlich ein! Meine Schwester war ein Engel, da kannst du jeden fragen.« Er ballte die Hand zur Faust und boxte damit so heftig gegen Elfriedes Schulter, dass sie taumelte. Elvis sprang sofort auf und stellte sich schützend an ihre Seite. Irritiert starrte Adrian ihn an. Dann sah er wieder zu Elfriede.

»Hast wohl auch 'nen Bodyguard, was? Leck mich doch, ich sag jetzt gar nichts mehr. Halt dich raus aus unseren Sachen, sonst kriegst du es mit mir zu tun.« Er hob noch einmal drohend die Faust, dann drehte er sich um und stampfte davon.

Nachdenklich sah Elfriede ihm nach. »Ist dir etwas aufgefallen?«, fragte sie Elvis.

»Er trägt 'ne Knarre unterm Arm.«

»Das auch. Aber noch etwas anderes. Dieser Adrian ist eh nicht der Sympathischste, aber wann genau ist seine Stimmung gekippt?«

»Als Sie nach dem Liebhaber fragten?«

»Nein«, Elfriede schüttelte den Kopf. »Schon vorher. Genau in dem Moment, als ich ihn nach seinem Gehalt fragte.«

8

Sie war extra früh aufgestanden, um sich sorgfältiger zurechtzumachen als üblich. So, wie es ihr mehr Selbstbewusstsein gab, wenn sie sich streckte, brauchte sie heute ein tolles Aussehen, um sich ihrer Aufgabe gewachsen zu fühlen. Sie hatte sich für ein Kleid entschieden und dezentes Make-up aufgetragen.

Jetzt stand sie vor der Bürotür und holte tief Luft. Sie klopfte, wartete aber die Antwort nicht ab, sondern öffnete sofort die Tür und trat ein. Das fehlte noch, dass sie warten würde. Never ever!

Klaus saß an seinem Schreibtisch und sah erstaunt auf. »Elli? Ist was passiert?« Seine Stimme schwankte zwischen Erstaunen und Besorgnis. Sehr gut, stellte Elfriede zufrieden fest, zumindest scheint er aggressionsfrei. Das lässt hoffen. Sie setzte ihr schönstes Lächeln auf, eines, das Klaus schon lange nicht mehr gesehen hatte.

»Alles in Ordnung«, strahlte sie ihn an und nahm unaufgefordert auf dem Besucherstuhl Platz. Betont langsam schlug sie die Beine übereinander. »Ich dachte, ich schau mal vorbei.«

Er hob skeptisch die Augenbrauen. »Raus mit der Sprache. Du willst doch was.«

Elfriede entging allerdings nicht das kleine Schmunzeln in seinen Mundwinkeln. »Noch ein gutes Zeichen«, dachte sie. »Er scheint gute Laune zu haben.«

»Du hast recht«, gab sie zu. »Ich brauche deine Hilfe. Was weißt du über die ›Straßenkatzen‹ und über Wohltätigkeitsorganisationen im Allgemeinen? Wie finanziert sich so was?«

Er sah sie lange an. Dann beugte er sich nach vorn und legte die Hand auf den Telefonhörer. »Da solltest du mit Viola sprechen.

Sie ist unsere Expertin für Finanzen, das weißt du doch. Soll ich sie anrufen?«

Sie hatte es befürchtet. »Für Pauli«, dachte sie und holte tief Luft. Dann nickte sie.

Während Klaus zu einer Besprechung ging, wartete Elfriede in seinem Büro und schaute aus dem Fenster. Die Rundschau war, nachdem sie von der FAZ gekauft worden war, an die Mainzer Landstraße gezogen. Aus dem zweiten Stock des Bürogebäudes beobachtete sie die Straße und den S-Bahnhof Galluswarte. Hunderte von Männern und Frauen strömten an diesem Morgen die Treppe hinunter, alle hatten es offenbar eilig, an ihren Arbeitsplatz zu kommen. Dort würden sie sich acht Stunden lang selbst verwirklichen, indem sie Rechnungen prüften, Gehälter anwiesen oder Statistiken führten, während ihre Kinder mit abnorm hohem Cortisol-Spiegel von hoffnungslos überforderten und unterbezahlten Erzieherinnen verwahrt wurden. Elfriede schüttelte den Kopf. Das war nie ihr Lebensmodell gewesen.

»Ist draußen etwas passiert?« Die junge Frau trat neben sie ans Fenster.

»Neugierig«, konstatierte Elfriede, aber das musste Viola in ihrem Beruf wohl auch sein. Da hatten sie etwas gemeinsam.

»Nein, nein, mir ging nur etwas durch den Kopf.«

»Ich dachte schon, Sie regen sich über dieses Gemüsebeet mitten auf der Straße auf«, sagte Viola und setzte sich auf die Schreibtischkante. »Ist doch voll gut. Den Guerilla Gardeners fällt immer was Neues ein.«

Sie trug eine weinrote Leggins und darüber mindestens zwei Oberteile unterschiedlicher Länge, was sie sich bei ihrer biegsamen Figur auch leisten konnte. Viola hatte ihren brünetten Haaren einen asymmetrischen Kurzhaarschnitt verpassen lassen, was ihr einen Hauch von Sharon-Stone-Ausstrahlung verlieh. Elfriede verortete sie zudem in etlichen Workouts, nur dort konnte man so muskulöse Oberarme bekommen, um die sie selbst Michelle Obama beneidet hätte.

»Klaus sagte, Sie bräuchten meinen Rat in einem Fall«, holte Viola Elfriede aus ihren Gedanken zurück. Sie musterte ihre Besucherin neugierig. »Detektivin ist ein wahnsinnig spannender Beruf. Hätte mich auch interessiert.«

Elfriede bewunderte sie wegen ihrer Unkompliziertheit. Es schien Viola gar nichts auszumachen, mit der Ex ihres Mannes zusammenzutreffen. Aber sie war ja auch in der besseren Position. »The winner takes it all«, der Abba-Song kam ihr in den Kopf. Und wer war sie dann? Der Loser? Das stimmte doch alles gar nicht mehr. Carstens Gesicht erschien vor ihrem inneren Auge.

Mit Macht schob sie die Gedanken weg und konzentrierte sich auf ihren Fall. »Natalya Kolbe«, sagte sie, »Kurt Kolbe und die ›Straßenkatzen‹. Natalya war eine versierte Anlagenberaterin. Nun ist sie tot. Klaus hat gesagt, sie kennen sich in der Finanzwelt aus?«

Viola wippte mit einem ballerinabeschuhten Fuß. »Als Wirtschaftsredakteurin muss ich das. Bankenkrise, Tricksereien mit dem Libor, Scheingeschäfte, Rettungsschirm. Aber die ›Straßenkatzen‹ sind ein soziales Projekt. Sprechen Sie mit Monika Huber von der Leute-Redaktion. Die FR hat mehrfach über die Galas der ›Straßenkatzen‹ berichtet.« Sie sprang leichtfüßig vom Schreibtisch und wandte sich zur Tür.

Elfriede stellte sich ihr in den Weg. »Sie haben mich nicht richtig verstanden«, sagte sie. »Ich möchte wissen, ob da alles koscher ist. Wie kann man herausbekommen, ob ein gemeinnütziger Verein die Spenden auch zweckgemäß einsetzt?«

Viola blieb stehen. »Spendenbetrug?«, fragte sie. In ihren Augen entdeckte Elfriede dieselbe quicklebendige Neugier wie einige Minuten zuvor. »Wie kommen Sie darauf? Gibt es Anhaltspunkte?«

Elfriede setzte sich auf den Schreibtisch. »Teure Kleider, ein Maserati, ein Bodyguard mit Knarre«, sagte sie. »Und mein Bauchgefühl.«

Viola sah sie prüfend an. »Das scheint bei Ihnen häufiger zu stimmen, wie Klaus sagt.«

Elfriede wunderte sich, dass Klaus in seiner neuen Beziehung über sie sprach. Aber vielleicht ließen sich zwanzig Jahre Ehe doch nicht so einfach ausradieren. »Wie ist so etwas überhaupt möglich?«, wunderte sie sich. »Das mit den Spenden, meine ich. Werden solche Organisationen denn nicht überprüft?«

»Kaum«, winkte Viola ab. »Die staatliche Kontrolle findet nur sporadisch statt. Es gibt zwar Betriebsprüfungen, aber die haben es dann oft mit einem unübersehbaren Geflecht an Organisationsstrukturen zu tun. Für die Spender ist meist schon die Bestätigung, dass es sich um einen gemeinnützigen Verein handelt, eine Garantie für Seriosität. Dabei ist das eine einfache Sache, so einen Verein zu gründen. Das kann jeder.« Viola rollte mit den Augen, um deutlich zu machen, was sie von so viel Naivität hielt. Elfriede musste an Carmen denken. Die war mit Sicherheit nicht naiv. Obwohl sie es eigentlich hätte besser wissen müssen, hatte sie den Gedanken beiseitegeschoben, dass man auch aus dem Elend anderer Profit schlagen konnte. Sie wollte einfach an das Gute im Menschen glauben. Trotz ihres Berufes. Oder vielleicht genau deswegen. Elfriede wusste, warum sie ihre Freundin so gern hatte.

»Überzogene Gehälter, ein aufgeblähter Verwaltungsapparat, hohe Werbungskosten – das sind wunderbare Kanäle, in denen viel Geld verschwinden kann.«

»Also kann man da niemandem trauen.«

»Na ja, ganz so ist es auch nicht. Ein ordentlicher Verein lässt sich freiwillig überprüfen, aber Pflicht ist das nicht.« Viola griff nach der Türklinke. »Ich kann ja mal ein wenig recherchieren«, überlegte die Journalistin eher für sich, als dass sie es zu Elfriede sagte, und biss sich auf die Unterlippe. Dann hob sie den Kopf, schürzte die Lippen und sah Elfriede herausfordernd an: »Vorausgesetzt, es springt was für mich dabei raus.«

»Geld?« Elfriede erinnerte sich an Tante Ingeborgs früheren Vorwurf, Viola ginge es immer nur um Geld.

»Quatsch«, sagte Viola und streckte ihr die Hand hin: »Die Exklusivgeschichte, falls es wahr ist.« Ihre Augen funkelten. »Deal?«

Klaus kam herein und sah so wohlgefällig auf die Szene, als hätte er soeben die Friedensverhandlung zwischen Israel und den Palästinensern erfolgreich zu Ende gebracht. »In jedem Mann steckt doch der Wunsch nach einem Harem«, dachte Elfriede. Sie erinnerte sich, dass er ihr in der Zeit, als Viola noch sein Seitensprung war, ernsthaft vorgeschlagen hatte, dass sie alle zusammen Weihnachten feierten: Viola, sie, Klaus und Oliver. Heiliger Strohsack!

Sie schlug ein: »Deal!«

Klaus rieb sich die Hände. »Schön, dass ihr euch so gut versteht, Mädels«, sagte er. »Und jetzt gehen wir in der Kaffeebar nebenan noch einen Espresso trinken.«

Elfriede war froh, dass Viola sich möglichst schnell mit dem Hinweis verabschiedet hatte, sie müsse noch einen Artikel fertigschreiben. Das Gespräch war beim Espresso nämlich auf das Familienleben gekommen und darüber wollte Elfriede nicht so viel erfahren. Die kleine Emilia war in eine Krippe aufgenommen worden. Viola hatte die Elternzeit genommen, Klaus plante nur zwei Monate – aber immerhin. In seiner ersten Ehe war er noch nicht bereit gewesen, in irgendeiner Form zurückzustecken, oder wie er es ausgedrückt hatte – die Umstände ließen es nicht zu, er hatte ja gerade erst seine Führungsposition bekommen.

Elfriede studierte heimlich sein Gesicht, während er über seine kleine Tochter sprach. Hatte er sich weiterentwickelt? War er jetzt ein guter Vater? Man heiratete immer sein Trauma, hatte ihr eine Freundin kurz nach der Trennung gesagt. Und es gab Gründe für die Wahl ausgerechnet dieses Partners. Das Schöne war: Es musste nicht die letzte Wahl sein. Zum zweiten Mal an diesem Vormittag hatte sie Carstens Gesicht vor Augen. Nachdenklich rührte sie in ihrem Espresso.

»Wir sind ja froh, dass wir hin und wieder ein Au-pair haben«, fuhr Klaus fort, »so können wir wenigstens einmal in der Woche um die Häuser ziehen.«

»Gut, dass du's ansprichst«, erwiderte Elfriede. »Ihr solltet Oliver nicht so oft einspannen, er muss jetzt für seine Realschulprüfung lernen.«

Klaus setzte sein »Was hast du jetzt schon wieder zu meckern«-Gesicht auf, das Elfriede aus zu vielen Gesprächen kannte. »Bitte?«

»Er ist fast nur noch bei euch!«, setzte Elfriede nach.

»Das liegt ja wohl eher an Pauline als an uns«, entgegnete Klaus. »Wo die Liebe eben so hinfällt. Oliver mag seine kleine Schwester, aber noch mehr mag er das Au-pair-Mädchen.«

Elfriede konnte ihre Überraschung kaum verbergen: »Er hat sich verliebt?«

Klaus schlug sich auf die Knie und stimmte glucksend Ralf-Bendix' Babysitter-Boogie an, ein Schlager aus den Fünfzigerjahren. »Jetzt sag bloß, das hast du nicht gemerkt, Elli.«

Auf dem Weg zur U-Bahn fiel ihr das Gemüsebeet auf, das Viola erwähnt hatte. Tatsächlich, das war wirklich merkwürdig. Mitten in der Stadt? Ob die vielen Abgase dem Gemüse nicht schadeten? Was hatte Viola gesagt? Guerilla Gardeners?

Kaum saß Elfriede in der Bahn, zog sie ihr Handy hervor. Zu Weihnachten hatte sie sich eine Internet-Flatrate geschenkt, die konnte sie auch beruflich absetzen. Das Beet interessierte sie jetzt.

Einige Minuten später war sie schlauer. Heimliche Aussaat, was es alles gab. Offensichtlich war da jemand der Meinung gewesen, mit dem Anpflanzen von Gemüse nicht nur die Umwelt grüner und lebenswerter zu gestalten, sondern auch noch gleich zur Selbstversorgung aufzurufen. Es fuchste Elfriede, mit Viola einer Meinung zu sein, aber ihr gefiel diese Aktion auch.

Das Mittagessen ließ sie ausfallen. Es war höchste Zeit, ihre Erkenntnisse zu sortieren. Viel war es nicht, musste sie sich eingestehen. Jemand hatte Frau Kolbe ermordet, sie dann in die Truhe gelegt, die ihrerseits wieder an Bodo geliefert worden war. Später hatten Pauli und Schorsch die Truhe geöffnet und die Handtasche mitgehen lassen. Das war alles. Elfriede wusste nicht nur nicht, wer Natalya ermordet hatte, sie stocherte auch beim Motiv noch völlig im Dunkeln. Ging es hier um Eifersucht? Alles deutete auf ein Verhältnis zwischen Damaschke und der Toten hin. Frau Damaschkes Alibi stimmte, das hatte Ingeborg herausgefunden. Kolbe hatte der Polizei gegenüber behauptet, daheim gewesen zu sein. Ein Auftragsmord wäre natürlich möglich, aber der Einzige in Kolbes Umfeld, dem sie eine solche Tat zutrauen würde, war Adrian. Und der würde ja wohl schwerlich seine eigene Schwester töten, oder? Gut, auszuschließen war gar nichts, aber Elfriede mochte nicht wirklich daran glauben. Blieb Damaschke selbst. Wollte er sich vielleicht einer lästigen Liebschaft entledigen? Aber das konnte man in Zeiten, in denen gewohnheitsmäßig per SMS Schluss gemacht wurde, doch einfacher haben. Elfriede schob die Zettel auf ihrem Tisch hin und her und raufte sich die Haare.

Sie musste anders anfangen. Wer hatte Zugang zu der Truhe, bevor sie an Bodo geliefert wurde? Das Ehepaar Damaschke. Und Elvis. Nein, Elfriede schüttelte den Kopf. Sie war sich sicher, auch wenn das kein professionelles Vorgehen war. Sie schloss Elvis ebenso aus wie Bodo. Blieb also Herr Damaschke.

Das Telefon klingelte. Genervt griff Elfriede nach dem Hörer.

»Rotbarsch! Was hältst du davon?«

»Carmen?«

»Sie wollen, dass ich Fisch mache. Petersilienkartoffeln, Feldsalat und Rotbarsch. Ingeborg meint, das sei bombensicher. Ich müsste nur auf die Uhr schauen.«

»Na, wenn sie es sagt, wird es stimmen.« Elfriede öffnete die Schublade, schob die Zettel hinein und kramte nach der Liste, die sie von Frau Kolbes Handtascheninhalt angelegt hatte. »Sag mal«, fragte sie eher beiläufig, »habt ihr die Untersuchung des Tatorts eigentlich schon abgeschlossen? Von Frau Kolbe?«

»Wieso, den kennen wir doch gar nicht. Oder meinst du die Tierbestattung?«

»Ja, ja, natürlich die Tierbestattung. Entschuldige, ich hab mich unpräzise ausgedrückt.«

»Ja klar, da sind wir längst fertig. Wieso?«

»Ach, ich wollte mich nur für Bodo absichern, dass er normal arbeiten kann. – Also, ich liebe Fisch. Ich würde drauf setzen! Und zum Nachtisch machst du Olivers Lieblingsdessert. Joghurt mit gefrorenen Himbeeren. Das ist auch einfach, aber superlecker.«

Am anderen Ende erklang ein Stöhnen. »Aus der Nummer komm ich nicht mehr raus. Gestern waren die Leute vom Sender da. Haben mein Wohnzimmer vermessen, geschaut, wie sie die Lichtquellen und Mikrofone anbringen. Kerzen und Musik kann ich vergessen, haben sie gesagt. Dann sollte ich die Läden auflisten, in denen ich einkaufe, damit sie da eine Drehgenehmigung einholen können. Dabei stand das Menü noch nicht einmal fest. Als sie meine Miniküche gesehen haben, haben sie gegrinst. Oh Gott, das kann doch nur schief gehen.«

»Ach was, das schaffst du, Carmen. Ich schlage vor, du machst in den nächsten Tagen mal ein Probekochen. Alles wird gut!«

»Dein Wort in Gottes Ohr. Aber jetzt muss ich auflegen, ich habe jede Menge Arbeit, dieser Fall kostet mich alle Nerven.«

Elfriede schaute nachdenklich auf das Telefon, nachdem sie das Gespräch beendet hatten. Sie war sich sicher, dass Carmens Nerven eher von dem geplanten Wettkochen angegriffen waren als von dem Fall. Dennoch war es eine Information. Carmen war also auch nicht weiter als sie. Und noch eine andere Information hatte sie der Freundin entlockt. Die Polizei wusste noch nicht, wo man Natalya ermordet hatte, sie hatte also nirgends Blutspuren gefunden. Noch ein Rätsel. Seufzend überflog Elfriede erneut die Liste mit Frau Kolbes Habseligkeiten.

»Ich Dämlack«, murmelte sie. Dann stand sie auf, griff nach ihrer Handtasche und öffnete die Bürotür. Sie schrie erschrocken auf, als sie mit jemandem zusammenstieß. Dann fluchte sie.

»Oha, schlechte Laune?« Violas Frage wurde von einem kleinen Lachen begleitet.

»Mhm, ein bisschen«, murmelte Elfriede verblüfft. So schnell hatte sie nicht mit einer Reaktion gerechnet, mit einem Besuch schon gar nicht. Sie schob die Tür weit auf und ließ Viola eintreten. »Sagen Sie bloß, Sie haben schon was für mich.«

»Wenn mich etwas interessiert, kann ich mich regelrecht darin verbeißen«, antwortete Viola, während sie sich neugierig umsah. »Ich bin gut in dem, was ich tue.«

»Das hab ich gemerkt«, dachte Elfriede. »Damals, als du dich für meinen Mann interessiert hast.« Aber sie sagte nichts. Allerdings konnte sie auch nichts dafür, dass sich das Bild in ihrem Kopf weiterspann. Die Vorstellung, wie Viola sich mit ihren weißen, kleinen Zähnen in Klaus' Oberschenkel verbiss, ließ sie grinsen.

»Ich höre.« Sie bemühte sich um einen ernsthaften Ton.

Viola sprang sofort darauf an, sie war Profi. Eifrig kramte sie ein Notizbuch aus ihrer bunten Desigual-Tasche und schlug es auf.

»Also, passen Sie auf. Die ›Straßenkatzen‹ stehen beim DZI in der Rubrik ›Einschätzung nicht möglich‹.«

»DZI?«

»Deutsches Zentralinstitut für soziale Fragen. Eine Art Spenderberatung. Wenn ein Verein das DZI-Siegel hat, können Sie beruhigt spenden. Alles seriös. Wenn ein Verein unter die Rubrik ›Das DZI rät ab‹ fällt, sollten Sie tunlichst die Finger davon lassen.«

»Aha. Und was bedeutet ›Einschätzung nicht möglich‹?«

»So viel wie: Kann, muss nicht! Auf jeden Fall lassen es die ›Straßenkatzen‹ an Transparenz fehlen. Es gibt keine klaren Aussagen über ihren Verwaltungsapparat, ihre Werbung und die Weiterleitung der Spenden. Kurz: man kann nicht sagen, ob sie vertrauenswürdig sind.«

»Das ist alles noch sehr vage«, meinte Elfriede.

»Nur bedingt«, meinte Viola. »Ich hab ein bisschen tiefer gegraben. Es gibt durchaus Hinweise, dass bei den ›Straßenkatzen‹ nicht alles mit rechten Dingen zugeht. Meinem Informanten zufolge gibt es den Verdacht, dass sich der gesamte Vorstand ordentlich aus der Kasse bedient hat.«

»Wer ist denn Ihr Informant?«

Viola lachte. »Ich bitte Sie, Elli. Darf ich Sie Elli nennen? Informantenschutz. Ihnen muss ich ja wohl nicht erklären, dass ich keine Namen nennen kann.«

Elfriede verzog das Gesicht. Ob wegen der Information oder wegen der Art, wie Viola ihren Spitznamen aussprach, ließ sie offen. »Es wäre für mich nur interessant zu wissen, ob es innerhalb der ›Straßenkatzen‹ eine Schwachstelle gibt. Jemanden, der mir mehr erzählen könnte.«

»Verstehe!« Viola nickte. »Nur so viel, mein Informant ist ein Journalist, der sich seit Jahren auf Wohltätigkeitsorganisationen spezialisiert hat. Nicht ganz ungefährlich. Er hat es sich zur Aufgabe gemacht, die Betrüger zu erwischen. Also leider niemand aus der Organisation selbst.«

Elfriede seufzte. »Ich fasse zusammen. Fehlende Transparenz, Hinweise, Verdacht. Das reicht noch nicht.«

»Stimmt«, gab Viola zu. »Aber jetzt bin ich auf der Spur. Verlassen Sie sich darauf, wenn es was rauszufinden gibt, dann finde ich es auch.«

»Gut, ich bin gespannt«, meinte Elfriede und wandte sich zur Tür.

»Da wäre noch etwas.« Violas Stimme war eine Nuance dunkler geworden, als wolle sie eine kleine Sensation vorbereiten. »Ich habe noch mal mit der Huber von der Leute-Seite gesprochen. Sie hatte Neuigkeiten.«

Elfriede sah sie gespannt an.

»Ich dachte, ich sage es Ihnen gleich, bevor Sie es aus den Radio-Nachrichten erfahren. Ich war zu Besuch in der Hofheimer Redaktion und von der Kirschgartenstraße ist es ja nur ein Katzensprung zu Ihnen.« Viola machte eine kleine Pause.

Elfriede sah sie fragend an.

»Kurt Kolbe hat versucht, sich das Leben zu nehmen.« Viola forschte in Elfriedes Gesicht, sie erwartete wohl eine Reaktion von ihr.

Aber das einzige, was Elfriede absurderweise durch den Kopf ging, war, dass sie Kolbe noch hundert Euro schuldete.

Da Elfriede schwieg, fuhr Viola fort. »Er hat wohl Schlaftabletten genommen und sich dann mit einer Flasche Schnaps am Bahnhof zu den Pennern gesetzt. Als er wegsackte, dachten sie erst, er schliefe. Irgendeinem ist aber wohl doch was aufgefallen, jedenfalls haben sie dann Alarm geschlagen. Ironie des Schicksals! Dass diesmal sie ihm geholfen haben.«

»Irgendwie macht Viola auch eine Art Ermittlerjob«, dachte Elfriede, als sie ihren blauen Fiesta auf Damaschkes Parkplatz in eine Parkbuchse manövrierte. »Kein Wunder, dass sie meine Arbeit spannend findet.«

Wenige Minuten später drückte sie die Tür zur Werbeagentur auf. Julian Weber saß, wenig erstaunlich, an seinem Computer und schien in seine Arbeit vertieft.

»Moment«, sagte er, machte mit der rechten Hand ein paar Mausklicks und nickte dann zufrieden. Erst dann hob er den Kopf. »Frau Schmittke, so war doch der Name?« Er lächelte sie an. »Was kann ich für Sie tun?«

»Entscheidendes, hoffe ich.« Elfriedes Blick suchte die Schale mit den türkisfarben verpackten Pfefferminzpastillen. »Wissen Sie, mir ist aufgefallen, dass ich Ihnen bei meinem letzten Besuch eine ganz wichtige Frage gar nicht gestellt habe.« Sie kramte Natalyas Foto aus ihrer Handtasche und legte es vor Julius Weber auf den Tisch. »Kannten Sie die Tote?«

»Flüchtig«, antwortete Weber und lehnte sich in seinem Stuhl zurück. »Ich bin ihr mal auf dem Parkplatz begegnet. Sie kam öfter zu Damaschke ins Küchenstudio. Und hier«, er wies mit der Hand auf das graue Gewerbegebiet vor seinem Bürofenster, »fällt eine schöne und extravagante Frau natürlich besonders auf.«

Elfriede sah auf dem Tisch vor sich die Hochglanzbroschüren, die Weber als eine Art Referenz ausgelegt hatte. *Mal locker vom Hocker*, war ein Möbelprospekt überschrieben, auf dem anderen stand: *Eiche nur für Reiche?* Vielleicht hatte Natalya Kolbe auch einen Auftrag für Weber gehabt, eine Werbekampagne für die »Straßenkatzen«? Ein Slogan kam ihr in den Kopf: Perfekte Harmonie – nur von was? Armut und Wohlstand?

»Was hat die schöne und extravagante Frau denn in Ihre Agentur geführt?«, wollte Elfriede wissen.

Weber stand auf und ging um seinen Schreibtisch herum. Diesmal stand er in voller Länge vor ihr, ohne sich auch nur ein bisschen klein zu machen. Er sah mit hellblauen Augen forschend auf sie herunter. »Ich verstehe nicht …«

Elfriede nahm eines der türkisfarben verpackten Pfefferminzbonbons aus der Schale und hielt es in die Höhe: »So eines hat man in der Handtasche von Natalya Kolbe gefunden.«

Webers Mund verzog sich zu einem amüsierten, ironischen Lächeln. »Ihre Ermittlerkompetenz in Ehren, Frau – äh, Schmittke«, erwiderte er, »aber das bedeutet noch lange nicht, dass Frau Kolbe hier bei mir in der Agentur gewesen sein muss.«

Elfriede erhob sich nun auch. »Und wie kommt das Bonbon dann in ihre Tasche?«, fragte sie.

Weber setzte sich auf die Kante seines Schreibtisches. Mit einer lässigen Bewegung warf er seine Haare nach hinten. »Erstens, Miss Columbo, gibt es von diesen Bonbons Hunderttausende in allen möglichen Büros. Man kann sie als Gimmick bei einer Firma bestellen. Ich gebe Ihnen gerne die Adresse.«

»Nicht nötig«, wehrte Elfriede ab.

»Aber nehmen wir zweitens mal an, es wäre eines aus meinem Bestand«, fuhr Weber fort und sah sie nachsichtig an. »Dann muss das noch lange nicht heißen, dass Frau Kolbe es hier in meiner Agentur bekommen hat.«

»Messerscharf kombiniert«, ging Elfriede auf das Spiel ein. »Kompliment. Und wer sollte es ihr sonst gegeben haben?«

Weber lehnte sich zurück und verschränkte die Arme vor der Brust. Ein paar Minuten schwieg er, um die Spannung zu erhöhen. Elfriede war sich nicht sicher, ob es eine Inszenierung war oder bloß der Versuch, Zeit zu gewinnen. Ihr Bauch sendete May-day-Signale. Etwas stimmte nicht mit diesem Werbefachmann. Auch bei ihm hatte sie ein zwiespältiges Gefühl.

»Ich habe es ihr gegeben«, sagte Weber.

Elfriede sah überrascht auf. Amüsiert genoss er den Effekt, den seine Worte hatten.

»Wann und wo?«

»Auf dem Parkplatz. Sie hatte einen Hustenanfall. Ich trage immer ein paar Bonbons in meiner Hosentasche, weil ich häufig einen trockenen Mund habe. An das Datum kann ich mich allerdings nicht mehr erinnern.«

»Wenn Frau Kolbe einen Hustenanfall hatte, dann müsste sie das Bonbon ja gleich gelutscht haben, um ihn zu stoppen«, schlussfolgerte Elfriede. »Wieso fand sich dann noch eines in ihrer Tasche?«

Weber schien den Spaß am Detektivspiel verloren zu haben. Er glitt vom Schreibtisch, drehte Elfriede den Rücken zu und machte sich dann wieder an seinem Computer zu schaffen. »Was weiß ich, vielleicht waren es zwei«, sagte er.

»Aha«, schlussfolgerte Elfriede. »Na, dann müssten sich ja auch Ihre Fingerabdrücke auf dem Bonbonpapier befinden. Das wird die Polizei sicher schon gecheckt haben.« Einen Moment lang wartete sie auf eine Antwort und sah aus dem Fenster. Dann gab sie die Hoffnung auf und wandte sich zum Gehen.

»Moment«, sagte Weber und seine Stimme bekam einen angestrengten Ton. »Was geht Sie das eigentlich alles an? Wer hat Sie überhaupt engagiert?«

»Das geht wiederum Sie nichts an«, sagte Elfriede, nahm sich eine Handvoll türkisfarbener Pfefferminzbonbons aus der Schale und verließ das Büro.

Sie hatte einen Grund für ihre Eile. Soeben nämlich stieg Susanne Damaschke aus dem silbernen BMW, den Elfriede auf den Parkplatz hatte einbiegen sehen. »Nicht schlecht für einen Zweitwagen«, dachte Elfriede. Ob ihr Mann so viel mit dem Studio verdiente? Vielleicht war es ja auch ein Geschenk des reichen Papis. Frau Damaschke machte einen etwas ungepflegten Eindruck, die Haare hingen wirr herunter, als hätte sie sich heute noch nicht gekämmt, und die Kleidung mutete recht zerknittert an.

»Guten Tag, Frau Damaschke.« Elfriede lächelte freundlich.

Die Frau drehte sich erschrocken nach ihr um. »Meine Frau ist labil«, hatte Damaschke gesagt. »Nun, zumindest ist sie schreckhaft«, dachte Elfriede.

»Was wollen Sie von mir?« Susanne Damaschkes Stimme glich einem Krächzen.

»Nur nachfragen, ob Ihnen noch etwas eingefallen ist. Ob Sie die Frau nicht doch kannten oder schon einmal gesehen haben.«

Frau Damaschke schüttelte nur den Kopf.

»Wissen Sie«, meinte Elfriede, »irgendwie glaube ich Ihnen nicht. Interessanterweise habe ich Sie nämlich vor dem Friedhof in Sonnenberg gesehen.«

»Das war ich nicht, Sie müssen sich geirrt haben. Außerdem muss ich Ihnen überhaupt nichts sagen. Mein Mann hat mir erzählt, dass Sie gar nicht von der Polizei sind.« Susanne Damaschke drehte sich fahrig um und trippelte mit schnellen, nervösen Schritten Richtung Küchenstudio. Elfriede blieb an ihrer Seite. Bisher war sie sich nicht sicher gewesen, ob es wirklich Frau Damaschke gewesen war, die sie gesehen hatte. Aber diese heftige Reaktion überzeugte sie. Sie entschied sich zu einem Frontalangriff, Labilität hin oder her.

»Glauben Sie, es wäre möglich, dass Ihr Mann Sie mit dieser Frau betrogen hat?«

Frau Damaschke blieb abrupt stehen. »Volltreffer«, dachte Elfriede, als sie der Frau ins verzerrte Gesicht blickte.

»Mein Mann …«, Frau Damaschke holte tief Luft und starrte dann Elfriede an. »Mein Mann ist mir absolut treu. Und jetzt verschwinden Sie … Sie befinden sich auf meinem Grund und Boden.«

Als Elfriede sich mit Bodo am asiatischen Schnellimbiss traf, um zum Mittagessen ein paar Nudeln mit Sojabohnensprossen zu bestellen, erzählte sie ihm von ihrem Besuch in der Werbeagentur. Bodo zuckte nur mit den Achseln.

»Den Weber kann ich eigentlich nicht leiden. Er wirkt immer so arrogant und überheblich. Dabei soll er früher mal in der alternativen Szene unterwegs gewesen sein.«

Elfriede sortierte mit den Stäbchen ein Ingwerstückchen aus und schob es an die Seite. »Tatsächlich? Woher weißt du das?«

Bodo schob sich eine Minifrühlingsrolle in den Mund. »Meine Frau hat es mir erzählt«, sagte er kauend, »und die hat es von Frau Damaschke. Ihr Mann ist ja Webers Kunde, da redet man wohl auch mal über Privates. Obwohl meine Frau die Damaschke nicht besonders mag. ›Bodo‹, sagt sie immer zu mir, ›Bodo, sei froh, dass ich nicht so eine besitzergreifende Ziege bin wie die.‹ Reiche Tochter halt, kennt man ja.« Er machte der Vietnamesin hinter dem Tresen ein Zeichen. »Noch einmal fünf von denen mit Gemüse, bitte, die sind heute besonders gut!«

Elfriede warf ihre leere Nudelbox in den Abfalleimer. Ihr reichte die Portion. Schließlich wollte sie nicht wieder zunehmen. »Und in welcher Szene war Weber?«

Bodo nahm die zweite Portion seiner Frühlingsrollen in Angriff. »So was ähnliches wie Chaos-Computer-Club«, mümmelte er. »Coha oder so. Die haben Daten gehackt, um die Sicherheitslücken in den Firmen nachzuweisen. Ich kenn mich da nicht so genau aus. Würde aber zu dem passen. Ich glaube, das ist ein Nerd.«

Elfriede schob ihm die Chilisauce rüber. »Coha? Nie gehört.«

»Irgend so eine Hacker-Vereinigung«, sagte Bodo. »Übrigens, willst du gar nicht wissen, ob die Polizei mich noch in Verdacht hat?«

Elfriede lehnte dankend ab, als ihr die junge Vietnamesin noch eine Portion Nudeln reichen wollte. »Wie ist es denn gelaufen, seit sie Pauli verhaftet haben?«

Bodo wartete, bis er den Mund frei hatte. »Seither ist es besser geworden. Ich habe meine Fingerabdrücke abgeben müssen, wurde vernommen, darf nicht verreisen und muss mich für Vernehmungen zur Verfügung halten. Unter Verdacht stehe ich wohl noch immer, aber sie haben anscheinend keinen ausreichenden Grund, um mich in U-Haft zu stecken.«

»Wer eine Tierbestattung betreibt, neigt wohl nicht zur Flucht«, frotzelte Elfriede.

Bodo putzte sich mit der Serviette den Mund ab. »Bist du nicht mit dieser Kommissarin befreundet?«

Elfriede nickte.

»Dann könntest du ihr mal sagen, dass es vollkommen unterirdisch war, wie sie meinen Laden auf den Kopf gestellt haben. Sogar das Ölgemälde musste ich abhängen. Jede einzelne Urne wurde untersucht. Und dann fragte mich noch einer, ob Asche weggekommen ist. Er meinte Geld. Haha, sehr lustig.«

Elfriede schmunzelte.

»Du hast gut lachen«, sagte Bodo. »Aber das war keine gute Werbung. Die Aufträge sind zurückgegangen. Wer ersetzt mir das?«

Elfriedes Handy bellte. Oliver hatte ihr diesen neuen Klingelton eingestellt. Wahrscheinlich Viola. Die war wirklich verdammt tüchtig, wenn sie in der kurzen Zeit schon so viel herausbekam über die »Straßenkatzen«.

Sie drückte die grüne Taste, um das Gespräch anzunehmen. Es war nicht Viola.

»Du musst sofort kommen«, hörte sie die aufgeregte Stimme von Tante Ingeborg. »Ich habe seit heute Morgen wirklich alles versucht. Nichts hilft. Kein Melissentee, keine Königsberger Klopse. Ich weiß nicht mehr weiter.«

Elfriede versuchte, ihre Tante zu beruhigen. »Ich bin gleich da«, sagte sie. »Hat Hugo wieder Bauchschmerzen? Wahrscheinlich hat er einen deiner neuen Klopse gefressen. Dann solltest du ihm jetzt gar nichts mehr zu essen geben.«

»Hugo?«, schrie Tante Ingeborg ins Telefon. »Wer redet von Hugo? Es geht um deinen Sohn! Oliver!«

Elfriede hatte sich noch nie im ihrem Leben so hilflos gefühlt. Da lag ihr geliebter Sohn im Bett, weigerte sich aufzustehen und litt offensichtlich körperlich, aber ganz bestimmt auch seelisch. Neben dem Bett stand eine Flasche Wodka. Beißender Rauch im Zimmer zeugte davon, dass er augenscheinlich schon mehrere Zigaretten konsumiert hatte, die er aus Elfriedes Schreibtischschublade gemopst haben musste. In all dem Chaos saß Hugo und schaute mit hängender Zunge von einem zum anderen. Elfriede war neu, dass Oliver rauchte. Elfriede war auch neu, dass er Wodka trank. Und ganz neu war ihr, dass er so tief verletzt war.

Alles war neu im Leben ihres Kindes. Hilfe!

Oliver hatte die Augen geschlossen, wahrscheinlich, um seine Tränen zu verbergen, denn zwischen den Wimpern glitzerte es verräterisch. Er stöhnte leicht. Elfriede legte eine Hand auf seinen Arm und tätschelte ihn. Das zumindest ließ er zu.

»Oliver, mein Schatz! Das hört sich jetzt zwar blöd an, aber es geht vorüber, glaub mir!«

Oliver schob ihre Hand zurück. »Nein«, sagte er. »Lass mich. Ich will nicht mehr leben!«

Tante Ingeborg, die im Türrahmen stand, schlug erschrocken die Hände vor den Mund.

»Was ist denn passiert?«, fragte Elfriede behutsam.

Oliver drehte seinen Kopf zur Wand. »Nix.«

»Ach komm«, insistierte Elfriede. »Ich seh doch, dass es dir schlecht geht.«

Oliver zog die Decke bis ans Kinn. »Es ist aus«, sagte er. »Pauline hat die Beziehung beendet, weil ich zu jung für sie bin.«

Elfriede merkte, wie Entrüstung in ihr hochstieg. »Und das hat sie erst jetzt festgestellt?«

»Du magst sie nicht!«, jammerte Oliver, der die Gefühle seiner Mutter schon immer aus ihrer Stimme heraushören konnte.

»Du wirst jemand anderes kennenlernen«, tröstete ihn Elfriede. »Du wirst dich wieder verlieben. Die Zeit heilt alle Wunden.«

Oliver richtete sich empört auf. »Du hast doch keine Ahnung, Mama. Ich will allein sein. Geh einfach!« Er zog sich die Decke über den Kopf.

Elfriede kam dem Wunsch ihres Sohnes nach und schob auch Hugo und Tante Ingeborg aus der Tür. »Er hat Liebeskummer«, erklärte sie. »Pauline hat ihm das Herz gebrochen. Angeblich ist er zu jung für sie. Als ob sie das nicht früher hätte merken können.«

»Wahrscheinlich hat sie einen anderen«, sagte Tante Ingeborg. »Das müsste doch rauszukriegen sein.«

Elfriede schüttelte den Kopf: »Da halten wir uns raus.«

Sie war klug genug, um zu wissen, dass sie bei ihrem Sohn die Bettkarten nicht lochen durfte. Das hatte sie bei ihren eigenen Eltern gehasst, die – ohne anzuklopfen – in ihr Zimmer marschiert waren und ihre Lover begutachtet hatten. Ausgerechnet Klaus hatte dann Gnade vor deren Augen gefunden.

Doch Tante Ingeborg gab nicht auf. »Aber er isst nichts, weigert sich aufzustehen und lernt auch nicht für die Schule. Ausgerechnet jetzt, vor der Realschulprüfung.« Sie schüttelte betrübt den Kopf.

»Wir müssen ihm Zeit geben, Ingeborg«, sagte Elfriede. »Kannst du dich nicht mehr erinnern, wie schlimm Liebeskummer ist?«

»Hatte ich nie!«, behauptete Ingeborg steif und fest.

»Glaub ich dir nicht«, sagte Elfriede. »Lass uns abwarten. Das wird schon wieder.« Sie nahm Hugo in den Arm. »Und dich gibt's ja auch noch zum Kuscheln.«

Hugos Einsatz war gar nicht nötig. Im Lauf des Nachmittags trudelte ein Teenager nach dem anderen in der Bornstraße ein. Die Mädchen brachten Muffins, die Jungs Zigarren, tröstend umlagerten sie Olivers Bett. Sein Handy glühte vor lauter WhatsApp-Nachrichten. Elfriede hoffte inständig, dass sie nicht von Pauline stammten.

Tante Ingeborg war beruhigt zum Einkaufen aufgebrochen und Elfriede war schon wieder für den Hundespaziergang zuständig.

»Na, dann lass uns mal losgehen!«, meinte sie zu dem Entlebucher, der sich bereits vor der Tür postiert hatte. Es war kühler geworden. Elfriede genoss es, am Schwarzbach entlangzuspazieren und ihren Gedanken freien Lauf zu lassen.

Weber, ein ehemaliger Hacker? Oder so etwas Ähnliches, hatte Bodo gesagt. Was machten die eigentlich? Sie kannte sich zu wenig aus und beschloss, Oliver oder Elvis zu fragen. Ob die überhaupt noch helfen konnten? Webers aktive Zeit war schließlich schon eine Weile her. Mit Natalya Kolbe jedenfalls hatte der smarte Werbefachmann wohl nichts zu tun. Die Erklärung zu dem Pfefferminzbonbon klang plausibel. Egal – manchmal kam etwas dabei heraus, wenn sie einfach auf den Busch klopfte, manchmal nicht.

Hugo sprang vor Freude um sie herum, als sie an die Stelle kamen, wo der Bach gestaut war. Elfriede nahm einen Stock und warf ihn ins Wasser. Der Hund hüpfte hinterher. Laut schnaufend versuchte er, schwimmend seine Beute zu erreichen, die vom Wasser weggetrieben wurde.

Bei Frau Damaschke hatte das Klopfen genutzt. Diese Frau verdächtigte ihren Mann ebenso der Untreue wie sie selbst, da war sich Elfriede sicher. Aber das machte Herrn Damaschke nicht automatisch zum Täter. Andererseits, wer sonst hätte Zugang zu der Truhe gehabt? Elfriede wusste nicht, wovon Carmen und ihre Kollegen ausgingen, aber sie war mittlerweile überzeugt, dass die Leiche von Frau Kolbe schon in der Truhe lag, als diese zu Bodo hinübergebracht wurde. Die Vorstellung, dass die Frau erst in der Tierbestattung in die Truhe gekommen war, schien ihr zu unwahrscheinlich. Immerhin war es zu diesem Zeitpunkt schon heller

Tag – wie hätte da jemand unbeobachtet mit einer Leiche durch die Gegend marschieren sollen?

Aus den Augenwinkeln registrierte sie, dass Hugo aus dem Wasser gestiegen war, den tropfenden Stock zwischen den Lefzen.

Angenommen aber, ihre Theorie stimmte … dann blieb die Frage, wie der Täter in das Küchenstudio gekommen war. Sie musste unbedingt Elvis fragen, ob er endlich das Alibi von Damaschke überprüft hatte.

Und was war eigentlich mit Kolbe? Mit dem musste sie auch noch einmal sprechen. War er nur verzweifelt über den Tod seiner Frau oder hatte sein Selbstmordversuch einen anderen Grund? Hatte er etwas mit ihrem Tod zu tun? Aber selbst wenn, wie sollte er in das Studio mit der Truhe gelangt sein? Und vor allem, warum?

Plötzlich überfiel Elfriede ein unbehagliches Gefühl. Die Geräuschkulisse hatte sich verändert, das vertraute Hecheln und Schlabbern fehlte. Abrupt dreht sie sich um und sah zum Bach. Der Hund war weg.

»Hugo!«, rief sie. Sie drehte sich um sich selbst, spähte unter die Büsche und zwischen die Bäume. »Hugo, du Blödhund, komm her!«

Sie schrie mittlerweile, doch umsonst. In immer größeren Kreisen untersuchte Elfriede die Umgebung, aber Hugo blieb verschwunden. Wie um Himmels Willen sollte sie das Oliver erklären? Die erste große Liebe. Daran würde er eh noch eine Weile zu knabbern haben. Und ausgerechnet jetzt gab es keinen Hugo zum Kuscheln. Sein Verschwinden würde ihrem Sohn zum zweiten Mal das Herz brechen.

Carmen war auch keine große Hilfe. »Du kannst doch nicht eine Vermisstenanzeige für einen Hund aufgeben«, sagte sie und schüttelte entrüstet ihre Locken. »Ruf bei Tasso oder im Tierheim an. Irgendjemand wird ihn da schon abliefern. Ist das Vieh überhaupt gechipt?«

Elfriede hatte sie zu einem Spaziergang an den Röckerkopf genötigt. Dort wohnte eine läufige Dalmatinerhündin, der Hugo schon eine ganze Weile nachstellte. Aber die Besitzerin hatte den Entlebucher auch nicht gesehen.

»Weiß ich nicht«, jammerte Elfriede. »Das ist es ja. Der Hund ist bei mir nur in Pension. Wie soll ich der Familie je wieder unter die Augen treten?« Sie deutete auf den Waldweg vor ihnen. »Lass uns da noch mal suchen!« Hoffnungsvoll blies sie in ihre Hundepfeife.

Carmen blieb stehen. »Ich weiß nicht, ob das was bringt, Elfriede. Das Tier kann überall sein und du scheinst keinen genauen Plan zu haben, wo du es aufspüren willst. Außerdem wollte ich dich überreden, heute Abend mal wieder mit zum Bauchtanz zu kommen. Ein bisschen Ablenkung könnte dir gut tun.«

»Ausgeschlossen«, wehrte Elfriede ab. »Ich muss nach Hugo suchen. Und Oliver hat Liebeskummer.«

»In beiden Fällen wirst du nicht viel helfen können«, erwiderte Carmen lakonisch. »Vielleicht erleichtert dies hier deine Entscheidung.« Sie zog einen blauen Chiffonrock mit Pailletten aus ihrem Beutel. »Tata! Scheherazade höchstpersönlich.«

Elfriede hielt vor Schreck die Luft an. »Ein Bauchtanzkostüm?«

»Steht dir bestimmt gut, so, wie du abgenommen hast«, behauptete Carmen. »Wie geschaffen für deinen Sternenhimmelbauch!«

Elfriede musste lachen. Bei ihrer ersten Stunde hatte die Lehrerin mit Blick auf Carmens überschlanke Figur behauptet, eine Frau ohne Bauch sei wie ein Himmel ohne Sterne. Vielleicht würde ihr ein wenig Ablenkung wirklich gut tun. Bodo hatte schon zugesagt, überall Suchanzeigen an den Bäumen aufzuhängen. Lorsbach war klein, irgendjemand würde den Hund schon gesehen haben. Und Tante Ingeborg war ja auch noch da, wenn sich jemand meldete.

»Also gut«, gab sie nach. »Musst du denn gar nicht mehr auf die Polizeistation?«

»Ne«, sagte Carmen und hakte sie unter. »Wir können noch gemütlich vorglühen. Mein Soll ist für heute erfüllt. Habe mich heute Nachmittag in der Sauna rumgetrieben, um Damaschkes Alibi zu überprüfen. Übrigens«, sie blieb abrupt stehen, so dass Elfriede fast ins Straucheln kam, »diesen Möchtegern-Gigolo aus dem Küchenstudio habe ich dort auch getroffen. Wie kannst du nur, Elfriede!«

»Was?«, Elfriede stellte sich bewusst dumm. Konzentriert blies sie noch mal in ihre Pfeife. Wo der Hund nur steckte?

»Ich hab ihn natürlich in die Mangel genommen«, sagte Carmen. »Als er nicht mehr weiterwusste, hat er behauptet, du hättest ihn als Praktikanten engagiert. Ist das wahr? Ich glaube, jetzt drehst du völlig durch.«

Elfriede suchte den Waldrand mit den Augen nach Hugo ab. Sie konnte Carmens Bedenken nicht teilen. »Warum? Er ist doch ein netter Kerl.«

»Nett?« Carmen schüttelte den Kopf. »Wo bleibt deine Professionalität, Elfriede? Er war in der Nähe des Tatorts und hat kein Alibi für die Tatzeit. Die Tote war Kundin in dem Küchenstudio. Pjotr gehört zum Kreis der Verdächtigen. Und du beziehst ihn in die Ermittlungen ein. Ermittlungen, die du eigentlich gar nicht führen dürftest.«

»War Damaschkes Alibi denn dicht?«, fragte Elfriede, um abzulenken. Noch einmal blies sie in die Hundepfeife, aber um die Ecke bog nur ein Rauhaardackel, der anscheinend ähnlich konditioniert worden war. Er setzte sich aufrecht vor Elfriede hin und machte Männchen.

»Das kann dir ja dein Praktikant erzählen«, konterte Carmen schnippisch und wedelte mit der Hand, um den Dackel zu vertreiben. »Ich für meinen Teil brauche jetzt erst mal einen Campari.«

Es war dann doch nicht so entspannend gewesen. Elfriede musste in ihrem dunkelblauen Sternenhimmelkostüm dauernd an Oliver denken und grübelte über die Frage nach, ob die Trennung von Klaus ihrem Sohn nicht doch geschadet und sein Verhältnis zum anderen Geschlecht beeinflusst hatte. Carmen wurde ein paar Mal von der Bauchtanz-Lehrerin korrigiert, weil sie die Hüften nicht genug kreisen ließ. Ihre Laune, die sich bei der Erinnerung an die Begegnung mit Elvis ohnehin verschlechtert hatte, war danach an einem Tiefpunkt angelangt.

»Ich sollte es besser mit Kung-Fu versuchen«, schimpfte sie, als sie im Umkleideraum heftig an dem roten Oberteil mit den Schnüren zerrte.

»Lass mich mal, du machst es ja kaputt«, sagte Elfriede und half ihr. »Loslassen ist die Devise.«

»Das klappt heute irgendwie nicht. Dann bleibt der Nachthimmel eben dunkel.« Wütend stopfte Carmen ihr Kostüm in die Sporttasche.

»Meine Liebe!« Die Tür zur Garderobe ging auf und Bauchtanz-Lehrerin Laila rollte mit klirrenden Pailletten und all ihren Pfunden hinein. »Geben Sie auf keinen Fall auf!« Sie nahm Carmens Hand. »Frustrationen sind völlig normal. Da unsere Kultur bei der Erziehung zwischen Gefühl und Gefühlsbewusstsein trennt, haben wir Schwierigkeiten, mit den durch den Orientalischen Tanz hervorgerufenen Emotionen umzugehen. Dem müssen Sie sich stellen.«

Elfriede grinste. »Mir scheint, wir sollten doch noch ein Glas trinken gehen«, sagte sie. »Und sei's nur, um die Orientalin in dir zu wecken.«

Carmen warf das Handtuch nach ihr.

9

Oliver weigerte sich auch am nächsten Morgen aufzustehen. Tante Ingeborg kochte ihm einen Melissentee und legte zwei Scheiben Toast mit Rührei auf einen Teller, liebevoll garniert mit geviertelten Tomaten und Gürkchen. Elfriede bezweifelte, dass ihr Sohn das Frühstück anrühren würde. Was genau half eigentlich gegen Liebeskummer? Sie konnte sich noch gut an die Zeit erinnern, als Klaus sie betrogen hatte. Der Schmerz saß tatsächlich da, wo das Herz seinen Platz hatte, auf der linken Seite der Brust. Ein dumpfer, ziehender Schmerz. Sie wachte mit ihm auf und schlief mit ihm ein. Monate hatte sie gebraucht, bis sie begriffen hatte, dass es auch der Schmerz des verlassenen Kindes war, der sich da hineingemischt hatte in die Trauer über eine verlorengegangene Beziehung. War es für Oliver genauso? Hatte er nicht auch seinen Vater verloren, als der auszog und eine neue Familie gründete? Fühlte ihr Sohn sich deswegen doppelt verlassen?

Sie nahm Hugos Leine vom Haken und machte sich erneut auf zu einer Suchrunde durchs Dorf. Der Anruf bei Tasso hatte nichts ergeben und auch bei den umliegenden Tierheimen war kein Entlebucher Sennenhund abgegeben worden. Tante Ingeborg war außer sich gewesen und hatte alle ihre Freundinnen, auch Hannelore, informiert. Irgendwo musste das Tier doch stecken.

Sie machte einen Abstecher zu Cemals Kiosk, registrierte befriedigt, dass Bodo dort auch ein Foto von Hugo ausgehängt hatte, und kaufte sich Zeitungen. Natürlich hatte die Presse Kolbes Selbstmordversuch groß aufgemacht. Erst der Mord an der schönen Gattin, dann der verzweifelte Ehemann, der den Tod sucht: Romantischer konnte eine Story doch gar nicht mehr sein. Elfriede musste damit rechnen, dass die Journalisten nicht lockerlassen würden. Das Krankenhaus war bestimmt schon von Fotografen und Reportern umlagert. Kolbe sollte angeblich in das Wiesbadener Josefshospital, das Joho, eingeliefert worden sein, dort, wo auch Pauli gelegen hatte. Elfriede wusste, dass sie mit ihm sprechen musste, um in diesem Fall weiterzukommen.

Aber wie?

Ihr Handy vibrierte in der Hosentasche. Hoffnungsvoll drückte sie auf die grüne Hörertaste. Hatte doch jemand Hugo gefunden?

»Dieser Morgen ist wie geschaffen für ein Frühstück zu zweit«, hörte sie Carstens schmeichelnde Stimme. »Die Nacht im Obdachlosen-Mobil war furchtbar. Hundebisse, Schlägereien, Alkoholvergiftungen. Und dann noch diese Sache mit dem Musiker. Ich brauch mal wieder einen normalen Menschen um mich. Erhöre mich, Elfriede!«

»Nett, dass du mich dazu zählst«, sagte Elfriede. »Aber hier ist leider gar nichts mehr normal. Hugo ist weggelaufen und Oliver hat Liebeskummer. Tante Ingeborg kocht plötzlich seltsame Dinge. Elvis ist in der Sauna von der Polizei erwischt worden. Und ich komme in meinem Fall nicht weiter.«

Carsten lachte. »Wenn das kein Grund ist, gemeinsam eine Flasche Sekt zu köpfen«, meinte er. »Ich hab noch eine kalt stehen.«

»Ein Kaffee wäre mir lieber«, antwortete Elfriede. »Ich muss einen klaren Kopf behalten. Kannst die Maschine schon mal laufen lassen. Ich bringe Brötchen von Cemal mit. Und dann brauche ich deinen Rat.«

»Was wir hier machen, ist nicht ganz legal«, sagte der blonde Arzt im Joho und schob ihr einen weißen Kittel rüber. »Dessen sind Sie sich ja wohl bewusst. Und wenn Sie nicht mein Kumpel Carsten geschickt hätte, würde ich mich nie im Leben drauf einlassen.« Er musterte Elfriede neugierig. »Es könnte mich den Job kosten. Aber Carsten hat nun mal noch was gut bei mir. Und er scheint große Stücke auf Sie zu halten.«

Elfriede hielt den Blick gesenkt, während sie den Kittel überstreifte. Carstens Idee war genial gewesen und genau betrachtet die einzige Chance, mit Kolbe sprechen zu können. Schon auf dem Flur hatte sie gesehen, dass ein Wachmann vor dem Zimmer postiert war. Den hatte wohl Adrian dort aufgestellt oder Kolbe selbst. Kein Wunder. Im Eingangsbereich tummelten sich eine Menge Fotografen. Sie wurden von der Pressesprecherin in Schach gehalten, die für den Nachmittag ein ärztliches Bulletin ankündigte. Elfriede hätte niemals unbemerkt in das Zimmer gelangen können.

»Wie angegossen.« Der Arzt betrachtete Elfriede im Kittel mit Wohlgefallen und schob ihr ein Blutdruckmessgerät rüber. »Kennen Sie sich wenigstens mit so was aus, Schwester Schmittke? Und sind Sie sicher, dass der Patient keine Szene machen wird? Er ist schon wieder bei Kräften. Wir haben ihm den Magen ausgepumpt. Wie er sich allerdings die Prellungen zugezogen hat, wissen wir nicht, vielleicht ist er gestürzt.« Er sah sie eindringlich an. »Für den Fall, dass es Ärger gibt, kann ich Ihnen gleich sagen, dass ich Sie nicht kenne und keine Sekunde zögern werde, die Polizei zu rufen.«

Elfriede nickte etwas zu schnell. Carmen würde begeistert sein. Sie war sich ganz und gar nicht sicher, wie Kolbe auf ihr Erscheinen hier im Krankenhaus reagieren würde. Schon einmal hatte sie sich mit einer Verkleidung in seine Nähe geschlichen und es hatte ihm nicht besonders gefallen. Wie viel schlechter musste es ihm jetzt gehen? War er schuld am Tod seiner Frau? Hatte ihn das schlechte Gewissen in den Selbstmord getrieben? Oder wuchs ihm das alles über den Kopf? Adrian, die »Straßenkatzen«, die Spenden? Sie war fest entschlossen, eine Antwort auf diese Fragen zu finden.

Der Arzt schob sie aus dem Zimmer und lief vor ihr den Flur entlang. Vor Zimmer 23 blieb er stehen und nickte dem Wachmann zu. Dann öffnete er die Tür.

Elfriede erschrak.

Sie hätte Kolbe nicht wiedererkannt. Sein Gesicht war aufgedunsen und teigig, die blonden Haare breiteten sich in fettigen Strähnen über das Kopfkissen aus. Ein Auge war zugeschwollen, die Haut über dem Wangenknochen blau gefärbt. Sein rechter Arm war mit einem Verband versehen, im anderen steckte eine Braunüle, in die langsam eine Lösung tropfte. Er regte sich nicht. Kolbe schien keine Notiz davon zu nehmen, wer in sein Zimmer gekommen war.

Der Arzt trat an sein Bett. »Wie geht es Ihnen, Herr Kolbe?« Er prüfte den Tropf. »Wir haben Ihnen ein bisschen was hineingegeben, damit Sie wieder zu Kräften kommen.«

Kolbe drehte sein Gesicht mit leerem Blick zu ihm.

»Die Schwester wird noch Ihren Blutdruck und Puls messen«, fuhr der Arzt fort. »Aber Sie sind auf dem Weg der Besserung! Am Nachmittag wird Sie dann ein Kollege aus der Psychiatrie besuchen.«

Kolbe schüttelte matt den Kopf auf dem weißen Kissen. »Nicht nötig.«

»Das ist leider Vorschrift«, sagte der Arzt und drückte seine Hand. »Wir sehen uns dann später, Herr Kolbe!«

Elfriede trat an das Bett und entfaltete umständlich die Manschette des Blutdruckgerätes. Kolbe hatte die Augen schon wieder geschlossen. Er schien völlig teilnahmslos.

»Warum?«, fragte Elfriede mit leiser Stimme. »Warum haben Sie das getan, Herr Kolbe?«

Kolbe öffnete die Lider und blickte sie ohne jede Regung an. Dann glomm ein Funken Erinnerung in seinen Augen auf. »Sie schon wieder?«

»Ja«, sagte Elfriede. »Ich bin hier, um die Wahrheit zu hören. Die Wahrheit über Sie und Ihre Frau. Die Wahrheit über die ›Straßenkatzen‹. Eine Organisation, die nur gegründet wurde, um Ihnen ein schönes Leben zu ermöglichen.«

Kolbe lächelte bitter. »Als ob das immer so einfach wäre. Hier das Gute, dort das Böse, wie im Märchen. Aber so ist es nicht. Sie irren sich.«

Er setzte sich mühsam auf und Elfriede vergaß, ihm die Manschette um den Arm zu legen. Tarnung war jetzt nicht mehr wichtig.

»Wie war es dann?«, fragte sie.

Kolbe stöhnte. Sein Blick wanderte zur Decke, als wolle er dort die Erinnerung suchen an eine Zeit, in der es für ihn besser gelaufen war. »Ja, anfangs haben wir die ›Straßenkatzen‹ auch gegründet, um unseren Lebensstandard halten zu können. Natalya liebte es, sich gut anzuziehen und in gewissen Kreisen verkehren zu können. Irgendwie stand es ihr ja auch zu, schließlich war sie es, die ständig Charity-Events organisierte und den Leuten hohe Spendenbeiträge abschmeichelte. In der Beziehung war sie unschlagbar. Ich fand das nicht weiter verwerflich. Jeder hatte etwas davon. Die Obdachlosen bekamen Aufmerksamkeit und Zuwendung und der Vorstand ließ sich seine Arbeit angemessen vergüten. Eine klassische Win-Win-Situation.« Er nahm einen Schluck Wasser aus dem Glas auf dem Tisch neben dem Bett, um weiterreden zu können, stöhnte aber, als er das Glas abstellte. Offensichtlich hatte er Schmerzen. Dennoch sprach er weiter. »Es hätte so weitergehen können, wenn Natalya nicht Adrian nach Deutschland geholt hätte. Er konnte seiner Schwester nicht das Wasser reichen, aber er war voller krimineller Energie. Unersättlich. Er wollte mehr, mehr, mehr. Wie oft habe ich Natalya gebeten, ihn in seine Schranken zu verweisen.«

Elfriede hielt den Atem an. Sie hatte mit ihrem Gefühl von Anfang an richtig gelegen.

Adrian passte nicht in diese Szene. Oder nur zu gut.

»Und, hat sie es getan?«, fragte sie.

»Für meinen Geschmack nicht genügend«, fuhr Kolbe fort. »So konnte es nicht weitergehen. Nicht unter meinem Namen. Sie müssen wissen, die Obdachlosen liegen mir wirklich am Herzen. Deswegen habe ich auch meine Entscheidung getroffen.«

Elfriede wagte es nicht, zu fragen. Sie hielt den Atem an und hoffte, dass er weiterredete. Kolbe tat ihr den Gefallen.

»Ich hatte das alles schon mit einem Anwalt vorbereitet. Es war eine elegante Lösung. Der Verein würde aufgelöst werden und sein Kapital in eine Stiftung wandern. Die unterliegt weitaus strengeren Regeln und außerdem der staatlichen Stiftungsaufsicht. Natürlich hat das Natalya und Adrian nicht gefallen. Sie waren dagegen.«

»Das kann ich mir denken«, dachte Elfriede, sprach es aber nicht laut aus.

»Bis zur Stiftungsgründung wollte ich das Geld in Sicherheit bringen. Es war einfach zu viel, mir war nicht mehr wohl dabei. Ich habe innerhalb der Bank alles auf ein Konto mit meinem Namen transferiert. Nur vorübergehend.«

»Die Bank, bei der auch Ihre Frau arbeitete?«

Kolbe nickte.

»Hatten Sie keine Angst, dass Ihre Frau trotzdem Zugriff auf das Geld haben könnte?«

Kolbe griff empört nach ihrem Arm. »Was denken Sie denn von Natalya? Das hätte sie nie und nimmer getan. Abgesehen davon: Sie war zwar eine gute Bankerin, aber ihre Stärken lagen vor allem im Kundengespräch, die technischen Abläufe waren ihr stets zuwider.«

»Von wie viel Geld reden wir hier eigentlich?«

»Drei Millionen vierhundertfünfundsiebzigtausend Euro.«

Elfriede schnappte nach Luft. Wohltätigkeit schien ein lohnendes Geschäft.

Kolbe ließ ihren Arm wieder los, der kurze Kraftakt schien ihn erschöpft zu haben. »Ich habe alles falsch gemacht«, murmelte er.

Elfriede legte eine Hand auf Kolbes Arm. »Sie wollten nur verhindern, dass Adrian noch mehr Geld aus dem Verein zieht.«

Kolbe nickte. »Das war mein Ziel, ja. Aber es war alles umsonst.« Er sah Elfriede mit traurigen Augen an. »Wie sagte Gorbatschow? Wer zu spät kommt, den bestraft das Leben.«

Elfriede stand auf. »Wieso?«, fragte sie. »Wieso ist es zu spät?«

Kolbes Kopf war wieder in die Kissen zurückgesunken, die Lebendigkeit in seinen Augen erloschen. »Meine Frau ist tot«, flüsterte er. »Was hat das Leben da noch für einen Sinn?«

»Aber die Stiftung«, wandte Elfriede ein. »Die Obdachlosen. Sie können ihnen helfen. Das gibt Ihrem Leben doch auch einen Sinn.«

Kolbe schüttelte matt den Kopf. »Das kann ich jetzt auch nicht mehr. Auf dem Konto sind nur noch vierhundertfünfundsiebzigtausend Euro. Die ganzen drei Millionen sind weg.«

»Aber wie kann das sein?«

»Ich habe keine Ahnung. Und ich bin nicht der Einzige.« Kolbe zeigte auf sein geschwollenes Auge. »Das war Adrian. Er wollte wissen, wo das Geld ist.«

Als Elfriede an den Journalisten vorbei aus dem Krankenhaus ging, war sie schweißgebadet. Die Haare klebten ihr im Nacken, die Bluse war am Rücken klatschnass. Sie hatte das Blutdruckmessgerät in Kolbes Zimmer zurückgelassen und den Schwesternkittel kurzerhand in einen Behälter für schmutzige Handtücher geworfen. Im Krankenhaus-Café bestellte sie ein Mineralwasser und nahm es mit nach draußen, um eine Zigarette zu rauchen. Hastig zog sie den Rauch ein.

»Ganz schön blöd, bei dem Wetter«, sagte ein dicker Mann, der neben dem Aschenbecher stand, und deutete auf seinen Gipsfuß.

Elfriede nickte zerstreut. Ihr war jetzt nicht nach Small-Talk zumute. Sie musste nachdenken, aber ihr Kopf verweigerte in der Hitze seinen Dienst. Was sollte das heißen, das Geld war weg? In Natalyas Tasche hatte man keinen größeren Betrag gefunden, es sei denn, Pauli hatte gelogen.

Aber die Summe, um die es hier ging, konnte man nicht in einer Krokodillederhandtasche mit sich rumschleppen. So was gab es nur im Fernsehen bei Sturm der Liebe. Und Pauli? Der war doch viel zu unbedarft für einen so großen Deal. Das war eher Adrians Stil.

Sie drückte die Zigarette im Aschenbecher aus und hatte sofort Lust auf eine zweite.

Würde Adrian seine Schwester töten, um an das ganze Geld zu kommen? Elfriede runzelte die Stirn. Aber was nutzte ihm ihr Tod? Dennoch, vielleicht hatte Natalya sich von Adrian bedroht gefühlt und deshalb eine Pistole bei sich getragen.

War es Zufall, dass das Geld ausgerechnet zu dem Zeitpunkt verschwand, als Kolbe sein schlechtes Gewissen entdeckte und alles wiedergutmachen wollte? Bestimmt nicht. Aber wer hatte das Geld? Und vor allem, wie war er oder sie daran gekommen? Es konnten doch nur drei Leute an das Konto, Kolbe, seine Frau und Adrian. Elfriede stieß einen tiefen Seufzer aus. Das führte alles nicht weiter.

Bevor das Gipsbein weiter auf sie einreden konnte, verließ sie das Café.

Sie musste ein wenig Distanz gewinnen. Eine Runde um den Block würde ihr gut tun.

Zehn Minuten später war sie allerdings noch mehr durchgeschwitzt und nicht viel schlauer. Obendrein hatte sie vergessen, wo sie den Fiesta abgestellt hatte. Das war alles zu viel gewesen.

Langsam schritt sie die Reihe der geparkten Autos in der Beethovenstraße ab. Der Gipsheini, der langsam die Einfahrt hinuntergehumpelt war, verschränkte die Arme und beobachtete sie neugierig.

»Na, hat er sich wieder versteckt?«, frotzelte er.

»Ach wo«, sagte Elfriede. »Er ist nur kurz auf Spritztour in der Karibik.« Sie winkte dem Dicken zum Abschied und bog zielstrebig in eine Nebenstraße ein. Schließlich entdeckte sie ihr Auto unter einem Baum. Um Carsten nach seinem Nachtdienst noch ein wenig Schlaf zu gönnen, hatte sie sich mit Elvis zu einem späten Mittagessen im »Dolce Vita« in Wallau verabredet. Sie war neugierig, was der über Damaschkes Alibi herausgefunden hatte. Und außerdem hatte er bestimmt ein wenig Trost nötig. Carmens Verhöre konnten anstrengend sein.

Die Pizza war knusprig und so groß, dass sie über den Tellerrand hing, aber das konnte Elvis nicht beruhigen. »Sie hat so getan, als hielte sie mich für den Mörder!« Empört schob er den Teller von sich weg. »Mich. Nur weil ich was von Mode verstehe und von Küchen. Und weil ich an dem Abend mit der Enduro unterwegs war. Dabei war daran nur Vittorio schuld.« Er schüttelte seine schwarze Tolle in Erinnerung an dieses Missgeschick.

»Vittorio?«, fragte Elfriede und nahm einen Schluck vom Pinot Grigio.

»Er versteht sich einfach zu gut mit meiner Mutter, mein Ex«, sagte Elvis. »Wir haben schon vor ein paar Monaten Schluss gemacht, aber er hängt immer noch bei mir zu Hause rum, labert über die neuesten Frisuren und hilft meiner Mum beim Kochen. Das nervt mich ganz gewaltig. Und an diesem Abend hatte ich es einfach satt. Ich musste raus.«

»Das kann ich verstehen«, sagte Elfriede mit einem Schmunzeln. »Der Familienanschluss ermöglicht es deinem Ex-Lover also, weiter in deiner Nähe zu bleiben. Nicht jeder kann eine Trennung gut verarbeiten.« Sie dachte an Oliver. Ob es ihm gelingen würde? Jedenfalls lief er Pauline nicht nach.

»Sie hat mich regelrecht ins Kreuzverhör genommen, diese Kommissarin«, jammerte Elvis, »und das mitten in der Sauna. Es war so peinlich. Ich musste es abkürzen. Tut mir leid, Frau Schmittke!« Er schnitt ein Stück von seiner Pizza ab, ließ es aber achtlos liegen.

»Halb so schlimm«, antwortete Elfriede. »Es ist ja nicht illegal, als Detektivin einen Praktikanten zu haben. Und außerdem zählst du für mich nicht zu den Verdächtigen, auch wenn du kein hieb- und stichfestes Alibi hast. Ich sehe nämlich kein Motiv.«

»Habgier, Eifersucht, Perversion – für die Kommissarin war anscheinend alles möglich«, fuhr Elvis verschnupft fort. »Dabei hätte eher Damaschke all diese Gründe. Sie haben ja auch schon eine Hausdurchsuchung bei ihm gemacht. Ich verstehe sowieso nicht, weshalb der nicht längst hinter Gittern ist, nachdem, was ich über sein Alibi rausgefunden habe.« Er winkte dem Kellner. »Können Sie mir die Pizza bitte einpacken?«

»Was genau hast du denn herausgefunden?«, fragte Elfriede und versuchte, ihre Neugier nicht zu zeigen.

Elvis reichte seinen Teller dem Kellner. »Damaschke war in der Sauna, das stimmt«, sagte er. »Er ist von mehreren Zeugen gesehen worden. Ich hab ihn einfach heimlich mit meinem Handy fotografiert und den Leuten das Foto gezeigt. Sowohl der Bademeister als auch eine Putzfrau erinnern sich an ihn.«

»Dann hat er doch ein Alibi!«, warf Elfriede ein.

Elvis machte ein wichtiges Gesicht. »Ja, aber nur bis zehn Uhr«, sagte er. »Dann schließt nämlich die Aukamm-Sauna. Es war ja kein Wochenende. Und jetzt kommt es darauf an, wann genau der Mord passiert ist. Jedenfalls vor Mitternacht, wenn ich die Fragerei der Kommissarin richtig gedeutet habe. Ab Mitternacht war ich nämlich wieder zu Hause, das kann meine Mum bestätigen.« Er holte tief Luft: »Frau Schmittke, Damaschke ist der Mörder.«

Der Kellner brachte die verpackte Pizza.

»Gemach, gemach«, sagte Elfriede. »Trink wenigstens den Wein aus. Es wird keine Flucht- und Verdunklungsgefahr bestehen, alle wichtigen Zeugen sind vernommen und die Spuren gesichert. Da muss auch ein dringend Tatverdächtiger nicht ins Gefängnis. Du wirst deinen Chef also noch eine Weile im Küchenstudio ertragen müssen.«

»Oder auch nicht«, sagte Elvis mit einem süffisanten Lächeln. »So, wie der heute Morgen aussah, hat er noch ein paar andere Probleme.«

Elfriede setzte ihr Glas ab und blickte ihn scharf an. »Wieso?«

»Na, ein Veilchen zeugt ja nicht gerade von einer friedfertigen Auseinandersetzung«, sinnierte Elvis. »Hab schon überlegt, ob seine Frau das gewesen sein könnte.«

Elfriede dachte an Kolbes Gesicht mit dem zugeschwollenen Auge. »Das glaube ich nicht!«, sagte sie.

In der Hoffnung, Oliver zur Nahrungsaufnahme überreden zu können, hatte sie ihm seine Lieblingspizza mitgebracht.

»Thunfisch enthält Eiweiß. Proteine sind gut für den Muskelaufbau«, hatte er ihr einmal erklärt. Das war ungefähr zu der Zeit gewesen, als er anfing, sich ständig im Spiegel zu begutachten und stündlich den Sitz seiner Haare zu kontrollieren.

Zu Elfriedes Überraschung hockte er frisch geduscht mit seinem iPad im Wohnzimmer. Es schien ihm besser zu gehen.

»Wir sollten dir eine Homepage einrichten«, ließ er sie wissen. »Ohne Internetauftritt geht heutzutage gar nichts mehr.«

»Gute Idee! Wo ist denn Ingeborg?«, rief sie hinüber, während sie die Lasagne für ihre Tante auf den Küchentisch stellte.

»Kein Plan«, nuschelte Oliver. »Als ich aufgestanden bin, war sie schon weg. Wahrscheinlich mit Hugo spazieren.«

Herrje, Hugo. Sie musste es ihm endlich erzählen. Elfriede spürte, wie sich ihre Kehle zuzog. Er würde sie so hassen.

Sie schob die Pizza auf einen Teller und teilte sie in Dreiecke. Dann nahm sie eine Dose Cola aus dem Kühlschrank. Heute mussten die pädagogischen Bedenken hinter dem Überlebenswillen zurückstehen. Sie probte ein paar Mal, ihre Mundwinkel hinaufzuziehen, dann ging sie mit der improvisierten Mahlzeit hinüber ins Wohnzimmer.

»Hunger?«, fragte sie mit einer weichen Stimme, von der sie sofort wusste, dass sie falsch klang. Sie stellte Teller und Dose vor ihren Sohn auf den Couchtisch.

Oliver runzelte die Stirn und sah sie mit zusammengekniffenen Augen an. »Is was?«

»Ach, nun ja«, meinte Elfriede und schob die Ordner und Zettel, die er um sich ausgebreitet hatte, zur Seite. Sie hockte sich neben ihn. Jetzt musste sie mit der Wahrheit herausrücken. »Also, es ist so …«, begann sie. Sie senkte den Kopf, bemüht, die richtigen Worte zu finden. Beklommen schaute sie auf die Zettel, die sie immer noch in der Hand hielt. Es dauerte einen Moment, bevor sie begriff, worum es sich handelte. »Sag mal, spinnst du?«, fuhr sie ihren Sohn an. Empört sprang sie auf und klaubte die ganzen Papiere vom Sofa. Wütend stopfte sie die Unterlagen in ihre Aktenmappe, die geöffnet neben der Couch stand. »Wie kommst du dazu, meine Ordner zu durchwühlen? Ich glaube, es hakt!«

Oliver zeigte sich von ihrer heftigen Reaktion unbeeindruckt. Mit einem Plopp öffnete er die Coladose und nahm einen großen Schluck. »Jetzt komm mal wieder runter«, meinte er. »Irgendwie muss ich mich schließlich ablenken. Zum Gedichteschreiben bin ich nicht der Typ.«

»Ach, und da meinst du, du kannst einfach so ein bisschen in meinem Fall rumkramen?« Elfriede war stinksauer.

»Mhm«, kommentierte Oliver das Stück Pizza, das er sich in den Mund geschoben hatte. »Hat sich ja gelohnt«, murmelte er mit vollem Mund. »Guck mal!« Er schob ihr das iPad rüber.

Die Neugier siegte. Elfriede nahm ihm das Teil ab und betrachtete das Foto auf dem Display. Es war schon älter, wie ihr ein Blick auf den Website-Titel zeigte. Ein Archivbild. Abgebildet war eine Studentengruppe, die AStA-Vertretung der Uni Hamburg im Jahre 1999. In der Mitte stand eine junge Frau mit vorgerecktem Kinn. Ihre langen roten Haare fielen in Locken über die Schulter. Das war klar erkennbar die junge Natalya Kolbe. Interessant aber war der große junge Mann, der neben ihr stand. Eine andere Brille, ein anderer Haarschnitt, aber das war eindeutig Julius Weber. Die beiden kannten sich.

»Schau dir auch die nächste Seite an«, sagte Oliver. »Ich bin ein echter Recherche-Freak!«

Elfriede verschob das Display. Oliver hatte einen alten Zeitungsartikel ausgegraben.

Verdächtiger verhaftet, stand da. *Gestern in den frühen Morgenstunden gelang es der Hamburger Kriminalpolizei, den der Industriespionage und Erpressung verdächtigen Julius W. (24) zu verhaften. W., der sich selbst gern als Pentester (penetrating tester) bezeichnet, hatte sich eigenwillig und ohne Auftrag in das Computersystem des Rüstungskonzerns Schröter & Bloch gehackt und erhebliche Sicherheitslücken entdeckt. Anonym bot er daraufhin dem Konzern an, gegen eine Zahlung in Millionenhöhe diese Sicherheitslücken nicht nur aufzuzeigen, sondern auch zu schließen. Mit dieser Forderung, die den Tatbestand der persönlichen Bereicherung erfüllt, machte er sich zusätzlich strafbar. Schröter & Bloch erstatteten sofort Anzeige. Ein Hinweis aus dem Bekanntenkreis des Verdächtigen führte recht schnell zur Ergreifung von W. Mit einer beträchtlichen Belohnung zeigte sich der Konzern bei der Zeugin Natalya P. erkenntlich Der Computer-Club Coha hat sich öffentlich von Julius W. distanziert.*

»Was zum Teufel …«, murmelte Elfriede. Sie wusste nicht, was diese Information für sie und den Fall bedeutete, aber sie spürte, dass Oliver etwas Wichtiges gefunden hatte. Ihr Ärger über ihn war verflogen. »Du bist ein Genie, mein Sohn«, meinte sie und küsste ihn auf die Wange.

Er grinste nur. »Ich weiß!«

Das Telefon klingelte und Oliver ging dran.

»Nachrichtenbeschaffungsbüro Schmittke«, flachste er in den Hörer, bevor er ihn an seine Mutter weiterreichte. »Carmen.«

»Elfriede?« Carmens Stimme klang seltsam ernst. »Du musst sofort hier aufschlagen. Wir haben Ingeborg verhaftet.«

Das erste Polizeirevier lag in der Bertramstraße in Wiesbaden.

»Die Kollegen waren so freundlich, mich zu informieren, als Ingeborg nach mir verlangte«, erklärte Carmen, nachdem sie Elfriede in einen Vernehmungsraum geführt hatte. »Sie weigerte sich, Auskunft über ihre Person zu geben. Bis zu meiner Ankunft nannte sie sich nur Zwerg siebzehn.« Carmen machte eine ausholende Armbewegung zur Mitte des Raums hin. »Schau dir das an!«

Ratlos betrachtete Elfriede die Dinge auf dem Tisch vor ihr. Eine Harke, eine Schaufel, Handschuhe und ein Beutel mit Blumenzwiebeln. *Bunter Sommerzauber* stand auf dem Etikett. Daneben ein kleines Säckchen mit braunen Kugeln, ähnlich der, die Elfriede in Ingeborgs Backofen gesehen hatte.

»Samenbomben«, meinte Carmen.

»Samenbomben?« Elfriede verstand nur Bahnhof.

Carmen konnte sich ein Schmunzeln nicht verkneifen. »Ja, meine Liebe, du musst wohl damit leben, dass du eine Gartenpartisanin in deiner Familie hast. Ingeborg gehört zu den Guerilla Gardeners.«

Die Erklärung half Elfriede nicht wirklich weiter. Guerilla Gardeners? Hatte sie nicht letztens darüber gelesen, als sie in Frankfurt war? Diese Leute, die brachliegende Verkehrsinseln und Seitenstreifen in Blumenwiesen und Gemüsefelder verwandelten?

»Diese Kugeln sind eine Mischung aus Erde, Ton und Samen. Die kann man einfach über Zäune werfen oder beim Spaziergang unauffällig fallen lassen«, erklärte Carmen.

»Du meinst, Ingeborg besamt die Gegend?« Elfriede war immer noch völlig perplex.

»Yes. Sie und ihre Gruppe, wir haben sie alle erst mal zur Feststellung ihrer Personalien mitgenommen. Normalerweise schauen wir ja bei so was weg, obwohl das oft einen Straftatbestand erfüllt.

Aber diesmal hat man sie auf einem Privatgrundstück erwischt und der Besitzer erstattet Anzeige wegen Sachbeschädigung.«

»Sachbeschädigung? Wegen der paar Blumenzwiebeln?«

»Nun ja«, meinte Carmen, »das ist wohl einer von der humorlosen Sorte. Nichtsdestotrotz ist er im Recht.« Sie griff zum Telefon. »Bringen Sie sie rauf«, bat sie jemanden am anderen Ende der Leitung.

Elfriede schüttelte den Kopf. »Von wegen Verehrer«, meinte sie. »Warum kann sie sich nicht ein Hobby suchen, das zu ihrem Alter passt? Töpfern oder Malen oder Häkeln? Aber nein, entweder sie pfuscht in meinen Fällen rum oder sie schleicht nachts durch die Gegend, um anderen Leuten ihre Idee von Landschaftsgestaltung aufzudrängen.«

Carmen grinste mittlerweile über das ganze Gesicht. »Ich finde, diese heimliche Bepflanzung passt wunderbar zu Ingeborg. Ich hatte sie schon immer in Verdacht, eine Portion krimineller Energie in sich zu tragen.«

»Spinnst du? Ingeborg ist doch nicht kriminell. Ein bisschen verwirrt vielleicht –« Elfriede unterbrach sich. Ingeborg mochte alles sein, aber verwirrt war sie sicher nicht. Im tiefsten Inneren zollte sie ihrer Tante sogar Respekt. Ihr gefiel die Idee, auf öffentlichen Grünflächen Kartoffeln zu ernten oder auf einem Verkehrskreisel von einem bunten Sommerzauber erfreut zu werden.

»Übrigens«, sagte Carmen. »Um dir auch was Positives mitzuteilen: Wir haben Pauli freigelassen.«

»Ach? Wie kommt's?«, fragte Elfriede erstaunt.

»Dieser Schorsch ist aufgetaucht. Man hat ihn beim Schwarzfahren in der Bahn aufgegriffen. Jedenfalls hat er Paulis Aussagen bestätigt. Die beiden waren schon in der Nacht vorher zusammen und haben sich dabei wohl gehörig die Kante gegeben.«

Als es klopfte, stand Carmen auf. Sie öffnete die Tür und ein Beamter in Uniform führte eine sichtlich kleinlaute Tante

Ingeborg herein. Sprachlos starrte Elfriede sie an. Die braune Latzhose kannte sie ja schon. Dazu trug Ingeborg gelbe Gummistiefel und einen schwarzen Rollkragenpulli. Auf dem Kopf aber saß eine orangefarbene Mütze, an die kleine Zweige und Blumen genäht waren, eine Efeuranke hing Ingeborg in die Stirn. Zwerg siebzehn. Elfriede starrte sie an, dann wanderte ihr Blick zu Carmen. Sie sah das verräterische Zucken in den Mundwinkeln der Freundin. Im nächsten Moment brachen sie beide in schallendes Gelächter aus.

»Wer hat von meinem Tellerchen gegessen und wer hat aus meinem Becherchen getrunken?«, prustete Elfriede, die sich an Ingeborgs Tarnkleidung nicht sattsehen konnte. »Du bist in jedem Fall der unspießigste Gartenzwerg, den ich je gesehen habe.«

Sie waren auf der Rückfahrt von Wiesbaden nach Lorsbach. Es war spät geworden, bis sie auf dem Polizeirevier alle Formalitäten erledigt hatten. Ingeborg hatte darauf bestanden, sich noch einmal mit ihren Mitstreiterinnen zu beraten. Im Fond des Fiesta saß Hannelore, genauer gesagt, Zwerg zwölf. Auf ihrer Brust baumelte ein weißer Bart.

Ingeborg war noch immer verschnupft. »Nur weil ich ehrenamtlich im ökologischen Bereich arbeite, musst du dich nicht über mich lustig machen, Elfriede«, protestierte sie. »Außerdem war das eine politische Aktion. Sonst hätten sie uns ja gar nicht erwischt.«

»Genau.« Hannelore mischte sich vom Rücksitz aus ein. »Normalerweise arbeiten wir nachts. Diesmal aber wollten wir ein Zeichen setzen vor diesem verwahrlosten Fabrikgebäude und mit Passanten ins Gespräch kommen.«

Elfriede warf ihr über den Rückspiegel einen belustigten Blick zu. »Was habt ihr überhaupt ausgesät bei der Hitze?«, fragte sie.

»Ringelblume, Mohn, Malve, Perserklee, Johanniskraut«, antwortete Tante Ingeborg wie aus der Pistole geschossen. »Außerdem

Topinambur. Die Knolle ist unverwüstlich. Irgendwas wird da schon wachsen.«

»Zunächst habt ihr jetzt mal eine Anzeige wegen Hausfriedensbruchs geerntet«, sagte Elfriede und steuert den Hang von Langenhain hinunter. »Aber Carmen meint, das wird wohl nicht so schlimm werden.«

»Pfff«, machte Tante Ingeborg, »dafür haben wir einen Fond. Das ist uns die Sache wert. Wir erobern uns die Stadt zurück. Mit dummen Fragen fängt jede Revolution an, sagt Beuys.«

Elfriede bog in die Bornstraße ein und schaltete den Motor aus. »Du willst tatsächlich weitermachen?«, fragte sie fassungslos.

»Aber natürlich«, sagte Tante Ingeborg und schritt hocherhobenen Hauptes auf die Eingangstür zu. Die öffnete sich, bevor sie aufschließen konnte. Oliver stand mit weit aufgerissenen Augen im Türrahmen. Im nächsten Moment ließ er sich auf die Fußmatte fallen und hielt sich den Bauch vor Lachen.

Elfriede konnte nicht schlafen, trotz Rotwein. Ein paar Gläser hatten sie alle zusammen noch getrunken und über Sinn und Unsinn von Guerilla-Aktionen und Beuys' Verständnis der Natur diskutiert. Oliver unterstützte seine Lieblingstante nach Kräften. Er fand sie ausgesprochen modern. »Sie ist eine Lohas«, erklärte er seiner Mutter, die ihre Tante bisher eher bei den Heinzelmännchen eingeordnet hatte. Elfriede verstand nichts und musste sich belehren lassen, dass dies die Abkürzung von Lifestyle of Health and Sustainability war, einer Lebensweise, der laut Oliver inzwischen mehr als ein Drittel der Bevölkerung der westlichen Welt zuneigte. Er hatte ein so leidenschaftliches Plädoyer für die Nachhaltigkeit gehalten, dass ihm gar nicht aufgefallen war, dass Hugo fehlte. Elfriede hatte an diesem Abend nicht mehr die Kraft, ihm den Verlust des Hundes zu beichten. Sie freute sich, dass Oliver sich von seinem Liebeskummer zu erholen schien.

Als sie in ihrem Bett lag, gingen ihr andere Gedanken durch den Kopf. Sie war bisher kaum dazu gekommen, die neuen Erkenntnisse in ihrem Fall zu sortieren. Pauli war aus der Haft entlassen worden, Gott sei Dank. Sie hatte ihn nie für den Täter gehalten. Elvis hatte kein Alibi, aber bei ihm war sie genauso sicher, dass er mit dem Mord nichts zu tun hatte. Blieb also wieder einmal Damaschke. Damaschke konnte ebenso wenig ein sicheres Alibi vorweisen. Die Leiche wurde in einer seiner Kühltruhen gefunden. Er hatte gelogen und abgestritten, dass Natalya Kolbe als Kundin häufig in seinen Laden gekommen war. Es sprach einiges dafür, dass der gutaussehende Küchenstudio-Chef mit der rothaarigen Bankerin ein Verhältnis gehabt hatte. Offensichtlich war die Polizei auf der gleichen Spur, sonst hätte sicher keine Hausdurchsuchung bei Damaschke stattgefunden.

Elfriede wälzte sich auf die andere Seite. Andererseits war da Olivers Entdeckung.

Natalya und Weber kannten sich aus der Studienzeit. Also hatte auch Weber, der Werbefachmann, gelogen. Elfriede konnte sich kaum vorstellen, dass er Natalya nicht erkannt hatte. Sie war eine auffallend schöne Frau und hatte sich kaum verändert in all den Jahren. Sollte sie Viola davon erzählen? Vielleicht hatte die als Journalistin Zugang zu Archiven, die mehr Aufschluss über Webers und Natalya Kolbes Vergangenheit gäben. Zudem hatte Weber offensichtlich durch Natalya Schaden erlitten. Aber all das war lange her und taugte sicher nicht als Motiv für einen Mord.

Seufzend setzte sich Elfriede auf und schloss das Fenster, um das Geschepper des Güterzugs auszusperren. Es war unerträglich heiß. So würde das mit dem Schlafen nichts werden. Sie beschloss, eine Runde durch das nächtliche Lorsbach zu drehen, um frische Luft zu schöpfen, ihre Gedanken zu sortieren und zur Ruhe zu kommen.

Es war zwei Uhr nachts. Im Dorf war es still um diese Zeit. Die Linde hatte ihre letzten Gäste verabschiedet und die Türen zugesperrt. Nur im Haus gegenüber der Gastwirtschaft flackerte noch das blaue Licht eines Fernsehers. Elfriede vermutete, dass der Mieter Vulpius mal wieder vor einem Krimi auf dem Sofa eingeschlafen war. Sie ließ den Zimmerplatz links liegen.

Was bedeutete es, dass Weber und Natalya sich von früher kannten?

War es Zufall, dass sowohl Kolbe als auch Damaschke ein blaues Auge hatten?

Elfriede schien es, als fehlte ihr nur noch ein kleines Stück, um das Puzzle ihres Falls zusammenzufügen. Sollte sie Carmen davon erzählen?

Die sechseckigen, gusseisernen Straßenlaternen warfen ihr gelbes Licht auf die Straße. Hinter der Naspa bog sie in die Kirchstraße ein und grübelte weiter.

Frau Damaschke war auf dem Friedhof gewesen. Wusste sie davon, dass ihr Mann zum Mörder geworden war? Hatte Damaschke sie eingeweiht? Wollte sie deshalb an Natalyas Grab Abbitte leisten?

Ihren Gedanken nachhängend, war Elfriede bis an den Waldrand gelaufen. Dunkel ragte der Felsen auf der linken Seite empor. Auf der rechten Seite hörte sie den Schwarzbach rauschen. Sie sollte umdrehen. Mitten in der Nacht war dies kein heimeliger Platz.

»Bleiben Sie stehen!« Elfriede fuhr der Schreck in die Glieder. Sie wandte kurz den Kopf um.

Ein Mann in einem beigefarbenen Trenchcoat war ihr gefolgt. Sie beschleunigte. Aber geradeaus führte der Weg nur weiter in den Wald hinein. Wollte sie wirklich dort hineinlaufen?

Hinter sich hörte sie die Schritte näher kommen. Elfriede zwang sich, ruhig zu atmen, obwohl ihr Herz wie wild klopfte. Zu dieser nachtschlafenden Zeit würde ihr im Lorsbacher Wald wohl kaum einer zu Hilfe kommen. Elektroschocker und Reizspray hatte sie zu Hause gelassen.

Sie war auf sich gestellt.

»Warten Sie!«, drängte der Mann. Elfriede ging langsamer, wandte sich aber nicht mehr um. Sie musste den Verfolger in Sicherheit wiegen, ihn näher an sich rankommen lassen. Erst dann konnte sie handeln. Als sie seinen Atem in ihrem Nacken spürte, wusste sie, dass der richtige Zeitpunkt gekommen war.

Mit einem Ruck drehte sie sich um, zog das Knie hoch und traf den Mann zwischen den Beinen. Bevor er sich aufrichten konnte, hatte sie seinen Kopf in den Schwitzkasten genommen.

»Ganz ruhig«, sagte sie, »dann muss ich dir nicht wehtun!«

Der Mann machte keine Anstalten zur Gegenwehr. Er stöhnte. Elfriede hütete sich, ihren Griff zu lockern. Aber sie zog mit der anderen Hand ihr Handy aus der Hosentasche, um ihm ins Gesicht zu leuchten. Ihr Herz setzte einen Moment aus.

Das konnte doch gar nicht sein.

»Bitte!« Damaschke keuchte unter ihrem Griff. »Ich will Ihnen nichts tun, Frau Schmittke. Es ist nicht so, wie es aussieht. Ich brauche Hilfe!«

Im gleichen Moment raste ein schwarzer Schatten aus dem Wald. Elfriede hörte das Keuchen, betete, dass es kein Keiler war, und blieb mit Damaschke ruhig stehen. Hier im Wald waren viele Wildschweine unterwegs und sie hatte bei ihren Spaziergängen mit Hugo schon manche brenzlige Situation erlebt. Die schwarze Bestie raste auf sie zu, stoppte und verbiss sich in Damaschkes Sommerhose. Elfriede erschrak, dann aber machte ihr Herz vor Freude einen Satz.

»Hugo!«

Der Hund knurrte und zerrte an Damaschkes Klamotten, Geifer lief ihm aus dem Maul. Elfriede lockerte ihren Griff. Der Entlebucher würde den Mann schon in Schach halten. Damaschke machte einen verängstigten Eindruck. Sein Gesicht sah tatsächlich zerschunden aus, soweit sie das in der Dunkelheit einschätzen konnte.

»Was machen Sie hier?«, herrschte Elfriede ihn an.

»Können Sie den Hund bitte zurückpfeifen?«, bettelte Damaschke. Elfriede gab Hugo ein Zeichen. Er ließ von der Hose ab, setzte sich aber aufrecht und mit gespitzten Ohren dicht vor Damaschke hin und knurrte.

»Ich wusste mir anders nicht mehr zu helfen«, sagte Damaschke und rieb sein Bein. »Er hat mir verboten, die Polizei einzuschalten. Aber ich habe das Gefühl, dass es auf jede Stunde ankommt.«

Elfriede verstand gar nichts. Aber ihr wurde plötzlich wieder bewusst, dass sie sich mit einem potentiellen Mörder nachts allein im Wald befand. »Klartext!«, forderte sie. »Oder Hugo macht Ihnen Beine!«

Damaschke hob beide Hände in die Luft, als wolle er sich ergeben. »Es geht um meine Frau«, stammelte er. »Sie wird festgehalten. Um mich zu erpressen.«

Elfriede brauchte eine Weile, bis sie den Satz verstanden hatte. Sie blickte nachdenklich auf Hugo hinunter, der noch immer wachsam vor Damaschke saß. Dann traf sie eine Entscheidung. »Wir gehen jetzt ganz langsam vor bis zu meinem Auto«, sagte sie. »Dort werde ich Ihnen Handschellen anlegen. Und Sie erzählen mir alles von Anfang an.«

Sie hätte eigentlich selbst drauf kommen können. Das Geld der »Straßenkatzen« war weg und einer war ganz besonders dahinter her: Adrian.

Damaschke berichtete, wie ein muskelbepackter Kerl mit einem Kumpel bei ihm im Küchenstudio aufgetaucht war. Er, Damaschke, habe zunächst an einen Raubüberfall geglaubt und den beiden den Kasseninhalt angeboten, an diesem Abend waren rund 2000 Euro darin.

»Der Kerl schlug sofort zu«, jammerte Damaschke. »Mit Almosen wollte er sich nicht abspeisen lassen. Ich habe überhaupt keine

Ahnung, was er von mir will.« Er verknotete die Hände auf seinem Schoß, was mit den Handschellen schwierig war.

»Und dann?«, fragte Elfriede.

»Ich bekam noch ein, zwei Schläge ins Gesicht, angeblich, damit meine Erinnerung zurückkehrt«, sagte Damaschke. »Dann verschwanden die beiden. ›Wenn die Kohle nicht bis heute Abend da ist, hörst du von uns‹, sagte der Dickere noch.« Damaschke hob seine Hände und ließ sie hilflos wieder fallen. Hugo steuerte von der Rückbank ein leises Grollen bei.

»Warum haben Sie nicht die Polizei gerufen?«, fragte Elfriede.

Damaschke blickte sie schräg an. »Das fragen Sie mich jetzt nicht ernsthaft, oder?«

Elfriede konnte ihn sogar verstehen.

»Was mich betrifft, ich kann solche Drohungen aushalten«, fuhr Damaschke fort. »Bei mir ist nicht viel zu holen. Aber heute kam Susanne nicht nach Hause.«

»Ihre Frau?«, fragte Elfriede nach.

Damaschke nickte. »Sie ist sonst sehr zuverlässig. Ich wusste sofort, dass etwas passiert ist.«

Ein Auto fuhr die Bornstraße entlang und der Fahrer schaute neugierig in den Fiesta. Elfriede verfluchte sich, dass sie unter einer Straßenlaterne geparkt hatte.

»Und vor einer Stunde hat dann jemand einen Umschlag unter der Tür durchschoben«, sagte Damaschke. »Wenn ich das Geld nicht herbeischaffe, würde ich Susanne nicht lebend wiedersehen.«

Elfriede überlegte. War das nun erfunden oder wirklich passiert? Was für ein Interesse könnte Damaschke haben, ihr mitten in der Nacht eine Räuberpistole aufzutischen?

Sie drehte sich zu ihm. »Warum kommen Sie zu mir?«

Damaschke schaute sie aus seinem zugeschwollenen Auge an und sie fühlte eine Spur von Mitleid in sich. Schnell drückte sie das Gefühl weg.

»Ich dachte, Sie könnten mir helfen. Sie sind doch Detektivin.«

»Das schon, aber bisher hatte ich keine Mordverdächtigen als Klienten«, gab Elfriede zurück.

»Ich bin kein Mörder«, sagte Damaschke leise. »Nur ein Mann, der Angst um seine Frau hat. Ich bezahle Sie gut.«

Elfriede zögerte. Sie war in den Fall sowieso schon mehr verwickelt, als sie geplant hatte. Aber Entführung? Wollte sie sich jetzt auch noch damit befassen? Das war eindeutig Sache der Polizei. Eindeutig.

»Gehen Sie zur Polizei!«, sagte sie zu Damaschke.

Der senkte den Kopf. »Das ist das Todesurteil für meine Frau«, flüsterte er. »Und Sie wissen das. Ich dachte immer, Ihnen ging es um die Wahrheit.«

Elfriede spürte, wie ihr Widerstand nachließ. »Wahrheit? Das sagen ausgerechnet Sie?«

10

Ihr Schädel hämmerte. Kopfschmerzen. Zu wenig Schlaf, zu viel Rotwein, zu viele Probleme, diagnostizierte sie. Sie hatte Damaschke nach Hause geschickt und den Rest der Nacht auf dem Sofa gehockt, hin und her überlegt, was sie denn jetzt tun sollte. Sie war sich ziemlich sicher, dass es sich bei dem Entführer um Adrian handelte, die Personenbeschreibung war recht eindeutig gewesen. Und wenn es Adrian war, dann war auch klar, welches Geld er suchte. Das der »Straßenkatzen«. Aber wieso ging er damit zu Damaschke? Wusste er etwas, mit dem Damaschke nicht herausgerückt war? Glaubte er, dass seine Schwester und der Küchenverkäufer gemeinsame Sache gemacht hatten? Aber wie hätten sie das anstellen sollen?

Elfriede kam nicht weiter. Wie auch immer, das war eine Nummer zu groß für sie. Das Leben von Frau Damaschke stand auf dem Spiel und sie hatte keine Ahnung, wo sie nach Adrian und dem Entführungsopfer hätte suchen sollen. Gegen vier Uhr nachts hatte sie darum Carmen angerufen, um sie auf den neuesten Stand zu bringen. Sie fühlte sich nicht zur Verschwiegenheit verpflichtet, sie hatte Damaschkes Auftrag nicht angenommen.

»Es war richtig von dir, mich zu informieren«, meinte ihre Freundin. »Ich werde sofort eine Fahndung nach diesem Adrian herausgeben. Wir werden auch Kontakt mit Damaschke aufnehmen, keine Sorge, wir gehen vorsichtig vor. Unsere Leute sind da erfahren.«

Elfriede war nach dem Telefonat auf dem Sofa eingenickt, eigentlich erleichtert, dennoch hatte sie in diesem Dämmerzustand das Gefühl, von schlechten Träumen geplagt zu werden. Etwas Schweres legte sich auf sie, drückte sie nieder und nahm ihr den Atem. Mit einem kleinen Aufschrei fuhr sie schließlich hoch und erschreckte damit Hugo, der zu ihr aufs Sofa geklettert war und es sich auf ihrem Bauch gemütlich gemacht hatte. Mit einem Schnaufer sprang er von der Couch und sah sie aus großen Augen an.

»Guter Junge«, murmelte Elfriede und kraulte ihn zwischen den Ohren. »Du bist genau zum richtigen Zeitpunkt wieder aufgetaucht.« Sie stand auf und ging in die Küche. »Na komm, du bist doch sicher völlig ausgehungert.«

Das galt auch für sie selbst, wie sie mit Erstaunen feststellte. »Adrenalinschub«, dachte sie, »das macht hungrig.« Dank Ingeborg hatte sie seit Langem nicht mehr in der Küche gewerkelt, aber jetzt bereitete sie sich in aller Ruhe Kaffee, Spiegeleier und Toast zu und machte es sich damit am Esstisch gemütlich.

»Das war es ja dann wohl«, dachte sie. »Ich habe nichts mehr mit dem Fall zu tun.« Pauli war aus der Schusslinie, Bodo wohl ebenfalls. Adrian hatte sich als Kerl mit erheblicher krimineller Energie entpuppt und alles deutete darauf hin, dass Damaschke in den ganzen Vorfall verwickelt und höchstwahrscheinlich der Mörder war. Sein Motiv vermutete Elfriede in seiner Beziehung zu seiner reichen Frau, wahrscheinlich hatte er Angst vor Entdeckung. Andererseits … wenn er tatsächlich zusammen mit Natalya das Konto leer geräumt hatte, wie Adrian vermutete und wie auch immer er das angestellt haben sollte, dann bestand für Damaschke auch keine Abhängigkeit mehr vom Geld seiner Frau. Elfriede rührte ratlos in ihrem Kaffee.

Schließlich fasste sie einen Entschluss.

»Weißt du«, sagte sie zu Hugo, »die Jagd nach Adrian überlassen wir mal Carmen. Aber das eine oder andere muss ich noch klären. Ich mag nämlich keine losen Enden.«

Es war kurz nach acht, als sie auf den Parkplatz fuhr. Hugo hatte sie mitgenommen, sein Einsatz in der vergangenen Nacht hatte sie von seinen Qualitäten als Wachhund überzeugt. Vielleicht würde sie ihn ja brauchen.

Sie wollte ihn gerade aus dem Wagen lassen, als sich ihr eine Hand auf die Schulter legte. Erschrocken fuhr sie herum.

»Zwei Doofe, ein Gedanke«, lachte Elvis sie an. Seine Laune schien sich erheblich gebessert zu haben.

»Wer ist hier doof?«, brummte Elfriede und ließ Hugo aus dem Wagen. Mit einem großen Sprung landete er vor Elvis und hechelte diesen erfreut an. Dieser Hund schien Menschenkenntnis zu besitzen. Erst jetzt bemerkte Elfriede den pickligen Rotschopf, der am Rand des Parkplatzes stand und zu ihnen hinübersah.

»Im Zweifelsfall immer der, der fragt«, antwortete Elvis derweil frech. »Aber im Ernst, wir wollten Sie gerade anrufen.«

»Hast du nichts zu tun?«, fragte Elfriede und warf einen Blick über seine Schulter auf das Küchenstudio.

»Nö, der Chef hat angerufen und gesagt, ich soll vorübergehend schließen. Scheint mächtig beschäftigt zu sein.«

Elfriede zögerte einen Moment. »Was soll's, er ist schließlich mein Praktikant«, dachte sie. »Es kann nicht schaden, wenn er erfährt, dass dieser Job durchaus seine bedrohlichen Seiten hat.«

»Man hat seine Frau entführt«, meinte sie schließlich. »Aber das ist vertraulich«, fügte sie warnend hinzu.

»Hammer!« Elvis schien wirklich geschockt. »Wer denn? Und wieso?«

»Ich nehme an, es ist Adrian. Das Wieso ist jetzt zu kompliziert zu erklären.«

»Die arme Frau Damaschke«, schüttelte Elvis betrübt den Kopf. »Sie kann zwar eine richtige Zicke sein, aber das hat sie nicht verdient.«

»So etwas hat niemand verdient«, meinte Elfriede. »Was wolltest du mir denn so dringend sagen?«

Elvis schien noch einen Moment zu brauchen, um die Nachricht zu verdauen. Aber dann sprudelte er los, Eifer und Begeisterung waren seiner Stimme anzuhören. »Das war so. Als der Boss meinte, ich solle zumachen, dachte ich, ich hab ja jetzt Zeit. Kann ich doch mal rüber zu meinem Kumpel Benni. Sie wissen schon, der Lehrling drüben bei Attermann, dem Autohaus.« Elvis drehte sich um und winkte den jungen Mann, der sich keinen Millimeter vom Platz gerührt hatte, herbei. Er packte ihn bei den Schultern und schob ihn vor Elfriede. »So, Benni, jetzt erzähl meiner Chefin noch mal, was du mir erzählt hast«, befahl er.

»Chefin? Wieso Chefin?«, fragte Benni irritiert. »Bist du nicht mehr bei Damaschke?«

»Das erklär ich dir später. Ich führe sozusagen ein Doppelleben. Jetzt erzähl erst mal!«

Benni kratzte sich am Kopf. Er schien nicht überzeugt, dass das eine gute Idee war. Aber nach einem weiteren Schulterschubser von Elvis legte er los. »Also, die Kameraaufnahme vom Hof, also die von der Nacht, in der die Frau ermordet wurde … die hab ich bei mir daheim. Auf Kassette.«

»Was?« Elfriede konnte nicht sofort einordnen, was er da sagte. Dann erinnerte sie sich an Elvis' Befragungen in der Nachbarschaft. »Hieß es nicht, du hättest vergessen, die Kamera einzuschalten?«

»Doch«, druckste der junge Mann und trippelte von einem Fuß auf den anderen. »Hab ich aber nicht, bin ja nicht blöd. Nur, beim Wegfahren abends, da hab ich aus Versehen mit dem Fahrrad einen der Wagen auf dem Hof geschrammt. Mein Chef hätte mich 'nen Kopf kürzer gemacht, wenn er rausgefunden hätte, dass der Kratzer von mir stammt. Aber das Vertuschen war leicht, wir haben noch so ein altes Analogsystem, der Attermann ist da voll altmodisch.«

»Nur Aufzeichnung auf Kassette, keine Übertragung auf PC«, fügte Elvis erklärend hinzu.

»Jedenfalls war ich morgens der Erste«, fuhr Benni fort. »Und da hab ich halt schnell die Kassette in meinen Rucksack gepackt und das Gerät ausgestellt. Gab zwar trotzdem 'nen Anschiss, als ich meinte, ich hätte es vergessen. Aber immer noch besser, als wenn er die Aufnahme gesehen hätte. Ich bin da voll krass zu erkennen.« Benni versuchte ein schräges Lächeln.

»Ich muss diese Aufnahme unbedingt sehen.« Elfriede merkte, dass ihrer Stimme die Aufregung anzuhören war. Das war doch endlich mal was Handfestes.

»Ja, okay«, meinte Benni, »aber ich hab sie mir ja schon angesehen. Da ist nichts drauf. Also drauf ist schon was, der Hof und auch so ein Teil vom Parkplatz und ich halt. Aber keine Toten oder Typen mit Axt oder Blut oder so.«

»Trotzdem«, antwortete Elfriede bestimmt. »Du könntest etwas übersehen haben.«

»Wir holen sie in Bennis Mittagspause«, mischte Elvis sich ein, »und bringen Sie dann zu Ihnen ins Büro.«

»Besser zu mir nach Hause.« Sie warf einen Blick auf die Uhr. »Im Büro kann ich sie nicht abspielen.«

Benni nickte und trottete in Richtung Werkstatt davon. Nach ein paar Schritten drehte er sich noch einmal um. »Aber sagen Sie bitte meinem Chef nichts!«

»Keine Sorge«, rief Elvis ihm nach. »Das ist Geheimsache.«

»Das kannst du ihm nicht versprechen«, meinte Elfriede, als Benni außer Hörweite war. »Unter Umständen ist das wichtiges Beweismaterial, dann bekommt Attermann es eh zu wissen. Wenn du ein guter Freund bist, dann überrede ihn lieber, seinem Chef reinen Wein einzuschenken. Vielleicht beeindruckt ihn ja ein Geständnis.«

»Wie Sie meinen, Boss!« Elvis salutierte. »Aber jetzt muss ich los, ich hab da nämlich eine Idee.«

»Fahr vorsichtig!«, hatte sie ihm noch nachgerufen. Einmal Mutter, immer Mutter – es war zum Haareraufen. »›Mach keinen Blödsinn‹ hätte ich auch noch sagen können«, dachte sie und rollte mit den Augen. Wenn sie an die täglichen Mahnungen Ingeborgs dachte, musste sie wohl akzeptieren, dass das nie aufhören würde. Und Ingeborg war nur eine Tante, wie nervig waren dagegen wohl Mütter.

Julius Weber stand in der Tür zum Hinterzimmer und schien ebenfalls mit den Augen zu rollen, als sie seinen Laden betrat und Hugo anwies, sich neben den Sessel zu legen.

»Sie schon wieder? Wollen Sie einen Abgleich vom Bonbonpapier nehmen?«

»Sparen Sie sich Ihre Witze für die Werbeslogans.« Elfriede blieb ganz ruhig, schob sich aber neben ihn in den Türdurchgang. Neugierig spähte sie auf die Tische im Zimmer hinter ihm. Mehrere Bildschirme, ein Lötkolben, Platinen in entsprechenden Haltern und ein elektronisches Messgerät waren zu sehen. »Interessantes Werkzeug benutzen Sie. Braucht man das, wenn man Kampagnen für Küchenhäuser entwickelt?« Sie war nicht wirklich überrascht.

»Ich setze mich halt gern kreativ mit der Technik auseinander, die ich benutze.« Der ironische Unterton in seiner Stimme war nicht zu überhören.

»Was ist das?«, fragte Elfriede und zeigte auf das Messgerät.

»Mein Scope hier?« Seine Belustigung schien noch zuzunehmen. »Liebe Frau Schmittke, ich will Ihnen ja nicht zu nahetreten, aber ich bezweifle, dass Sie auch nur ansatzweise das physikalische Grundwissen haben, um eventuelle Erklärungen meinerseits zu diesem Oszilloskop zu verstehen.« Er machte eine einladende Handbewegung in Richtung der Sessel im Empfangsraum. »Darf ich Ihnen stattdessen eine Tasse Kaffee anbieten?«

»Kein Kaffee, danke.« Elfriede hockte sich auf die Vorderkante des Sessels. »Darf ich Ihnen stattdessen ein paar Fragen stellen?«

»Tun Sie das nicht immer?« Julius Weber setzte sich lässig in den Sessel ihr gegenüber und schlug die Beine übereinander.

»Ich glaube«, sagte Elfriede und hielt ihm ihr Handy entgegen, auf dem sie den Zeitungsartikel von Webers Verhaftung abgespeichert hatte, »es ist Zeit, dass wir in eine neue Phase des Dialogs treten.«

Weber schien nicht im Mindesten überrascht. »Kompliment«, meinte er nur. »Ich hatte mit mir selbst eine Wette abgeschlossen, wer wohl zuerst diese alten Kamellen ausgräbt, Sie oder die Polizei. Sie haben leider verloren.«

Für einen kurzen Moment war Elfriede gekränkt. Carmen hatte ihr nichts davon erzählt. Aber sie rief sich rasch zur Ordnung. Erstens durfte ihre Freundin ihr nichts über die Ermittlungen sagen und zweitens hatte Carmen ja nicht die geringste Idee, dass Elfriede im Laufe des Falls auch schon mit Weber gesprochen hatte.

Julius Weber beobachtete sie aufmerksam. »Nehmen Sie es sportlich«, spottete er. »Es war eine sehr kurze Vernehmung, bei der nicht viel herauskam. Ich habe erklärt, dass ich Frau Kolbe vielleicht einmal kurz auf dem Parkplatz gesehen habe, aber ihren Namen nie erfahren habe. Damals, zu unserer gemeinsamen Zeit, war sie viel jünger und hatte lange Haare. Laut Protokoll habe ich sie nicht wiedererkannt.«

»Aber dem ist nicht so, oder?«

Weber schwieg lächelnd. Elfriede verschob das Bild auf ihrem Display und zeigte ihm das Foto von der AStA-Sitzung.

»Es ist gut zu erkennen, mit welchem Blick Sie Natalya betrachten«, sagte sie. »Sie mochten sie. Sie hätten sie überall wiedererkannt, selbst wenn sie sich eine Glatze rasiert hätte.«

Weber zog die Augenbrauen hoch. »Respekt, Frau Schmittke. Sie kommen meinem Liebesleben auf die Spur. Wenn mich das mal nicht verdächtig macht.«

»Waren Sie in Natalya verliebt?«

»Vielleicht vor Urzeiten mal. Vor ihrem Verrat.«

»Bevor sie Sie in den Knast brachte.«

Weber schwieg.

»Warum hat sie das überhaupt getan? Die Belohnung war doch geringer als die Summe, die Sie vom Konzern verlangten. Wollten Sie nicht mit ihr teilen?«

»Ich hatte nie vor, bei einer Lösegeldübergabe zu erscheinen. Das habe ich auch vor Gericht ausgesagt. Es handelte sich um einen Rüstungskonzern. Verstehen Sie? Ein Rüstungskonzern. Ich wollte diese Bonzen schwächen, aus dem Konzept bringen. Verunsichern. Ich wollte sehen, wie weit sie gehen. Um später dann mit allen Informationen an die Öffentlichkeit treten zu können.«

»Aber Natalya kam Ihnen zuvor.«

Webers Geduld schien aufgebraucht. Abrupt stand er auf und stellte sich vor das Fenster. Elfriede betrachtete seinen angespannten Rücken. Seine Hände hatten sich zu Fäusten geballt.

»Unser Gespräch ist beendet.«

Elfriede lehnte sich in ihrem Sessel zurück. »Kommen Sie, Herr Weber! Setzen Sie sich und lassen Sie uns plaudern. Als ich heute Morgen unter der Dusche stand, habe ich ein wenig nachgedacht. Ich hätte da noch ein paar pikante Details, die ich gerne von Ihnen kommentiert hätte.«

Zu ihrem Erstaunen lachte er laut auf und drehte sich um. Hugo spitzte die Ohren. »Ach, und warum sollte ich das wohl tun?«

Elfriede sah ihm in die Augen. »Weil ich glaube, dass Sie einen kleinen heimlichen Sieg zu verbuchen haben. Aber kein Erfolg ist etwas wert, wenn man niemandem davon erzählen kann.«

Für einen Moment blieb er regungslos. Dann nickte er kurz, als wollte er ihr in Gedanken erneut ein Kompliment machen, und kam zurück zum Sessel. Diesmal verschränkte er die Arme, nachdem er sich gesetzt hatte. »Na, dann legen Sie mal los.«

»Ich vermute, es war folgendermaßen. Nach Ihrer Entlassung verzogen Sie sich in diesen hintersten Winkel der Welt, um ein kleines Geschäft aufzubauen. Durch Zufall trafen Sie auf Natalya, die nebenan eine Küche kaufen wollte. Oder aber Sie haben sie in der Klatschpresse entdeckt und Kontakt zu ihr aufgenommen.«

»Oder aber sie suchte bewusst Kontakt zu mir und nutzte Damaschke nur als Alibi, um regelmäßig hier aufzuschlagen, alles möglich«, fügte Weber hinzu.

»Alles möglich«, stimmte Elfriede zu, »und auch nur sekundär wichtig. Interessant wird es danach. Natalya erzählte Ihnen von einem Konto mit Geld. Geld, das angeblich ihr und im weitesten Sinne auch Ihnen zustand. Viel Geld, an das sie nicht herankam, aber herankommen wollte. Sie kannte nur einen Menschen, dem das eventuell möglich war. Sie! Sie brauchte Ihre Hilfe.«

»Sie übersehen da etwas, Frau Schmittke«, warf Weber ein. »Ich war ziemlich sauer auf Natalya. Sie haben es eben selbst gesagt: Sie hat mich in den Knast gebracht.«

»Ja, aber sie war eine Frau mit einem erstaunlichen Talent. Sie konnte Leute für sich einnehmen, auch so einen trockenen Lulatsch wie Sie, da bin ich mir sicher. Sie waren ihre einzige Chance, sie hat es drauf angelegt. Was hat sie gemacht? Sich entschuldigt? Geweint und Sie umgarnt? Oder sogar mehr?«

Weber schwieg. Elfriede konnte beim besten Willen nichts aus seinem Gesicht ablesen.

»Wie auch immer, ich denke, sie war erfolgreich. Sie hat all ihr Können zum Einsatz gebracht und damit die Obdachlosen aus Frankfurt und Umgebung um ihre Chance gebracht.«

»Die Obdachlosen? Hätten die denn jemals was von diesem Geld gesehen? Das hatte sich doch dieser Herr Kolbe schon längst unter den Nagel gerissen.«

»Hat sie das so erzählt? Dann hat sie gelogen. Vielmehr ist es so, dass Herr Kolbe das Geld vor Adrian und unwissentlich auch vor Natalya in Sicherheit gebracht hatte. Ihn plagte das schlechte Gewissen, er wollte eine Stiftung gründen, um endlich mit dem Geld wirklich Gutes zu tun.«

Eine scharfe Falte erschien über Webers Nasenwurzel. Elfriede ließ ihre Äußerungen ein wenig sacken, bevor sie fortfuhr.

»Der folgende Teil ist in meiner Vorstellung zugegebenermaßen sehr schwammig. Sie hatten vorhin recht, ich bin in technischen Fragen keine Leuchte. Ich versuche nur, drei interessante Fakten zusammenzubringen. Erstens: Da gibt es einen Hacker, dem ich zutraue, in das System einer Bank eindringen zu können. Zweitens: Da gibt es eine Frau, die zufällig in dieser Bank arbeitet, und drittens: Da gibt es auf genau dieser Bank ein leer geräumtes Konto.«

»Das scheint ein einfaches hypothetisches Puzzle zu sein«, meinte Weber.

»Schon. Aber ein paar Fragen kann ich nicht lösen«, gab Elfriede zu. »Wozu brauchte der Hacker die Frau überhaupt? Er konnte doch auch ohne ihre Hilfe in das System, wozu diese Partnerschaft?«

Weber beugte sich vor. »Nun, vielleicht ging alles ein wenig einfacher, wenn die Frau unauffällig ein Schadprogramm auf dem Bankcomputer unterbringen konnte? Da ließ sich ein Wurm schneller aktivieren. In einer Viertelstunde wäre so – rein hypothetisch gesprochen – das ganze Geld transferiert.«

»Und warum vertraute diese Frau dem Hacker? Er könnte sie schließlich auch um das Geld betrügen.«

»Vielleicht, weil ihr keine Wahl blieb? Entweder Vertrauen oder kein Geld? Sie sind die Detektivin, finden Sie es heraus, Frau Schmittke.«

Elfriede dachte einen Moment nach. »Sie hat Ihnen gar nicht vertraut, oder? Sie hatte keine Wahl, aber sie hat Ihnen nicht vertraut. Die Pistole in ihrer Handtasche, die war für Sie. Für alle Fälle, zur Absicherung. Sie wollte in der Nacht nicht zu Damaschke, sie wollte zu Ihnen. Wollten Sie die Beute teilen?«

»Sind wir jetzt nicht mehr hypothetisch?« Sämtliche Ironie war aus Webers Stimme verschwunden. Dafür hatte sich ein bedrohlicher Unterton eingeschlichen. Elfriede fröstelte leicht. Sie schob die Hand über die Lehne und fühlte sich ruhiger, als sie über Hugos kantigen Schädel strich.

»Die zwei interessantesten Fragen kommen zum Schluss, Herr Weber. Warum hat der Räuber nicht das ganze Konto leer geräumt? Warum ließ er einen nicht unerheblichen Betrag zurück? Waren es nicht genau drei Millionen, die Sie damals vom Konzern haben wollten?«

Julius Weber schien genug zu haben. »Zweiundvierzig!«, schnaubte er und sprang fast aus seinem Sessel.

Elfriede war irritiert. »Wie bitte?«

»Douglas Adams, liebe Frau Schmittke. Sie erinnern sich? Per Anhalter durch die Galaxis. Zweiundvierzig ist die ultimative Antwort, die Ihnen der größte existierende Computer des Universums gibt, wenn Sie die Frage nach ›life, the universe and everything‹ stellen. Die Antwort ist korrekt, wenn Sie die richtige Frage nicht kennen, so ist das nicht mein Problem.« Jetzt schlich sich doch wieder ein Grinsen in sein Gesicht. »Sollten Sie wieder einmal unter der Dusche ins Grübeln kommen, so sei Ihnen gesagt, dass laut Adams ein Handtuch das wichtigste Utensil zum Überleben darstellt.« Er schien sich über seinen Insiderwitz zu amüsieren. »Was ist Ihre zweite interessante Frage zum Schluss?« Er schien doch neugierig.

Elfriede stand ebenfalls auf. So fühlte sie sich sicherer. »Haben Sie Natalya getötet? Kam es zum Streit um das Geld? War Ihr Groll gegen die Jugendliebe größer als alle Betörungsversuche ihrerseits? Erzählen Sie mir nicht, die Kühltruhe stand im abgeschlossenen Küchenstudio. Wer in eine Bank einbrechen kann, findet auch Möglichkeiten, eine verschlossene Tür zu öffnen.«

Sie holte tief Luft, als sie wieder in ihrem Fiesta saß. Weber hatte wortlos die Tür geöffnet und ihr durch eine Geste zu verstehen gegeben, dass sie gehen sollte. Vorsichtshalber drückte sie die Knöpfe der Autotür runter, sicher war sicher. Ein bisschen mulmig war ihr nach der Konfrontation doch. Mit zitternden Fingern zündete sie sich eine Zigarette an. Das Gespräch hatte sie in ihrer Ahnung bestätigt. Julius Weber hatte das Geld gestohlen und zwar zusammen mit Natalya Kolbe. Und Geld war schon immer ein starkes Motiv für jedwede Art von Straftat gewesen. Allerdings, Wissen und Beweis waren immer noch zwei verschiedene Dinge. Und war sie nicht heute Nacht noch überzeugt gewesen, Damaschke wäre der Täter? Jetzt gab es jedenfalls eine zweite Möglichkeit. Elfriede seufzte. Es war höchste Zeit. Sie griff nach ihrem Handy und rief Carmen an.

»Ich schon wieder!«, meldete sie sich.

Für Hugo konnte sie die Tür gar nicht schnell genug öffnen. Mit einem Japsen sprang er in die Wohnung, wuselte durch die Räume und stürzte sich auf Oliver, den er im Wohnzimmer fand. Lachend versuchte der, Hugos sabbernde Liebesattacken abzuwehren, offensichtlich aber doch gerührt von so viel zur Schau getragener Zuneigung.

»Ist ja gut, Champ«, meinte er und packte den Kopf des Entlebuchers. »Du tust ja gerade so, als hätten wir uns tagelang nicht gesehen.«

Elfriede räusperte sich, verzichtete aber auf jeden Kommentar.

»Du hast Besuch«, Tante Ingeborg stand in der Tür und wies Richtung Küche.

Neugierig folgte Elfriede ihr. Am Küchentisch saß Benni, den roten Schopf über einen großen Teller Spaghetti Bolognese gesenkt.

»Der arme Junge hatte noch nichts gegessen. So kann man doch nicht arbeiten«, meinte Ingeborg erklärend.

»Wo ist Pjotr?«, fragte Elfriede erstaunt.

Benni zog die Schultern hoch. »Weiß nich. Hab vorhin über WhatsApp 'ne Nachricht gekriegt. Mit Ihrer Adresse. ›Komm später‹, hat er geschrieben, ›hab noch zu tun, aber liefer auf jeden Fall die Kassette ab.‹«

»Merkwürdig.« Elfriede hätte gewettet, dass Elvis sich den Überwachungsfilm nicht hätte entgehen lassen. Sie wählte seine Nummer, aber nicht einmal eine Mailbox gab Antwort. Benni schaufelte schnell noch einen Löffel Nudeln in sich hinein, als hätte er Sorge, dass er jetzt, nach Erledigung des Auftrags, gehen müsse, bevor der Teller leer war. Dann griff er nach dem Rucksack unterm Tisch und zog eine Kassette hervor.

»Hier«, meinte er. Seiner Stimme war anzuhören, wie unwohl er sich dabei fühlte. »Pjotr meinte, damit fangen wir den hessischen Jack Ripper.«

Elfriede nahm die Kassette. »Übertreibungen«, dachte sie. »Daran muss ich mit meinem Praktikanten auf jeden Fall auch noch arbeiten.«

Im Wohnzimmer kletterte sie über Kind und Hund und stellte den alten VHS-Player an. Jetzt war sie doch froh, das Teil aufbewahrt zu haben, hauptsächlich der alten Videoaufnahmen wegen, auf denen Oliver als Kleinkind durch die Gegend hüpfte. Klaus hatte ihr zwar schon hundertmal versprochen, die ganzen Aufnahmen zu digitalisieren, aber dabei war es geblieben.

»Kommt gar nicht in Frage, dass du dafür Geld ausgibst«, hatte er gesagt. »Das überspiel ich dir mit einem ganz einfachen Programm.«

»Aber für Emilia gibt es sicher schon eine ganze CD-Sammlung auf dem neuesten Stand«, dachte sie bitter. Wütend schob sie die Kassette in den vorgesehenen Schlitz und hockte sich mit der Fernbedienung auf den Sessel.

Sie drückte die Playtaste.

Auf dem Film sah man den Parkplatz des Autohauses Attermann. Verschiedene Gebrauchtwagen waren dort abgestellt, vorwiegend Renaults, denn für diese Marke lieferte das Autohaus den Vertragsservice.

Elfriede spulte den Film vor.

Gegen halb zehn bog ein Megane auf den Platz ein, ein Mann stieg aus und warf einen Umschlag in den Briefkasten. Sie notierte das Kennzeichen. Vielleicht könnte Carmen den Namen herausfinden, wenn sie es nicht längst schon getan hatte.

Im Schnelldurchgang ließ sie den Rest durchlaufen. Nichts Außergewöhnliches. Auf dem Stellplatz der Werbeagentur waren ein blauer Meriva und ein silberner BWW zu sehen.

Es klingelte Sturm.

Sicher Elvis.

Oliver war schneller als sie. »Mama? Komm mal!«, rief er.

Vor der Tür stand ein zitternder Pauli.

Sein Gesicht schien noch mehr zerknittert als sonst, mit seinen großen Augen im zerfurchten Gesicht wirkte er auf Elfriede einmal mehr wie ein frühzeitig gealtertes Kind. Ein ziemlich aufgeregtes Kind. Hugo schnupperte ausgiebig am neuen Besuch. Oliver trollte sich wieder.

»Bitte«, flehte Pauli und rang die Hände. »Du musst etwas unternehmen, Elfie.«

Ängstlich schaute er auf den Hund herunter, der noch immer mit der Nase an seiner Hose klebte, ihm aber mit wedelndem Schwanz seine Sympathie signalisierte.

»Komm erst mal rein«, sagte Elfriede, schob den Entlebucher zurück und führte den Obdachlosen an der Schulter ins Wohnzimmer.

Sie ignorierte den Schnapsgestank, der ihn umwölkte, und drückte Pauli in den Ohrensessel. »Magst du was trinken? Woher weißt du überhaupt, wo ich wohne?«

Pauli reichte ihr einen der Suchzettel, die Bodo überall im Ort aufgehängt hatte, um Hugo wiederzufinden. Darauf prangten groß ihr Name und ihre Adresse. Mist, darauf hatte sie damals in der Panik nicht geachtet.

»Er ist bestimmt in Gefahr«, sagte Pauli.

»Wer?« Elfriede holte eine Flasche Mineralwasser aus dem Kühlschrank und stellte sie mit einem Glas auf ein Tischchen neben dem Sessel. Als sie Paulis flehenden Blick sah, stand sie noch einmal auf und fügte dem Arrangement ein Schnapsglas voll mit Obstler hinzu.

Darauf kam es jetzt auch nicht mehr an.

Pauli umklammerte es dankbar mit zitternden Händen. »Der Junge«, fuhr er fort. »Er ist noch so jung. Er kann sich bestimmt nicht vorstellen, wozu einer wie diese Bulldogge fähig ist.«

Elfriede war jetzt alarmiert. »Schwarze Haare, Tolle, Motorrad?«, fragte sie aufgeregt.

Pauli nickte betrübt. »Er kam zu uns in die Katharinenkirche. Wir waren sowieso alle durcheinander. Es gibt ja keine Proben mehr. Niemand weiß, wie es mit den ›Straßenkatzen‹ weitergeht.«

Elfriede nahm ihr Handy. Keine Nachricht von Elvis. Sie wählte seine Nummer. Anrufbeantworter. Voller Ärger warf sie das Smartphone aufs Sofa. Keine Eigenmächtigkeiten. Das hatte er das letzte Mal vor der »Nobel«-Bar versprochen. Von wegen.

Pauli schaute ihr verwundert zu. »Elfie? Er hat gesagt, du hättest ihn geschickt«, fuhr er fort und nahm einen kräftigen Schluck von dem Obstler. »Stimmt das denn nicht?«

»Nein«, sagte Elfriede und lief aufgeregt zwischen Sessel und Sofa hin und her. »Das stimmt ganz und gar nicht. Dieser Dummkopf! Ich hätte es wissen müssen.« Sie beugte sich zu Pauli und packte ihn bei den Schultern. »Was genau wollte er wissen und was habt ihr ihm gesagt?«

Pauli runzelte die Stirn. Es machte ihm Mühe, sich zu konzentrieren. Elfriede goss noch einen Obstler nach.

»Erst hat er mit uns getrunken«, erinnerte sich Pauli mühsam. »Wir sind zur Konstabler gegangen. Der Junge hatte eine Flasche Wodka mitgebracht. Dann wollte er alles über Adrian wissen. Wo der sich so rumtreibt. Mit wem er sich sonst so trifft. Ob uns mal was aufgefallen wäre. Ob er uns mal ausgefragt hätte, an welchen Orten wir so übernachten. Einsamen Orten.«

Paulis Hände zitterten und er vergoss ein wenig von dem Schnaps auf das Tischchen. Sofort goss er sich nach. Hugo leckte seine Hand und drängte sich an ihn.

Elfriede zwang sich zur Ruhe. »Und, ist euch da was eingefallen?«

Pauli nickte. »Na ja. Jeder von uns hat so seine Erfahrungen mit Adrian. Dem Manni hat er die Nase gebrochen, als der mal bei einem Konzert eingepennt ist. Und die Jenny hat er übel getreten, bloß, weil die –«

Elfriede unterbrach ihn ungeduldig. »Die Orte, Pauli. Es geht um die Orte. Habt ihr ihm erzählt, wo ihr Unterschlupf findet?«

Pauli kniff die Augen zusammen, um sich zu erinnern. Hugo hatte sich auf seine Füße gelegt und betrachtete Elfriede aufmerksam. Hier schien etwas Wichtiges zu passieren.

»Ein verlassenes Gebäude?«, soufflierte Elfriede. »Ein Bunker?«

Die Tür öffnete sich und Tante Ingeborg stand im Wohnzimmer, einen Strauß Wiesenblumen in der Hand. »Was ist denn hier los?«, fragte sie und schaute erstaunt in die Runde. Ihr Blick blieb am Schnapsglas hängen.

Elfriede wedelte abweisend mit der Hand. »Pauli«, drängte sie, »es ist wichtig.«

Der Obdachlose strich dem Hund über den Kopf. »Vielleicht die Phrix«, sinnierte er. »Da sind einige von uns im Sommer.«

»Was ist denn Phrix?«, fragte Tante Ingeborg und stellte die Blumen in eine Vase.

Elfriede sprang auf, schnappte sich ihr Handy vom Sofa und stürmte an ihrer Tante vorbei. »Kümmere dich um ihn«, sagte sie, »er braucht ein warmes Mittagessen.«

Sie nahm den Autoschlüssel vom Haken, warf den Elektroschocker und das Reizspray in ihre Handtasche und rannte die Bornstraße hoch, wo sie den Fiesta geparkt hatte. In Gedanken malte sie sich aus, wie sie Elvis den Kopf waschen würde. Dieser Grünschnabel. Hoffentlich sprang das Auto heute ohne Schwierigkeiten an.

Hastig riss sie die Tür auf, warf ihre Tasche auf den Rücksitz und drehte den Zündschlüssel um.

Jemand öffnete die Beifahrertür von außen.

»Moment mal«, sagte Viola.

Elfriede ließ vor Schreck die Kupplung los, so dass der Motor abgewürgt wurde und der Fiesta einen Satz machte. Das hatte ihr gerade noch gefehlt. Sie gab sich nicht einmal Mühe, ihren Unwillen zu verbergen. »Sie?«

»Ja, ich. Guten Tag, Elli.« Viola nahm seelenruhig auf dem Beifahrersitz Platz und schloss die Autotür. Auffordernd sah sie Elfriede an. »Schon vergessen? Wir beide hatten einen Deal.«

»Hören Sie«, entgegnete Elfriede. »Wir sollten das in Ruhe besprechen. Und jetzt ist nicht der richtige Moment dafür.«

»Für mich ist es ganz und gar der richtige Zeitpunkt«, widersprach Viola und legte betont langsam den Sicherheitsgurt an. »Fahren Sie ruhig los, ich begleite Sie ein Stückchen.«

Elfriede zog scharf die Luft ein. Die Dame würde sie so schnell nicht loswerden, die war hartnäckig. Andererseits hatte sie keine Zeit für lange Diskussionen. Wer weiß, in welcher Klemme Elvis steckte.

Sie fasste einen Entschluss und startete den Wagen.

Viola sah sie von der Seite her an. »Sie wirken aufgeregt, Frau Schmittke. Hat sich im Fall Kolbe etwas getan?«

Elfriede konzentrierte sich auf die Straße und schwieg. Verdammt noch mal. Sollte sie Viola einweihen? Die würde ihr doch nur im Weg rumstehen, wenn es darum ging, Adrian aufzuspüren. Aber irgendeinen Brocken musste sie ihr hinwerfen. Sonst gab sie keine Ruhe. »Unser Verdacht hat sich bestätigt«, gab sie also zu und steuerte auf die Landstraße. »Kolbe hat die Spenden auf ein Extra-Konto transferiert.«

Viola machte ein zufriedenes Gesicht: »Dachte ich mir's doch. Aber warum versucht er dann, sich umzubringen? Er könnte doch ein wunderbares Leben in irgendeinem traumhaften Land haben.«

Elfriede trat auf heftig die Bremse, weil die Ampel am Gewerbegebiet Dunkelgelb zeigte. Hinter ihr hupte jemand und zeigte ihr den Vogel. Sie reckte den Mittelfinger in den Rückspiegel. »Er kann den Tod seiner Frau nicht verwinden«, sagte sie. »Künstler sind sensibel. Soll ich Sie an der S-Bahnstation in Kriftel rauslassen? Ich fahre nicht nach Frankfurt.«

Viola sah sie neugierig an. »Wohin fahren Sie denn, Elli?«

»Wird das jetzt ein Interview, oder was?«, gab Elfriede unwirsch zurück. »Es geht Sie zwar nichts an, aber ich fahre nach Okriftel, um einer Bekannten zum Geburtstag zu gratulieren. Sie werden ja wohl nicht mit am Kaffeetisch Platz nehmen wollen. Lassen Sie uns eine Verabredung treffen und dann ist gut.«

Viola tat, als hätte sie den scharfen Tonfall überhört. »Journalisten sind auch so etwas wie Ermittler«, sagte sie ruhig und betrachtete ihre exzellent manikürten Fingernägel. »Sie achten auf Stimmungen, Details, orientieren sich an Widersprüchen. Meine Beobachtungen sagen mir zum Beispiel, dass hier in diesem Wagen kein Geburtstagsgeschenk liegt. Das ist doch merkwürdig, oder? Weiterhin würde ich vermuten, dass Ihr Adrenalinspiegel höher ist als normal. Sonst hätten Sie vorhin an der Ampel anders reagiert. Könnte es also rein zufällig sein, dass Sie gerade doch in Sachen Ermittlungen unterwegs sind?«

Elfriede zwang sich ein bitteres Lachen ab. Viola wurde langsam lästig. Wie lange wollte sie dieses Spiel noch fortsetzen? Es konnte Elvis das Leben kosten. Mit quietschenden Reifen fuhr sie über die Brücke Richtung Okriftel und bog rechts zum Main ab. »Westentaschen-Psychologie, Teil eins«, sagte sie ironisch und stoppte den Wagen auf dem Parkplatz beim Penny. Er lag direkt vor dem Gelände der ehemaligen Papierfabrik, die schon seit vielen Jahren verlassen war. Die Phrix.

Sie stieg aus. Viola folgte ihr.

»Es ist nicht besonders klug, wenn man immer nur von sich ausgeht«, giftete Elfriede und betrat den Supermarkt. »Sie gehören wahrscheinlich zu den Leuten, die schon Monate im Voraus die Geburtstagsgeschenke kaufen. Dafür habe ich keine Zeit. Ein Fläschchen Sekt tut's auch.« Sie steuerte auf die Getränkeabteilung zu und ließ blitzschnell ihren Blick über das Sortiment schweifen. Gab es denn hier nirgendwo einen Sonderverkauf?

»Ach was«, sagte Viola, blieb ihr aber nach wie vor dicht auf den Fersen.

Elfriede hatte gefunden, was sie gesucht hatte. Sie nahm eine Flasche spanischen Sekt aus dem Regal und steuerte auf den Sonderstand mit großen Nutella-Gläsern zu, der mitten im nächsten Gang aufgebaut war. *Nur 3,99 Euro* verkündete ein rotes Schild.

»Was halten Sie von dem?«, fragte sie Viola und reichte ihr die Flasche Sekt. Die nahm sie und studierte das Etikett.

Im nächsten Moment hatte Elfriede durch eine geschickte Drehung die Nutella-Pyramide zu Fall gebracht. Dutzende von Gläsern rollten mit lautem Scheppern vor Violas Füße, einige zerbrachen und verteilten ihren klebrigen braunen Inhalt auf dem Fußboden.

Viola hielt vor Schreck die Sektflasche hoch. Aus den Augenwinkeln sah Elfriede, wie eine Verkäuferin die Hände zusammenschlug und auf sie zustürzte.

»Jetzt«, dachte sie.

Sie drückte ihre Tasche an sich und rannte, so schnell sie konnte, aus dem Laden, quer über den Parkplatz in Richtung Papierfabrik. Bevor irgendjemand ihr folgen konnte, war sie schon in eine der Hallen auf dem alten Fabrikgelände geschlüpft. Sie schloss die Gittertür hinter sich, leider konnte man sie nicht verriegeln. Sie musste ihren Vorsprung ausbauen. Fluchend stolperte sie über einen Haufen Geröll, fing sich wieder und lehnte sich erschöpft gegen die Wand. Ihr Herz klopfe heftig. Ganz ruhig.

Es würde eine Weile dauern, bis Viola sie finden würde.

Und nun? Elfriede hatte keine Ahnung, wo sie mit der Suche beginnen sollte. Sie war sich nicht einmal sicher, ob sie Elvis hier finden würde. Das Gelände der ehemaligen Zellulosefabrik war weitläufig. Sie war ein-, zweimal mit Oliver hier gewesen, als er einen Graffiti-Sprühkurs bei Helge Bomber belegt hatte. Aber der Kurs hatte vorwiegend draußen im Hof stattgefunden, die Schüler hatten die mit Rauputz verspachtelten Außenwände der Gebäude mit bunten Farben besprüht.

Hier drin war es weitaus ungemütlicher. Durch die zerbrochenen Fensterscheiben fand das Sonnenlicht nicht überall den Weg in die dunklen Ecken. Rohre und Reifen lagen zwischen den Stahlträgern herum, von der Decke hingen lose Kabel. Die Fabrik war baufällig. *Betreten auf eigene Gefahr* hatte ein Schild am Eingang des Geländes gewarnt. Jederzeit konnte hier eine Decke einstürzen und sie unter sich begraben. Elfriede schüttelte ihre Locken. Jetzt bloß keine Panik. Sie musste einen kühlen Kopf bewahren.

Schritt für Schritt stieg Elfriede über den Bauschutt, drückte sich an alten Aktenschränken vorbei und gelangte von einer Halle in die nächste. Sie heftete ihren Blick aufmerksam auf den Boden und hielt nach Spuren Ausschau. Wieder wusste sie nicht genau, was sie eigentlich suchte. Sie hob ein tellergroßes Zahnrad, über das sie gestolpert war, vom Boden auf und inspizierte es. Es war total verrostet – hier hatte lange niemand mehr aufgeräumt. Ob es früher Teil einer Papierpresse war? Die Fabrik, das wusste sie aus dem Anzeigenblatt, war Ende des 19. Jahrhunderts eröffnet worden und hatte ihren Betrieb in den Siebzigerjahren eingestellt. Seither war hier nicht mehr viel passiert. Ein paar Künstler hatten sich im

Hauptgebäude Ateliers eingerichtet, aber die früheren Produktionshallen standen leer und verfielen zusehends.

Plötzlich schepperte es hinter ihr. Ein paar Rohre waren umgefallen. Sie fuhr erschrocken herum und sah gerade noch eine fette Ratte hinter ein Brett huschen.

Elfriede schüttelte sich. Klar, dass auch die Tiere sich hier ein Plätzchen gesucht hatten. Ratlos setzte sie sich auf einen Stapel Autoreifen. Es würde Stunden dauern, bis sie das Gelände abgesucht hätte. War es nicht vernünftiger, Carmen zu rufen? Aber was sollte sie ihr sagen? Dass sie eine Ahnung hatte? Dass sie sich Sorgen um Elvis machte? Dafür würde die Freundin sicher nicht zwei Mannschaftswagen mit Polizisten in die Papierfabrik kommen lassen.

Sie ließ ihren Blick über die Wände schweifen und entdeckte eine schmale Holztreppe in das obere Stockwerk. Vielleicht sollte sie dort weitersuchen. Stufe für Stufe tastete sie sich nach oben. Die Treppe schien morsch.

Als sie fast oben war, gab das Holz nach und sie brach mit dem linken Bein durch. Mist! Hellrotes Blut lief ihr über die Socke. Sie zog ihren Fuß vorsichtig heraus, entfernte die Splitter und gab ihr Vorhaben auf. Mühsam stieg sie die Treppe wieder hinunter, testete bei jeder Stufe, ob sie auch hielt. Sie musste nachdenken. Wo würde man jemanden verstecken, der auf keinen Fall entdeckt werden sollte? Da wären doch diese Hallen mit ihren zerbrochenen Fenstern noch zu hell. Der Geiselnehmer würde eher eine Stelle suchen, zu der garantiert niemand käme.

»Denk nach, Elfriede, denk nach!«

Plötzlich sprang sie auf. Die Versorgungsschächte. Das war's.

Oliver hatte ihr davon erzählt. Ein paar seiner Kumpel aus dem Kurs hatten die Nacht in der Papierfabrik verbracht. Urban Exploring nannte man das. Je gruseliger, desto besser. Sie hatten sich in den Versorgungsschächten unterhalb der Fabrik verlaufen. Oliver hatte sich seinerzeit über die »Spacken mit ihrem

All-Mystery-Getue« mokiert, die gar nicht genug von Staub und Dunkelheit bekommen konnten. Sie kannte jemanden, dem das heute ganz genauso ging. Die Schächte waren ideal, um jemanden gefangen zu halten.

Elfriede stieg eine Stahlleiter hinab und gelangte in den Keller. Hier musste irgendwo der Zugang sein. Sie durchquerte den Raum, kletterte über einige alte Matratzen und sah, dass sich am anderen Ende ein Tunnel öffnete. Staub und stickige Luft schlugen ihr entgegen. Elfriede schaltete ihr Handy auf Taschenlampenbetrieb und hielt sich ein Tempotaschentuch vor die Nase.

Dann ging sie entschlossen vorwärts.

Das Atmen fiel ihr schwer. Hier unten lag jede Menge Staub und es gab offenbar keine Frischluftzufuhr. Dazu war es stockdunkel. Sie konnte gerade so aufrecht gehen, musste aber immer wieder Kabeln und Leitungen ausweichen, die von der Decke hingen. Wer immer sich diesen Ort zum Gruseln ausgesucht hatte, hatte gut gewählt.

Wie viele dieser Gänge es wohl gab? Oliver hatte berichtet, dass sich die Jungs damals verlaufen hatten. Also musste es ein ganzes Labyrinth geben. Und wie sollte sie dann den Weg zurück finden? In ihrer Hosentasche ertastete sie Webers Pfefferminzbonbons. An jeder Kreuzung würde sie eines platzieren, dann würde es schon klappen.

Der Gang machte eine Kurve nach rechts und öffnete sich in ein breiteres Gewölbe, offensichtlich eine Art Vorratskammer für Öl und Fette. Das Scheinwerferlicht ihres Handys schweifte über Kanister und Kartons. Direkt vor ihr seilte sich eine riesige schwarze Spinne ab. Elfriede konnte gerade noch einen Schritt zurücktreten. Dann spitzte sie die Ohren. Was war das?

Sie war sich nicht sicher, ob sie das Piepsen von Mäusen hörte oder ein menschliches Geräusch. Es hört sich an wie das Jammern eines Kindes und kam aus dem nächsten Raum, der sich dem

Gewölbe anschloss. Vorsichtig trat sie an den Türrahmen und leuchtete in die Ecken.

Geradewegs in die aufgerissenen Augen von Frau Damaschke.

Sie hockte an der Wand, war an Händen und Füßen gefesselt, in ihrem Mund steckte ein Knebel. Ihre Bluse war zerrissen, darunter zogen sich Blutspuren über die Haut. Kampflos war die Entführung wohl nicht abgegangen. Elfriede suchte mit den Augen nach Elvis. War er auch hier?

Als sie Elfriede erkannte, kam Bewegung in Frau Damaschke. Aufgeregt presste sie Töne unter ihrem Knebel hervor und robbte auf ihre Retterin zu.

»Bleiben Sie ruhig«, sagte Elfriede und nahm ihr den Knebel ab. Aber Frau Damaschke hatte zu lange geschwiegen.

»Ich habe das alles nicht gewollt«, schluchzte sie und wurde im nächsten Moment von einem Hustenanfall geschüttelt. Sie klammerte sich an Elfriede. »Bitte, glauben Sie mir!«

»Schon gut«, beschwichtigte Elfriede, die selbst kaum atmen konnte, und befreite die Frau von ihren Fesseln. »Haben Sie Pjotr gesehen? Ist er auch hier?«

Frau Damaschke sah sie verständnislos an und fing wieder an zu husten.

Elfriede schüttelte sie. »Ist er hier?«, wiederholte sie eindringlich.

Dann endlich schien es der Frau zu dämmern. »Ich habe gehört, wie der Kerl mit jemandem gesprochen hat. Er muss im nächsten Gang sein.«

Elfriede drehte sich um. »Sie bleiben hier«, bestimmte sie und stürmte los. Diesmal nahm sie keine Rücksicht mehr auf Kabel und Geröll. Die Angst trieb sie an. Elvis war nur wenig älter als ihr Sohn. Wenn ihm etwas passiert wäre, würde sie sich das nie verzeihen.

Er hatte den Kopf gesenkt. Die schwarze Tolle hing traurig herunter. Seine Jeans waren zerrissen und auf der Wange prangte ein schillernder Bluterguss. Adrians Handschrift hinterließ auf allen Opfern die gleichen Spuren.

Elfriede kniete sich neben ihn und drückte seinen Kopf an ihre Brust. »Elvis«, sagte sie liebevoll. »Was machst du nur für Sachen?«

Erst dann fiel ihr auf, dass er nicht antworten konnte. Sie entfernte den Knebel und schnitt mit ihrem Messer die Fesseln durch.

»Hi«, sagte Elvis. »Was geht ab?«

Sie hätte sich denken können, dass Frau Damaschke nicht warten würde. Elfriede packte Elvis an der Hand und zog ihn durch den Versorgungstunnel. Seine Gelenke waren noch steif und er stolperte hinter ihr her, laut fluchend über den Staub und die stickige Luft. Elfriede sparte ihren Atem und achtete auf die Spuren, die sie gelegt hatte. Weit konnte es jetzt nicht mehr sein bis zum Kellergewölbe, von dem die Versorgungsschächte abgegangen waren. Sie leuchtete den Gang mit dem Handy aus und sah die Silhouette von Frau Damaschke am Ende des Tunnels. Viel Vorsprung hatte sie nicht. Wahrscheinlich war sie genauso steif vom langen Sitzen in der ungewohnten Haltung.

»Los, komm!« Elfriede feuerte Elvis an und holte auf. Sie packte Frau Damaschke an der Schulter und drehte sie zu sich herum. »Wer hat Sie hierher gebracht?«, fragte sie.

»Na, wer wohl?«, kam es lakonisch vom Ende des Ganges. Adrian stand breitbeinig im Durchgang und richtete eine Pistole auf sie.

Elfriede machte einen Schritt vorwärts und stellte sich schützend vor Frau Damaschke und Elvis.

»Wie niedlich«, höhnte Adrian. »Aber das wird nichts nützen. Vom Gelände lassen kann ich euch nicht mehr, das ist ja wohl klar.«

»Seien Sie nicht dumm«, hielt ihm Elfriede entgegen. Sie merkte, dass ihrer Stimme ein kleines Zittern anzuhören war. »Noch haben

Sie niemanden getötet, Sie haben eine Chance, glimpflich davonzukommen.«

»Halt die Klappe!« Adrians Augen blitzten. »Ich will mein Geld und die da«, er zeigte mit der Waffe auf Frau Damaschke, »ist meine Garantie dafür.«

Frau Damaschke schnappte nach Luft. »Aber ich –«

Elfriede unterbrach sie. »Herr Damaschke hat das Geld nicht, Adrian. Ihre Schwester hat Sie ausgetrickst, sie hat das Konto leer geräumt.« Vorsichtig schob sie ihre Finger zum Verschluss ihrer Handtasche. Sie hoffte, dass Adrian es in diesem Dämmerlicht nicht bemerken würde.

»Das hab ich mittlerweile auch geblickt. Aber ich habe alles durchwühlt, da war nichts. Kein Geld, keine Unterlagen, keine unbekannten Bankkonten, nichts. Sie muss es jemandem gegeben haben.«

Wieder fiel ein giftiger Blick auf Frau Damaschke. Elfriede nutzte die Gelegenheit, um in ihre Handtasche zu greifen. Wo war diese verdammte Spraydose?

Sie holte tief Luft, um ihrer Aufregung Herr zu werden. Unmöglich konnte sie Adrian Webers Namen geben, er wäre dann der Nächste auf der Liste und für ihre kleine Gruppe hier gäbe es keine Rettung mehr. Aber vielleicht konnte sie Zeit schinden.

»Es stimmt, Natalya hatte einen Helfer. Aber es war nicht Herr Damaschke.«

Adrian kam einen Schritt auf Elfriede zu und baute sich bedrohlich vor ihr auf. Möglichst unauffällig tastete sie mit ganz kleinen Bewegungen in ihrer Tasche herum.

»Wer?«

Elfriede schüttelte den Kopf.

»Wer?« Er schrie sie jetzt an.

Endlich, ihre Finger schlossen sich um die Spraydose.

»Mein Gott, sagen Sie es doch«, kreischte Frau Damaschke.

Aber Elfriede schwieg. Sie starrte dem Mann vor ihr in die Augen, dann riss sie die Dose hervor und sprühte in seine Richtung.

Adrian brüllte, sprang auf sie zu und gab ihr einen so heftigen Stoß, dass sie rückwärts gegen Elvis taumelte. Mit einem Scheppern flog die Dose gegen die Tunnelwand. Im gleichen Moment hatte Adrian ihr die Handtasche entrissen und weit hinter sich geschleudert.

»Du willst nicht reden? Das werden wir ja sehen«, zischte er. »Los vorwärts!«

Mit einer Bewegung der Waffe trieb er sie zurück, tiefer in den Tunnel hinein. Elfriede wurde ganz schlecht vor Angst. Während sie Frau Damaschke stützte, fing sie Elvis' ängstlichen Blick auf. Sie konnte sich vorstellen, was jetzt auf sie zukam. Und sie wusste auch, dass sie Adrians Methoden, sie zum Reden zu bringen, nicht lange würde standhalten können. Was würde er danach mit ihnen machen? Er konnte es nicht riskieren, dass sie frei kamen. Ihr Gehirn arbeitete fieberhaft, ihre Augen suchten die Wände und die Decke ab, aber da gab es nichts, was ihnen hätte helfen können. Elvis schob seine Hand in ihre und sie drückte sie fest. Wie konnte sie Adrian nur aufhalten? Wie nur? Mühsam unterdrückte sie einen Anflug von Verzweiflung. »Reiß dich zusammen, Elfriede!«, sprach sie sich innerlich Mut zu und zwinkerte ein paar Tränen weg. Sie durfte Adrian auf keinen Fall gestatten, sie noch tiefer in den Tunnel zu bringen. Mit jedem Schritt verringerten sich ihre Chancen gravierend.

Sie blieb stehen. Eine Gänsehaut lief ihr über den Rücken, als sie Adrians Atem in ihrem Nacken spürte. Er stieß ihr die Waffe zwischen die Schulterblätter.

»Los weiter«, herrschte er sie an.

Aber sie rührte sich nicht.

Im nächsten Moment hörte sie einen hellen, lauten Schrei, dem unmittelbar das Geräusch zersplitternden Glases folgte.

Erschrocken wirbelte sie herum. Adrian lag auf dem Boden und rührte sich nicht. Sein Gesicht war gesprenkelt mit kleinen grünen Glassplittern, neben seinem Kopf rollte ein Flaschenhals hin und her. Spanischer Sekt, erkannte Elfriede und bückte sich, um nach der Waffe des Bewusstlosen zu greifen.

Hinter Adrian stand Viola. Hochrot vor Aufregung und mit zitternden Lippen starrte sie auf den Mann hinunter. Dann wischte sie sich die Hände an ihrem Kleid ab und sah Elfriede an.

»Das wollte ich schon immer einmal tun!« Ihr Grinsen wirkte ein wenig schief.

Carmen hatte schnell reagiert. In kürzester Zeit hatte sie die Kollegen informiert und war dann, direkt nach den Einsatzwagen, ebenfalls bei der Fabrik vorgefahren. Elvis und Frau Damaschke hockten erschöpft auf einem Zementblock im Hof. Der Notarzt hatte ihre Blessuren versorgt und kümmerte sich gerade um Adrian, den sie als hübsch verpacktes Paket im Gang hatten liegen lassen.

»Elfriede Schmittke«, schimpfte Carmen. »Noch ein einziger Alleingang und ich kündige dir auf ewig die Freundschaft. Mensch, das hätte so was von ins Auge gehen können.«

Elfriede legte ihrer Freundin die Arme um den Hals und drückte ihr einen Kuss auf die Wange. »Du glaubst gar nicht, wie froh ich bin, dich zu sehen.« Auf Carmens Vorwurf ging sie wohlweislich nicht ein.

»Die Umarmung hätte ja wohl eher ich verdient. Meine Verfolgung der Blutspur war absolut filmreif.« Viola sah schon wieder frisch und gepflegt aus, als wäre sie gerade aus einem Modekatalog und nicht aus einem vermoderten Kellerloch geklettert. Unschlüssig stand Elfriede vor ihr. Auf keinen Fall konnte sie sich zu einer Umarmung durchringen. Als würde Viola ihren Widerwillen spüren, trat sie einen Schritt zurück. Auf ihrem Gesicht spiegelte sich Enttäuschung.

»Danke!«, sagte Elfriede schließlich und streckte die Hand aus.

Viola nahm sie und schüttelte sie schweigend. Im nächsten Moment aber entzog sie sich Elfriedes Griff. Sie holte eine kleine Kamera aus der Tasche, drückte ein paar Mal auf den Auslöser, um Elfriedes Gesicht einzufangen, dann drehte sie sich zu Frau Damaschke um.

Carmen schritt alarmiert ein: »Das geht so nicht!«

Viola holte ihren Presseausweis aus der Tasche und hielt ihn ihr vor die Nase. Dann kramte sie Block und Stift hervor. »Meinen Sie, es ist möglich, dass ich mit diesem Adrian rede?«

»Auf gar keinen Fall!«, erwiderte Carmen. »Sie setzen sich jetzt schön da drüben in den Wagen und wir fahren Sie heim. Das gilt auch für alle anderen.«

»Ich fürchte nicht«, murmelte Elfriede. Irritiert blickte Carmen sie an.

»Komm mit«, meinte sie und zog ihre Freundin hinüber zu dem Zementblock. »Kümmere dich bitte um Viola«, bat sie Elvis und schickte ihn mit einer Kinnbewegung hinüber zu der Frau, die ihnen das Leben gerettet hatte. Carmens faltengesichtiger Kollege nahm ihn am Arm und führte anschließend die beiden vom Fabrikgelände.

Elfriede hockte sie sich neben Frau Damaschke. »Wollen Sie uns nicht endlich alles erzählen?«, fragte sie sanft.

Die Frau neben ihr verkniff das Gesicht. »Ich weiß nicht, was Sie meinen.«

»Dann eben anders«, dachte Elfriede. Ihre Stimme wurde kühl. »Sie waren am Tatabend im Küchenstudio!«

»Elfriede, was soll das?«, fragte Carmen. »Wir haben doch –«

»Genau«, unterbrach Frau Damaschke. »Fragen Sie die Polizei, die hat doch alles überprüft. Ich war bei meinen Eltern.«

»Ich bin sicher, wenn wir da noch einmal nachhaken, wird sich herausstellen, dass Sie das Haus verlassen konnten, ohne dass Ihre Eltern das mitbekamen. Die Mutter krank im Bett, der schwerhörige Vater vor dem Fernseher – irgendeinen Weg werden Sie gefunden haben. Ich weiß, dass Sie an dem Abend zum Küchenstudio gefahren sind, es gibt nämlich eine Videoaufnahme.«

Verständnislos sah Frau Damaschke sie an. Ihre Haare hingen ihr noch wilder um den Kopf als sonst und die Schmutzspuren und Kratzer gaben ihrem Gesicht ein groteskes Aussehen. »Video? Ich verstehe nicht.«

»Autohaus Attermann, direkt gegenüber vom Küchenstudio. Die stellen nachts ihre Überwachungskamera an, mit direktem Blick auf einen Teil des Parkplatzes.«

Dass man auf diesen Aufnahmen nur den silbernen BMW von Frau Damaschke erkennen konnte, verschwieg Elfriede. Sie war überzeugt, dass sie richtig lag. An einer kleinen Bewegung neben sich spürte sie, dass sich Carmen straffte.

»Frau Damaschke?« Die Stimme ihrer Freundin klang fordernd. Die Frau vor ihnen schien in sich zusammenzusacken, im nächsten Moment aber sprang sie auf.

»Na wenn schon, dann gibt es eben eine Aufnahme«, kreischte sie. »Diese Schlampe hat es doch herausgefordert. Ständig scharwenzelte sie um meinen Mann herum. Was hat sie denn erwartet? Dass ich tatenlos zusehe?« Frau Damaschke starrte abwechselnd von Elfriede zu Carmen, als würde sie Zustimmung erwarten.

»Warum sind Sie an dem Abend ins Küchenstudio gefahren?«

Frau Damaschke ließ sich wieder auf den Block fallen. »Weil ich meinen Mann nicht erreichen konnte. Er ging nicht ans Telefon. Ich bin bald verrückt geworden. Ich musste einfach wissen, was er trieb. Und mit wem.«

»Er war in der Sauna«, dachte Elfriede, sagte es aber nicht.

»Und als Sie am Studio ankamen?«

»Er war nicht da. Ich hab alles durchsucht. Dann, gerade als ich gehen wollte, fuhr ein Taxi vor und ich konnte durchs Fenster sehen, dass dieses Luder ausstieg. Also doch, dachte ich.«

»Sie griffen sich ein Messer aus der Dekoration?«

Frau Damaschke schüttelte den Kopf. »Muss ich aber wohl«, sagte sie dann. »Ich kann mich gar nicht so genau erinnern. Auf einmal stand ich vor diesem Weib und schrie sie an. Sie war so arrogant, so kühl. Sie leugnete, dass sie was mit meinem Mann hatte. Und dann sagte sie, es würde sie allerdings nicht wundern, wenn er mich betrügen würde. Ich sollte mal in den Spiegel schauen.«

»Und da haben Sie zugestochen?«

Frau Damaschke fiel jetzt vollends in sich zusammen. Tränen liefen ihr über die Wangen und bildeten ein abstruses Muster in den Schmutzflecken. »Ja«, flüsterte sie. »Da habe ich zugestochen.«

Elfriede wechselte einen langen Blick mit Carmen.

»Kommen Sie, Frau Damaschke«, sagte ihre Freundin und half der Frau auf die Beine.

»Eins verstehe ich noch nicht«, hielt Elfriede sie auf. »Wieso die ganze Geschichte mit der Kühltruhe?«

Frau Damaschke hob den Kopf und sah sie an. »Das war mein Mann.«

11

»Der Damaschke?«, fragte Bodo und griff nach der Salatschüssel.

Elfriede nickte nur, sie war erschöpft. Sie hatte ein langes Telefonat mit Klaus hinter sich, in dem er ihr die Hölle heiß gemacht hatte.

»Was fällt dir ein, meine Frau in eine solche Gefahr zu bringen?«, hatte er sie angebrüllt. »Hast du die geringste Ahnung, was alles hätte passieren können?«

Dass seine Frau sich völlig freiwillig in diese Gefahr begeben hatte, drang offensichtlich nicht bis zu ihm durch. Und dass sie immerhin einen tollen Scoop landen konnte, schien ihn auch nicht milder zu stimmen. *Todesangst im Tunnel,* hatte die FR getitelt, *unsere Reporterin war dabei.*

Aber Elfriede wollte sich nicht aus der Verantwortung stehlen, sie hätte Alternativen gehabt. Sie hätte Viola aus dem Auto werfen oder sie zumindest einweihen können, dass sie eventuell auf einen Schwerverbrecher treffen könnten. Gut, sie hatte sie im Supermarkt abgehängt. Trotzdem. Sie schuldete Viola etwas und sei es diesen Anpfiff ihres Ex-Mannes. Verhältnismäßig lahm und kleinlaut hatte sie also all seine Vorwürfe über sich ergehen lassen. Carsten schien dennoch zu spüren, dass sie innerlich nach wie vor brodelte, denn er warf ihr über den Tisch ein aufmunterndes Lächeln zu. Sie schüttelte die Gedanken an Klaus ab und warf einen Blick in die Runde. Alle drängten sich an ihrem viel zu kleinen, fein eingedeckten Esstisch. Tante Ingeborg, Oliver, Carsten auf der einen Seite, sie selbst, Bodo und Elvis auf der anderen Seite. An dem einen Kopfende hockte Pauli und kaute selig lächelnd auf einem Stück Brot herum, das andere Kopfende war gerade frei. Elfriede gab einen zufriedenen Seufzer von sich und wandte sich Bodo zu.

»Damaschke kam nach seinem Saunabesuch noch einmal ins Büro. Er wollte Papiere heraussuchen für sein Treffen mit Weber am nächsten Tag. Kurz nach der Tat fuhr er auf den Parkplatz und fand seine Frau, die sich über die tote Frau Kolbe beugte. Er wollte sie schützen. Auch wenn sie ihm das nicht glaubt: Er liebt sie wirklich und hat sie nie betrogen. Frau Kolbe war das unschuldige Opfer dieser unsäglich großen und völlig unbegründeten Eifersucht. Er packte die Leiche in die Kühltruhe und wollte sie am nächsten Tag auf den Schrottplatz bringen. Die war ja eh zur Entsorgung vorgesehen.«

»Aber wieso ging er dann am nächsten Tag erst zu Weber?«, fragte Ingeborg kopfschüttelnd. »Der Mann hat ja Nerven. Hat eine Tote im Geschäft und kümmert sich um die Werbung?«

»Er wollte, dass alles so normal wie möglich aussah. Um nicht aufzufallen. Hat eh nicht ganz geklappt, Weber erzählte ja, dass Damaschke unkonzentriert war und es eilig hatte. Aber ich hab das damals noch nicht kapiert.«

»Und die Blutspuren? Die Polizei hat doch keine gefunden.«

Elfriede war insgeheim stolz. Wenn Carsten diese Frage gestellt hätte, wäre sie nicht verwundert gewesen. Aber es war Oliver, dem dieses Detail aufgefallen war. »Für Klaus wäre das ein Grund für einen weiteren Anpfiff«, dachte sie. »Das kann doch nicht gesund für seine Entwicklung sein«, formulierte Elfriede in Gedanken seine Vorwürfe aus. »Dass sich ein Teenager mit solch schrecklichen Dingen beschäftigt, Elfriede, was tust du unserem Sohn da an.«

Ja, was tat sie ihm an? Es war nicht möglich, ihn aus ihrem Leben herauszuhalten und also auch nicht aus ihren Fällen. Und es war auch nicht möglich, ihn gänzlich vor Verlust, Bedrohung oder Niederlage zu schützen. Sie konnte ihn nicht vor dem Leben beschützen, sie konnte ihm lediglich wieder auf die Füße helfen, wenn es ihn zu Boden streckte. Wie sollte sie das Klaus erklären?

Dafür hätte er mit ihnen zusammenleben müssen. Vielleicht würde er es verstehen, wenn Emilia älter war.

Sie warf Oliver einen liebevollen Blick zu und registrierte, dass dieser fragend die Augenbrauen hob. Er wartete auf eine Antwort.

»Als wir am Morgen nach der Tat auf dem Gelände waren, lagen da jede Menge Plastikfolien herum, Verpackungsmaterial von einer Großlieferung. Es war wohl eher Zufall, dass Frau Kolbe genau auf einer dieser Folien starb. Damaschke hat sie noch in der Nacht entsorgt.«

»Unglaublich.« Elvis schüttelte den Kopf. »Das alles vor meiner Nase und ich hab nichts gemerkt.«

»Du bist eben kein Checker«, kommentierte Oliver gnadenlos.

»Stimmt«, gab Elvis zu, ohne beleidigt zu sein. »Ich brauch noch mehr Übung. Frau Schmittke, beim nächsten Fall bin ich wieder dabei.«

Elfriede hob abwehrend die Hände. Dabei fiel ihr Blick auf das verhutzelte Männchen am Ende des Tisches, das sich gerade ein Glas Wein eingoss. »Alles in Ordnung, Pauli?«

Der schmächtige Alte zuckte traurig mit den Schultern. »Mir wird mein Chor fehlen.«

»Da mach dir mal keine Sorgen«, meinte Carsten. »Ich habe mich ein wenig umgehört. Die Stiftung wird ins Leben gerufen, auch ohne Kolbe. Der Chor bleibt bestehen, sogar unter dem alten Namen.«

Bodo goss sich ebenfalls ein Glas ein. »Prost«, sagte er. »Auf meine feinen Nachbarn im Gewerbegebiet. Die bin ich jetzt ja wohl alle auf einen Schlag los. Der Weber kommt doch sicher auch in den Knast.«

»Wenn sie ihn finden«, antwortete Elfriede. »Er ist verschwunden.«

»Mit dem Geld?«

»Mit dem Geld!«

Bodo pfiff durch die Zähne.

»Seid ihr bereit für den Hauptgang?« Carmen stand in der Tür. Sie hatte sich geweigert, für das Probeessen die dämliche Kollegenschürze, wie sie sie nannte, umzubinden. Stattdessen trug sie ein schwarzes Etuikleid und eine pompöse Kette um den Hals. Der obligatorische knallrote Lippenstift fehlte ebenso wenig wie der Glanz in ihren Haaren, um den Elfriede sie nach wie vor beneidete. In den Händen hielt sie einen großen runden Teller, darüber eine riesige Cloche gestülpt, den sie jetzt in der Mitte des Tisches absetzte.

Strahlend blickte sie in die erwartungsvollen Gesichter am Tisch. »Ich hab mir überlegt, dass ich das Menü abändere. Ingeborg und Carsten haben so viel mit mir geübt, dass ich mir etwas zutrauen wollte.« Sie machte eine künstliche Pause und genoss den Moment. »Es gibt … tatata … Kaninchen!«

Entsetztes Schweigen schlug ihr entgegen. Lediglich Pauli leckte sich die Lippen und schien sich auf den Braten zu freuen.

Carmen schaute in die betroffenen Gesichter. Dann lachte sie.

»Scherz!«, meinte sie und hob die Cloche. »Es gibt natürlich Fisch.«

12

Drei Wochen später musste Elfriede immer noch schmunzeln, wenn sie an das Probeessen dachte. Es war katastrophal verlaufen. Die Suppe zu salzig, der Fisch zu trocken, der Nachtisch zu sauer. Dennoch war es ein toller Abend gewesen, geprägt von Erleichterung und Zuneigung. Selbst Carmen hatte sich amüsiert, trotz der Sorgen um die drohende Kochshow.

»Ich sollte öfters eine kleine Feier veranstalten«, dachte Elfriede und machte sich eine Notiz. Eine von der Sorte, die sie an ihre Pinnwand heftete, damit sie sie immer vor Augen hatte. *Party* prangte jetzt in ihrer schönsten Schrift auf der sonst recht leeren Korkwand. Ihre Augen zogen sich zusammen, als ihr Blick auf den Brief daneben fiel. Zwei Tage nach Schulbeginn war ihr das Schreiben zugestellt worden. Man machte Elfriede für den zerstörten Nutella-Turm im Pennymarkt regresspflichtig. »Na toll«, dachte sie, »von dem Lottogewinn ist nicht mehr viel übrig.« Es wurde Zeit für einen neuen Fall.

Seufzend streckte sie die Beine unter dem Schreibtisch aus. Noch immer vermisste sie Hugo, der sich den ganzen Sommer über so gern auf ihre Füße gelegt hatte. Aber Leander war trotz freundlicher Nachfrage nicht bereit gewesen, sich von seinem Hund zu trennen. Schweren Herzens hatten sie Abschied genommen. Drei Tage hatte danach im Hause Schmittke Trauerstimmung geherrscht. Selbst Tante Ingeborg, die sich sonst von gar nichts unterkriegen ließ, schlich wie ein Schatten ihrer selbst durch die Wohnung. Elfriede hatte sie dabei beobachtet, wie sie die Futterschüssel, den Tennisball und den Spielzeugknochen in eine Tüte packte und in den Keller trug. Elfriede hätte schwören können, dass ihre Tante dabei eine Träne verdrückte.

»Genug«, hatte Elfriede am dritten Tag gesagt. »Hört auf zu flennen und kommt mit!«

Das war keine gute Idee gewesen. Gar keine gute Idee.

Ingeborg und Oliver waren begeistert und völlig aufgelöst durch das Tierheim gelaufen und hätten am liebsten jeden einzelnen Hund, den sie sahen, mitgenommen.

»Oh, wie süß! Oh, wie lieb! Guck mal, der mag mich!« Originalton Oliver.

»Wie reizend! Allerliebst! Schau nur diese intelligenten Augen!« Originalton Ingeborg.

Elfriede musste sich eingestehen, dass es ihr viel schwerer fiel, diesen ganzen kläffenden, hüpfenden, leckenden Wesen zu widerstehen, als sie nach außen zugeben wollte. Aber sie wollte sich raushalten. Auch wenn sie Hugo vermisste, war sie nur ihrer Familie zuliebe hier. Wenn es nach ihr ging, konnten sie gut auf ein Haustier verzichten. Letztendlich machte es nur Arbeit und die blieb, wie man gesehen hatte, zum großen Teil an ihr hängen.

Deshalb traf es sie völlig überraschend. Es war dieses eine kleine Geräusch, das das Tier von sich gab, diese eine kleine Bewegung, die sie rührte. Große runde Augen in einem flauschig-orangefarbenen Gesicht. Ihr Blick fiel auf die Beschriftungskarte rechts unten am Gitter. *Name: Penelope.*

Penelope gähnte, streckte sich und fuhr dabei die Krallen aus.

Oliver und Ingeborg waren neben sie getreten.

»Mama«, sagte Oliver. »Das ist eine Katze! Du hasst Katzen!«

Elfriede nickte.

»Die nehmen wir«, bestimmte Ingeborg. »Die passt ganz wunderbar zu uns.«

»Ich bin Katzenmutti«, dachte Elfriede jetzt an ihrem Schreibtisch und musste grinsen. Das hätte man mir mal vorhersagen sollen, nie im Leben hätte ich das geglaubt. Aber es stimmte, Penelope passte wirklich ganz wunderbar in ihr Leben.

Sie fuhr ihren Computer hoch. So wenig produktiv wie der Vormittag bisher gelaufen war, konnte es jetzt auch nicht mehr schaden, die Seite des hessischen Senders aufzurufen.

Sie war neugierig auf die neuesten Kommentare zu Carmens Kochshow. Ihre Freundin hatte sich wacker geschlagen. Zwar hatte sie nicht gewonnen, aber immerhin die goldene Mitte belegt. Ihre Kollegen waren begeistert gewesen und hatten ihr zu Ehren eine La-Ola-Welle aufgeführt, als sie ins Büro kam. Elfriede war wenig überrascht festzustellen, dass sich auch die neuesten Kommentare hauptsächlich mit ihrer Freundin beschäftigten. Carmen hatte mächtig Eindruck hinterlassen, sogar zwei Heiratsanträge befanden sich unter den Kommentaren. »Eigentlich wäre es nett, wenn sie einen Freund finden würde«, dachte Elfriede. »Dann könnten wir mal zu viert ausgehen.«

Sie gab eine neue Betreffzeile im Computer ein. In den letzten Ferientagen hatte Oliver sein Versprechen wahr gemacht und ihr eine Website gebastelt. Sie war mächtig beeindruckt gewesen von seinen Fähigkeiten, aber er hatte nur abgewunken. »Das hättest du auch hingekriegt, ist reine Fleißarbeit.«

Wenn man ihre Seite aufrief, prangte einem auf hellem Grund der seriös in Grau gehaltene Schriftzug *Detektei Schmittke* entgegen.

Zumindest war es bisher immer so gewesen.

Jetzt aber stand quer über diesem Schriftzug ein roter, handschriftlich anmutender Satz. *Nachricht aus dem Universum.* Was war das denn? Hatte Oliver auf der Seite rumgespielt? Irritiert klickte sich Elfriede durch die Unterseiten. Auf ihrer Kontaktseite hatte sich über ihren eigenen Text ein anderer gelegt.

Verehrte Frau Schmittke, stand da in knallroten Lettern. *Wenn ich jemals ein Räuber sein wollte, dann höchstens einer im Sinne Robin Hoods. Mein Anliegen war stets, aufzuzeigen, zu beweisen, zu hinterfragen und zu lösen. Meine Leidenschaften sind gefangen*

in einem technischen Rahmen, der mich mit seinen ständig neuen Herausforderungen reizt, Unmögliches möglich zu machen. Auch wenn ich glaube, dass mir das Geld irgendwie zustand, so will ich es doch nicht denen nehmen, die es wirklich brauchen. Ich lasse Sie also wissen, dass ich den gesamten Betrag der Stiftung »Straßenkatzen« habe zukommen lassen. Ich werde andere Wege finden, um zu überleben. Bei Douglas Adams verabschieden sich die Delfine, kurz bevor sie die Erde verlassen, mit den entscheidenden Worten: So long und danke für den Fisch! Leben Sie wohl, Frau Schmittke. Ihr J. W.
Diese Nachricht wird sich auflösen, sobald Sie die Seite verlassen.

Elfriede saß lange vor dem Bildschirm.

Dann fuhr sie den PC herunter.

Danksagung

Wir bedanken uns bei den Kriminalisten Thomas Antl und Ulrich Arnheiter von der Offenbacher Kriminaldirektion – K 11, die uns einen wirklich hilfreichen Einblick in ihre Arbeit gewährt haben.

Herzlicher Dank gebührt auch Ute Fieseler, Inge Müller, Ute Rapp, Marion Zimmermann und Stefanie Storm, die uns in Fragen des »Hessischen« zur Seite standen.

Dass wir uns in der Phrix umschauen konnten, machte Jörn Kaufmann möglich – auch dafür sind wir dankbar.

Bitte beachten Sie auch die folgende Werbeseite

Buchhinweis

Schulsachen
Elfriedes erster Fall
Ein Taunus-Krimi

Veronika Aydin und Kerstin Klamroth

12,00 €
978-3-95400-140-8

Der Vater des toten Hofheimer Schülers will mithilfe einer Privatdetektivin den Mörder seines Sohnes finden. Aber Elfriede Schmittke entspricht so gar nicht dem Bild einer erfolgreichen Ermittlerin: vollschlank, chaotisch, verarmt, allein erziehend und ihre Berufserfahrung bei der Polizei liegt auch schon fünfzehn Jahre zurück … Doch resolut und hartnäckig stöbert sie hinter den Kulissen des Schulalltags und stößt auf Gewalt, Mobbing, Erpressung und Hass. Wenn da nur nicht Tante Ingeborg wäre, die sich ungefragt bei Elfriede einquartiert hat …

Weitere Krimis und Romane finden Sie unter:
www.sutton-belletristik.de